锦瑟无端五十弦,
一弦一柱思华年。

——李商隐《锦瑟》

锦瑟无端五十弦

宣树铮 著

广西师范大学出版社

·桂林·

锦瑟无端五十弦
JINSE WUDUAN WUSHIXIAN

图书在版编目（CIP）数据

锦瑟无端五十弦 / 宣树铮著. -- 桂林：广西师范大学出版社，2023.10
ISBN 978-7-5598-6251-8

Ⅰ．①锦… Ⅱ．①宣… Ⅲ．①散文集－中国－当代 Ⅳ．①I267

中国国家版本馆 CIP 数据核字（2023）第 140714 号

广西师范大学出版社出版发行
　广西桂林市五里店路 9 号　　邮政编码：541004
　网址：http://www.bbtpress.com
出版人：黄轩庄
全国新华书店经销
广西民族印刷包装集团有限公司印刷
　南宁市高新区高新三路 1 号　　邮政编码：530007
开本：880 mm × 1 230 mm　1/32
印张：9.75　　　字数：185 千
2023 年 10 月第 1 版　2023 年 10 月第 1 次印刷
印数：0 001~5 000 册　　定价：49.00 元

如发现印装质量问题，影响阅读，请与出版社发行部门联系调换。

自序

"锦瑟无端五十弦，一弦一柱思华年"，借李商隐诗句作书名，无端而取巧。我一九八九年来美国，在"五十而知天命"之年，弹响了第五十根弦。本书中的文章都是来美国以后三十年中所写，写的却是来美国之前五十年间时代之变迁、世事之反复、人生之聚散。

我十七岁进北大，十八岁成"右派"，二十三岁大学毕业，戴着"摘帽右派"这顶帽子西出阳关，在天山脚下教中学。接着遭遇"文革"，总算侥幸，得苟全性命于乱世。

一九七五年二哥从美国回苏州老家探亲，我从塞北颠回江南一聚。夏日黄昏，一家人坐在门口纳凉，父亲跟二哥说：这些年来，他（指我）吃了不少苦头，以后还少不了，让他到你们那边去吧。二哥问我的意思。我说，父亲在是不能走的。父亲说，先不要管我，你们要紧。二哥说，那就先让坦弟（宣树浩）在芝加哥申请，第五类排期很长，排到了不想去可以不去。

一九七八年"右派"改正，一九七九年我调回苏州，一九八一年进苏州大学。同年父亲八十六岁过世。八十年代改革开放，学校里思想宽松活跃，气象一新；我工作也很顺，教授了，后来又被选作中文系主任了。移民的事,浮云一片,飘脑后了。不料一九八九年五月得通知,排期到了。走与不走,正推敲不定时,历史投了一票,于是我们八月二十九日在虹桥机场上了飞机。

到美国后,在哥哥弟弟处小住,最后落脚纽约,纽约工作机会多。先是有人介绍到一家华人印刷厂,但路太远,我又不开车,只得作罢。后来房东把我带到中国城一家衣厂,老板是他朋友,三句话一说,我就成了烫衣工了。从此,每天早晚挤地铁上下班,在地铁站买一份《世界日报》,中午吃饭时候看。《世界日报》是北美最大的华文报纸,它的副刊办得不错。

来美国前夕,我在上海托运(海运)了十八箱书到芝加哥。定居下来以后坦弟驾车将书送到纽约。他笑道:还带这么多中国书到美国来,笑话,哈哈!我跟他说:别笑,这是灵魂栖息处。

衣厂的工作环境很特殊,走进衣厂你会听到三种交织在一起的声音:一片咔嚓咔嚓的机车声,像阵雨扫过密叶;节奏分明的嘎嗒嘎嗒打纽扣的声音,仿佛鸟在枝头一声声啼唤;再就是烫衣服的蒸汽熨斗哧哧的喷气声,犹如间歇泉的发泄。乍听起来,声音嘈杂;听久了,觉得这三种声音相处和谐;闭上眼,甚至还能听出山林的静趣。

衣厂里总共四个烫工,和我相邻的老陈,是澳门来的老烫工,他教了我不少熨烫的技法和诀窍,烫衣服的技术含量不高,主要靠熟能生巧以至得心应手。火候到了,烫衣服就像庖丁解牛,用不着耗多少脑汁了。眼到手到，一双手如池中游鱼，脑中不妨神思翩翩，可以思接千载，视通万里。

两年衣厂岁月很快熨过去了。到第三年，工作、生活进入了窄轨，很单调，也很少有朋友来往。我当时唯一的兴趣是两个月左右上曼哈顿逛一次庞诺书店（Barnes & Noble），消磨小半天，淘几本在我眼里很有价值的廉价书回来，准备以后读。后来我不去了，因为我突然"知天命"了，意识到我不会再读英文书了，中文书都读不过来呢，对中文萌生出孺慕之情的文化依恋。而且，我感到自己变得好怀旧了，烫衣服的时候，头脑里飞翔的尽是五十年的往事。这是不是在提示我：用依恋的汉字写怀旧的文章！于是我给《世界日报》副刊寄了第一篇稿子：《家乡的水》。那时还不用电脑，手写稿，邮寄台湾；现在这篇文章都找不到了，只知道发在一九九三年。当时"世副"有个专栏"每月话题"，悬题征稿，我每月都写。给"世副"前后撰稿达七年之久，最后一稿发在二〇〇一年。

二十世纪九十年代中，高尔泰来美国，他和太太小雨曾来我家一叙。尔泰看了我在"世副"上发的一些文章后，笑眯眯地对我说：想不到你能写出这样的文字。当即说，他给我联系甘肃出版社出版，还请台湾的罗青先生帮我在台湾联系出版。但当时我积聚的文章也就七万字，我觉得字数太少，不急着出。后来坦弟从芝加哥打电话给我，说他那边的台湾朋友都问他：《世界日报》副刊上写文章的宣树铮是你什么人？坦弟说：是我哥哥。于是传开了，后来坦弟搭桥，以一个文化协会的名义邀我到芝加哥去做次讲座，见见面，谈谈。我去了。不知不觉，我就此进入了纽约、新泽西的文人圈，走到街上经常要和人打招呼。一九九七年衣厂倒闭，原先的烫友们都转到中城的衣厂去了。太太不要我再找工作了，说，看你的书，写你的文章吧。

二〇〇一年，刘予建创办《彼岸》杂志，邀我去当总编辑。《彼岸》是本大型全彩综合性人文杂志（月刊），每期百分之二十至三十的篇幅刊登文学创作。刘予建毕业于纽约大学新闻系，他写过一篇很有名的报道《万圣悲魂》。当时他和他太太在做汽车保险。刘是个理想主义者，办这本《彼岸》一不为盈利，二不为扬名，就是想为海外同胞办一本高品位的华文杂志。坚持了七年，积蓄花得差不多了，不得已而停刊。《彼岸》在海外华人出版史上是空前的，恐怕也是绝后的了。前些年我回国，有两个女大学生来找我，她们正合作要写一篇关于《彼岸》的论文。我很吃惊，她们居然知道《彼岸》，还要写研究论文！我感动得吃惊！找出几本以前带回国的《彼岸》送给她们，她们不胜欣喜，我茫然心酸。

《彼岸》上，我也写过一些文章。二〇〇六年七月，社科院文研所王大鹏教授（当年也是"右派"）和他太太黄文华教授来纽约，他们都是我学长，大鹏是北大中文系五五级，比我高两级，黄文华教授是北大西语系德语专业的。黄文华说她看了我在《彼岸》上的那篇《寿衣》，认为可以力逼《背影》。我说，我的文字不合时宜，和现在读者的口味有代沟,他们不见得喜欢。黄说:你错了,现在有不少人就喜欢这样的文字。她这一声"错了"给了我不少安慰。

《彼岸》是二〇〇七年停刊的。接着《侨报周末》主编刘倩约我为《侨报周末》撰稿,就此写了十三年专栏,至二〇二〇年五月《侨报周末》停刊。

《锦瑟无端五十弦》不是回忆录,只是杂糅在一起的忆旧散文。心有所思,情有所系,意有所托,就在五十弦上弹上一曲。关于"五十弦",《史记·封禅书》上有一段记载:"太帝使素女鼓五十弦瑟,悲,帝禁不止,故破其瑟为二十五弦。"原来"五十弦"的基调本是个"悲",无怪《锦瑟无端五十弦》里忆及的人和事会飘散出"天地不仁,以万物为刍狗"的悲氛。

宣树铮
二〇二一年三月

目 录

阴历年　　001

祭祖　　008

磬声　　013

寿衣　　017

祈梦　　020

姑婆　　024

老太太的画像　　027

好婆　　031

二姑　　034

四姐　　037

三孃孃　　040

爷叔　　044

野和尚　　047

月饼　　050

锭姐　　053

霞好人　　056

宝塔　　060

吃戒尺　　065

龟友　　070

帖缘　　074

官打捉贼　　077

父亲节说父亲　　080

甲子回首　　084

十三陵深处　　089

荒城拾梦　　093

晚笳　　097

屁话　　101

流亡夫妻　　105

梦的随笔　　109

雪夜亡命　　113

音缘　　116

书香飘零　　121

边城畸人　　124

山东大妞出塞记　　127

围围　　130

海尔妮莎　　135

阿合曼提江　　138

努尔尕孜　　141

洋芋情　144

初为人师　147

同一间办公室　150

我的中学学生　167

还乡之路　175

门　187

江南韵　190

街市唱吟　194

上学的路　198

临顿桥　209

东北街　212

耦园　215

周家花园　218

舞殇　221

童年的恐惧　224

考字　227

逝者如师　230

夫妻　244

书肆梦回　247

书斋梦　　252

莼思　　255

杨梅　　260

野菜　　263

驴话　　266

烟话　　270

雀舌　　276

苦旅　　279

春阴淡淡　　287

红梅追思　　292

逆旅　　295

阴历年

我小时候不知道过春节，只知道过阴历年。吃过腊八粥，就开始忙过年了。夜里，父亲在灯下的的笃笃拨着算盘，估计置年货的开销。割多少肉，买几尾鱼，虾多少，蛋若干……都写到小折子上。至于鸡鸭，那是早买了养在天井笼子里了，大公鸡尾巴上玄青闪绿的翎毛已在姐姐的毽子上招摇了。老佣人四姐忙着将小年夜祭祖用的碗盏酒盅、香炉烛台从灰尘悉索的床下拾掇出来，一件件洗净备用。一家人忙得团团转。我也忙，无事忙，小猕狲似的跳进跳出，东看西看。好婆说了："阿官啊，你转来转去，做了八府巡按了？来，跟我拣米去！"拣米，将米里的稗子、谷糠、沙粒拣出来，可是个苦差事。这是要磨成粉做糕团的米，粳米、糯米加起来要好几斗，要拣两三天。这是老例：做了糕团要挨家送亲朋，留下的自己吃，总要吃到春三月糕团上长出绿苔白花春意盎然而后可。

推磨做糕团是腊鼓声中攻年关的一出大戏。光推磨就要一个来星期，这多半是姐姐们的工作。团子分咸甜，咸的有开洋萝卜丝馅、笋衣肉馅，甜的是猪油豆沙馅。我的工作是团子一出笼就用洋红水在上面盖戳，萝卜丝馅盖方戳，一个"福"字，肉馅圆戳，一个"寿"字。豆沙团本该是个"禄"字，但戳找不着了，就用筷子在顶上点三个红点,看起来反而娇俏。姐姐说:"我们这是福美寿。"

  年糕自己做不来,要约了日子请糕团店师傅上门来做。到日子师傅来了,后面跟了个帮手,背着蒸桶、升尺之类用具。灶间外的穿堂里搭起了作台板。蒸米粉不用稻柴要用劈柴,可见是打硬仗。我总是等米粉差不多蒸好了赶去看。蒸熟的米粉倒在作台板上,热气升腾,甜香扑鼻。师傅拳掌并用,揉摇甩拍,推展卷压,一双手不时要在冷水里浸一浸。师傅头上冒汗了,这一堆原先热腾腾松散散的粉也终于因输入精气而获得了生命,成了细皮嫩肉、容光焕发的年糕。四姐在一旁看了笑眯眯地说:"师傅功夫到家,做出来的年糕一湖鲜水。"师傅不言语,啪啪啪,得意地在细皮嫩肉上脆脆地打了几巴掌。我禁不住在一旁哆嗦,这巴掌像抽在我屁股上一样。师傅将揉好的年糕顺着作台板拉抻捋直成一长条,量了量宽厚尺寸,行了,帮工递上在菜油小盅里浸过的棉线,师傅用棉线将长条年糕拉成一块一块,四寸长两寸宽半指厚。我直勾勾地看着,抿着口水。师傅将两头切下的边棱,所谓"糕头",递给我:"馋了吧?尝尝,当心小嘴巴烫出泡来!"我接过糕头,指头烫得弹钢琴,嘘着气转身就跑。

  吃完年夜饭要封井。用竹匾盖在井栏圈上,里面盛黄白年糕各两条,三四个福橘,一盅水酒,小香炉里插三炷香,压一条红纸,上写"井泉童子"四字。井就算封起来了,要到年初三才能汲水。按《白泽图考》记载,"井之精名观,状如美女,好吹箫",所以有称作吹箫女子的。也许是因为疾风吹过井栏，往往嘘嘘作响，状如吹箫的缘故。但在我家乡吴地，吹箫女子成了井泉童子。好婆说，井泉童子住在井里冷清得很，谁家小孩趴在井栏上探头探脑，他就会招了去做伴。结论是：小孩离井远一点儿。

除夕夜，"千家笑语漏迟迟"，合家融融一室，嗑瓜子，吃橘子，说说话。说着说着，好婆叹气了：咳，现在过年哪比得上从前，没有那么多景致了。好婆说的从前是泛指民国二十六年（1937年）以前，那时候我们家还在吴江。"那时候，"好婆说，"过年要烧十庙香，要走三桥，看草台戏，还有听响卜……现在都没有了！"我最感兴趣的就是除夕夜听响卜，所谓"听市人无意之言，以卜来岁休咎"。照清人褚人获《坚瓠集》上说，听响卜先要在灶神前祈祷，还要带上镜子。但好婆那会儿似乎已从简，不必祈神带镜了，只需出门上街，躲在暗处听过往行人讲话，听到的第一句话作数，这就是来年谶语。好婆说："那年李家墙门的大少奶奶叫家碧的，年三十夜出门听响卜，听到一个乡下人说：天要落雪了。过了年夏天，男人就坏在伤寒上。天上雪飘，地上戴孝，你看准不准？"我们说这是碰巧，问好婆自己听过响卜没有，好婆说小时候也听过，早忘了。但四姐说她听过，然而没有听到人说话，听到一阵狗叫就回来了。不料开春就生了场病，每天早起拉肚子，郎中说，这叫"五更泻"，拖了近一个月才好。四姐说，这和听响卜无关，毛病出在狗叫上，老话说：年夜狗弗叫，来年疾病少。年三十夜听到狗叫是不吉利的。父亲笑道,这些都是没有道理的。但我还是提心吊胆竖起耳朵听街上有没有狗叫声传来,我隐隐听到了击柝喊"火烛小心"的声音,这是"叫火烛"。

父亲不让我们守岁,看我们打哈欠了,就说:"寒气重了,睡吧,熬夜伤身体。"睡进被窝,四姐帮我用被子塞紧肩头,一边悄悄说:"大年三十夜老鼠要做亲,听到咪哩吗啦咪哩吗啦的声音,那就是娶亲的花轿到了,往墙脚根看,老鼠都披红挂绿的……"我说你骗人,但对老鼠难得有了点儿好感。第二天清早四姐说,她听到咪哩吗啦的声音了,本想起来叫我,但怕惊了老鼠的娶亲队伍。

大年初一,早起吃完年糕汤,就催着姐姐上街看热闹。路上行人杂沓,都穿着新衣服,透着喜气。砰砰的炮仗、噼里啪啦的鞭炮声,远近呼应,满街飘着淡淡的火药幽香。店铺都打了烊,但香烛店、糖果店、茶馆店是开着的。其实就是打了烊的店也稀开着门,真有生意上门多半不会拒绝。一路走去如果看见哪家铺子前围着人,准是叫花子在跳乌龟,那是非看不可的。只有过新年叫花子才跳乌龟:用麦草扎成乌龟的形状套在头上,有的还戴一副麦草眼镜,手拿济公扇,在店门口划着扇子又跳又扭,脖子一伸一缩,嘴里反复唱着"乌龟爬门槛,元宝滚进来",也有唱出一串来的:"乌龟上阶头,生意闹稠稠,吱钻尾巴橄榄头,胡椒眼睛骨溜溜,爬前不爬后……"看的人乐,店家也乐,笑嘻嘻地打发几个钱。

"苏州人爱轧闹猛",这是苏州人对自己的评价。新年轧闹猛一定得去玄妙观。年初一玄妙观人如潮水。进山门的空场上支着帐篷有各种吃食小摊：水豆腐花、鸡鸭血汤、油豆腐鲜粉汤、赤豆糖粥、藕粉圆子、梅花糕、海棠糕……还有卖小孩玩的刀枪剑戟的，卖虎面壳子（硬纸做的面具）的……也有街头艺人，唱小热昏卖梨膏糖的，做木偶戏的，北方人来耍猢狲出把戏的……但我们先得进三清殿去点星宿、看画张，那会儿不叫年画，叫画张，或者再加个"洋"字：洋画张。

玄妙观三清殿正中并排三尊三清坐像，巍巍然有十米左右高。四周一转圈有六十尊真人大小的金身星宿像，模样各异，有穆穆文臣，有桓桓武将，有方巾小生，有道冠老叟，有慈眉善目的，也有凶神恶煞的，每尊像下有木牌，上书某某星君，罡星斗宿的名号稀奇古怪。跨进三清殿就往人堆里挤，挤到右侧，从第一个星宿点起，新年后几岁就点到第几个，这就是你本年命宫里的星宿。那一回我点了个糟老头，姐姐点了个狠巴巴的黑须将军，大失所望，都不愿意跟本命星宿拜上一拜，掉头就往外挤。出来，看了一会儿猢狲戴面具骑山羊，又各吃了碗鸡鸭血汤，心里才又舒坦起来，于是再进三清殿。三清殿里沿墙绕一圈全是卖画张的，挂得琳琅满目。福禄寿三星、南海观音、关公捋着美髯看《春秋》、胖娃娃抱大鱼、春牛图这类画是一定有的，但没有看头。我爱看的是有故事的画张，比如昭君出塞、西施浣纱、文姬归汉、荀灌救父、红线盗盒、待月西厢、岳母刺字、桃园结义、苏武牧羊、武松打虎，以及什么张仙送子、八仙过海,还有陈琳棒打寇宫人、八锤大闹朱仙镇、卖油郎独占花魁女、杜十娘怒掷百宝箱……足可以看上半天。

三清殿那六十尊星宿像,"文革""破四旧"中被堆一起交给火德星君了,也算是从星空中来回星空中去。如今三清殿上没了星宿像,也没了画张。谁还看画张?

吴地民俗,正月初五接路头。好婆称路头为路头菩萨,初五正是路头菩萨的生日。父亲说,路头就是五路财神,"五路"不是五条路,是财神爷的名字。但财神不是《封神演义》上的赵公明赵玄檀吗?那个头戴铁冠,黑面浓须,执鞭骑虎的赵公元帅?怎么又出了个五路?父亲也说不清。我长大了才从书上看到,所谓五路,据说是行神,即路神,唐颜师古说:"昔黄帝之子累祖好远游而死于道,故后人以为行神也。"由行神而变财神,倒也启发我们财生于行。

照说接路头是年初五的事,但中国人好争先,怕路头被人接了去,所以往往初四夜抢先接。《吴歈》中有诗道:"五日财源五日求,一年心愿一时酬。提防别处迎神早,隔夜匆匆抢路头。"民国三十六年(1947年),风雨飘摇,百业萧条,我们家经营的店铺已濒临倒闭。那年春节,从来不接路头的父亲也想起了接路头。年初四夜里,正对店堂大门摆了桌子,供上菜,有整鸡有猪头,年糕也少不了。特别是桌上还放了一把算盘。据说还应该放一把刀,刀上搁一撮盐,这叫"现(盐)到(刀)手",求财讲究现到手,不要空头支票。但大概父亲觉得这太离奇,所以免了盐刀。快到半夜时,点上香烛，筛上酒，又在铁盆里化了纸锭，蒲团上磕了头。四姐后来告诉我，这纸锭不是路头菩萨的，是烧给路头菩萨的随从的，他们得了"孝敬钱"才会帮你忙，把路头菩萨领上门来。可见人神虽不同界，但行事还是相通的。父亲看着他的怀表，子夜十二点一到，就将店门霍地拉开，一股冷气直窜进来，铁盆里的锡箔灰扬了起来。于是大家高兴地喃喃道：路头菩萨接来了，路头菩萨接来了！街上也传来别家高兴的喊声。然而这一年的春夏之交，店还是倒闭了，盘给了一个姓朱的外路人。

接过路头，初五开市。街上又回复了年前的情景，过年的气氛消失了，我怅惘恍惚，一个新年就这么过去了？我又长了一岁了？

祭祖

中国人崇敬祖宗，祖宗至高无上。骂人骂到祖宗十八代，报仇泄愤而至挖祖坟，也就到了顶了。光宗耀祖是人生的荣耀，愧对祖宗是后辈长夜的痛。祖宗先人始终活在子孙后代的现世生活中，婚丧嫁娶、生儿育女、修房起屋、进学中举、千里远行、风尘归旅……都少不了要祭告祖宗。祭祀沟通天人，是生者与亡者的对话，而岁末的祭祖更是一年的大典。《红楼梦》五十三回写"宁国府除夕祭宗祠"，祠堂之气派、仪式之隆重、场面之铺张、礼数之繁缛，令人叹为观止。

小时候离我家不远有个"张家祠堂"，遇上他们祭祖，我们这帮街坊孩子好围在大门外张望，族外人是不准入内的。望进去，宽敞的石板天井里男女老少人不少，衣冠齐楚。最里头的大厅门窗敞开，可以看见条几上供着不少牌位，方桌上，烛火煌煌，摆着果品。每过一阵，大厅里就有人出来站台阶上拉起调子唱名，于是，被唱到名字的这个人或这家人就整整衣袖进去了，里面有他们先人的牌位。有一年祭罢祖先，张家祠堂石板天井里还摆了七八桌餐席，很热闹。我问过姐姐："我们家有祠堂吗？"姑婆说："要祖上做过官的大户人家才有。"我们家并非"大户人家"，所以岁暮祭祖自是小家气,但就这小家气的祭祖至今还历历在目。都整整半个世纪了,那年我还不到十岁。

那是除夕前一天,午后,天井高墙上日影才有些偏,就开始忙了。先是搬桌,客堂里东西对称安置两张方桌,系上绣花锦缎的桌帷;然后排凳,朝南各两把交椅,那是老祖宗坐的,左右两侧是长凳。接下来摆香炉烛台,排酒盅筷子。一张桌子排五十三个酒盅,另一张排五十四个。酒盅边贴边,不留空隙,绕桌子东西北三边齐崭崭排成一线,排不下,两头再朝南拐。一个酒盅配一副筷,筷子三分之一要露出桌沿——这些都是我和姐姐的活儿,我们做得一丝不苟,排好一看,仿佛给桌子镶了一道边。

之所以要两桌,因为我们有姓宣姓沈两个祖宗。听父亲说,我们祖上本姓沈,自家沈太公(曾祖父)有一位姓宣的莫逆之交。有天两位老人家对酌,闲话家常,宣家太公一声长叹:自己掌上有珠膝下无子,岂非香烟难续愧对祖宗?沈家太公捻须笑道:"我有两个儿子,给一个做你上门女婿。"于是我阿爹(祖父)就入赘宣家,跨了两姓。这就是每年祭祖总要摆两桌的道理。但为什么一桌五十三,一桌五十四?这数的秘密相沿成习,已经无解,成了我们家族史上的一个问号。

桌面上准备停当了,就上菜了。翻翻《十三经·仪礼》就知道,古之祭礼对上几样菜,上什么菜,如何装俎,如何上桌等,学问可大着呢。好在我们并非"诗礼传家",所以这些学问都模糊了。说到菜，我只记得鱼、鸡、蹄髈是一定有的，而且鱼一定要鲭鱼，鸡的屁股上要翘一支翎毛；另外还有冬笋肉丝、雪菜百叶……菜上毕，点燃香烛，同时将客堂的屏门长窗关上，怕穿堂风，但见烛光熠熠，香烟细细，顿时气氛不一样了。父亲执一把细颈弯弯的紫铜酒壶，开始筛第一巡酒，绕着桌子走一圈凌空筛酒不断线。筛完两桌，父亲站一旁说一声："请用吧。"

祖宗飨宴之际，边上不能断人伺候，但不得喧哗吵闹。这伺候的差使落到了我和姐姐头上。姑婆说，坐在上面的祖宗能看见你，你是看不见他们的，除非你天生有阴阳眼。这阴阳眼据说只有小孩子才有，一长大就被收走了。姑婆就知道这么一个有阴阳眼的孩子，他在年终祭祖时能看见络绎而来的祖宗亡人，他能报出来人的五官长相、袍褂穿戴，活灵活现，而且正是生前的模样——这孩子出世时，他们早往生了。我真想自己能有这么一双阴阳眼，看看我们的两姓祖宗都是什么模样，五十来个人挤在一张桌上又是怎么坐的，特别是我可以见到去世两年多的母亲。然而我什么也没看见，我为自己只有一双凡眼而失望。伺候这些不见形影的祖宗要做的只有两件事，一是见烛焰分叉了就剪烛芯，二是筛酒，这酒总共要三巡，父亲筛了第一巡，余下两巡就交我们筛了。我和姐姐一人筛一桌，我挑了五十四那桌，照姑婆的说法，这是宣家的。我们也学父亲，酒壶贴着酒盅，酒不断线一路筛去。只是我们臂短，要端着酒壶围桌子转，不像父亲站定一处差不多都够着了。围桌子转得加倍小心，不能踢着长凳交椅，那就惊扰了祖宗，更不能碰歪伸出桌面的筷子，这就大不敬了。每筛到最后几只酒盅我总要多沥几滴，因为我想按辈分母亲的位子该在最后面。酒过三巡，蜡烛也烧了一大半，姑婆说可以上饭了。每桌上四碗饭，分放四角，上饭时要禀告一声"吃饭吧"，我喊得很响，怕他们听不见。看看蜡烛快尽了，就要化锡箔了。锡箔早折成锭放在桌前两只废弃的小铁镬里了，那是专门用来化锡箔的。在化锡箔的时候再一次跪拜磕头。锡箔燃过，姑婆就紧张兮兮地看铁镬里的锡箔灰，舒一口气道："白了白了。"锡箔灰泛白代表祖宗高高兴兴取了钱，很满意。这些锡箔灰冷了以后就被收进蒲包，过了年自有人背了口袋走家串户来收购，嘴里喊着"锡箔灰换铜钿"。锡箔化过，头也磕过，蜡烛也快烧尽了，于是喊一声"收了"，祭祀就算结束。姑婆将余下的烛火吹灭，打开屏门长窗，望着烛芯冒出的烟朝外飘散，恭敬地说："走好啊。"我们帮着撤走饭菜，这饭菜一定先得到厨房灶上去放一放，名曰"回灶"。酒盅里的酒重又汇入酒壶，酒盅筷子用水洗过，再放还碗柜。姑婆说：要明年再用了。

　　然而明年并没有再用，世事沧桑，从此再也没有用过。进入五十年代后，祭神祭祖都成了封建陋俗，销声匿迹了。我们家附近的香烛店也关门歇业了。"张家祠堂"先是成了营房，我进去玩过，大厅里一溜地铺，原先的牌位统统不见了，后来又成了什么"专署"，再后来变了库房,再再后来又成了幼儿园……记得当年曾听邻里老人说:共产党气数旺,鬼神都避得远远的。如今又听说有些地方这祭神祭祖又"东山再起"了。

磬声

日本投降的第二年，我六岁，父亲带我到上海南洋医院探望住院的母亲。母亲靠在床上，脸色苍白，不时咳嗽，她无奈地问父亲：喉咙里的痰咳不出来，有什么办法？后来我从父亲和医生的交谈中听到了"肺病"这两个字。一个多月以后，母亲回家，脸色依然白如蜡，每到黄昏又红如枫。

家里谁也不告诉我肺病是什么病，我也不敢问。直到有一次姐姐带我看电影，电影里一个窈窕的新娘子染上了肺病，咳嗽、咯血，又怕人知道，只是偷偷流泪，最后死了，合眼的时候嘴角殷红，如杜鹃啼血。电影院出来，我问姐姐："妈妈也是这病？"姐姐瞪我一眼，眼睛红红的。

那年头，父亲为生意上的事在外奔走，居家时间不多。当时我才念二年级，每天放学回家，就在母亲床前转，絮絮叨叨讲学校里的事。然后缠着母亲讲故事，什么沈万三聚宝盆、邱丽玉麻风病、朱买臣马前泼水，听了都不止一遍。母亲会哼不少谣曲，"一只橘子抛上天，抛到后娘枕头边……"，"亢令亢令马来哉，唐家小姐骑来哉……"，等等。

这天下午，提前放学，我想让母亲吃一惊，所以不像平时，一进家门就弄得乒乓山响，而是蹑手蹑脚朝母亲房间溜过去。房门虚掩着，我推道缝，侧身闪入。只见母亲坐在窗下藤椅里，敞着衣襟在晒太阳，雪白的胸脯在明净的阳光下亮得耀眼。母亲两眼望着窗外的天，像是在祈求什么。我吓呆了，失声哭起来。母亲转过身掩上衣襟，问："怎么回事？"我哭着说："妈，你在干什么？""晒晒太阳。""你是不是病得很重？""别瞎想。"母亲用手指给我抹眼泪，指尖冰凉。"来，给妈唱'亢令亢令马来哉'。"于是我拖着哭音唱起来："亢令亢令马来哉，唐家小姐骑来哉。啥个小菜？茭白炒虾，田鸡夹死老鸦。老鸦告状，告给和尚。和尚念经，念给观音。观音扫地，扫给小姨。小姨买布，买给姐夫。姐夫关门，关杀一只苍蝇。苍蝇放屁，弹杀一只乌龟。"唱完，我已经笑了，说："妈，你以后别再吓我。"母亲笑道："傻孩子。"

这年夏天一个傍晚，洗完澡，爽身粉扑得一头一脸，小丑似的，吃罢晚饭，到大门口乘凉，和街坊孩子围着洪家老伯听他讲红毛僵尸。说是有个孩子，他不知道自己的母亲竟是红毛僵尸，而且已吃了九十九个孩子，但等第一百个吃掉自己的亲生儿子就可以成精了。这时来了个道士，他叫孩子夜里到道观来，跪在神坛前，告诫他任凭外面有什么动静也不能回头，更不能答话。近三更时分，僵尸来了，进不了道观，门上贴着符，在门外"心肝宝贝"地叫，甜言蜜语地哄，要儿子出来。孩子全身打战，泪流满面，总算忍住了。四更时分，曙色朦胧，僵尸慌了，猹猹作骂声，骂忤逆不孝，天打雷劈。继而骂声变作号叫，尖峭凄厉。殿上烛影摇晃，法器震颤。突然一声鸡唱，号叫戛然而止。道士来了，带孩子出去，僵尸已化作一摊脓血。这故事听得我全身冰冷。回家我都不敢进母亲房间，躲自己小床上，越想越怕，直到睡去。清早醒来，初日煌煌，想起昨夜的事，后悔得不得了，跳下床，直奔母亲房间。母亲的脸依然白如蜡，眼睛又黑又亮，燃烧着。母亲问我："昨天夜里睡觉前怎么不见你来？"

我一头埋在母亲的怀里呜呜地哭起来。母亲拍着我的背，说："怎么了？大清早就眼目司堂里点灯了，不难为情？"

母亲在第二年"清明时节雨纷纷"的时候告别了人世，才三十九岁。灵位就设在客堂里，灵位前除香炉烛台外有一口磬。姑婆说，初到阴间的"人"就靠磬声引路，而且击磬的最好是自己的儿子。于是晨昏击磬成了我的日课，背书包上学、放学回家，出门进门，总忘不了先击一声磬。磬声荡漾开去，渐细渐远还闻，犹如一缕游丝袅袅于天地间。在阴间小道上踽踽而行的母亲真能听到？我问姑婆："妈知道是我在敲？""怎会不知道！早晚一次，磬声指路，你妈就能走一天。""尽走，走哪儿去呢？"我感到困惑。"转世投胎啊。"这让我大吃一惊，我宁愿母亲一直在阴间的路上走着，迟早我还有机会找到她……

长大以后投胎转世是不信了，但每次佛寺随喜，一声清磬仍能让我瞬间恍惚。这磬声引着我的魂儿又回到了童年的岁月，回到了母亲身边。也许母亲现在仍在另一世界的路上踯躅?就像我在这一世界的路上彷徨一样。

寿衣

一九七九年清明时节，我刚从塞北调回阔别二十来年的江南不久，这天，细雨如酥，销魂蚀骨。我下班回家，三点来钟，放下包，在楼下沿河的起坐间倚窗闲眺。听见父亲在楼梯口叫我上去，我上了楼。父亲说："有件事现在得跟你交代了。"父亲把我领到他床前，指着床下一口箱子说："你把它拉出来。"这是口老式衣箱，这样的箱子家里有好几口，都比我岁数大。我蹲下，这么口大箱子，我想，分量不会轻，于是憋一口气往外拉，不料劲使过头，一屁股坐在地板上了。父亲说："用不着花那么大力气，又不重。"箱子的铜搭扣上套着一把老式的中国锁。父亲说："锁是装样的，一搛就开了。"我捏住锁的横梁，往锁头一顶，果然开了。

箱盖才掀一道缝，就闻到一股樟脑味儿。但见平平一箱，上面罩着一条白布包袱。揭起包袱，下面是一件蓝缎隐花寿字图案的对襟丝棉袄，蓝缎如水一样流动着光色。丝棉袄正中合着一个相框。我把相框翻过来，里面是父亲的六寸放大相片。一年多前，同样的相片父亲给我们几个兄弟姐妹每人都寄了一张，不过是一寸的。我还记得相片后面父亲工工整整写下的两行字："一九七七年农历五月十六诞日摄，时年八十一周岁。"我还是从这两行字里第一次知道父亲的生日的呢。这应该是父亲自己最满意的一张相，大概是因为"文革"结束后照的缘故，心怀舒畅，所以眉宇之间一派清风明月的萧闲，嘴角四周别有夕阳归帆的宁静。这也是父亲生前的最后一张相，后来我女儿每次见到这张相几乎都会问同一个问题：为什么阿爹越老越好看？

当时我也真迟钝，拿着相框问道："相片怎么放在箱子里，不挂起来？"父亲道："这一箱东西都是为走的时候准备的，老了说走就走，先准备好，免得到时候你们手忙脚乱。"我心里一颤，我怎么就从来没有想到过这些事？我不知道说什么好。父亲说："这套丝棉袄裤还是一九六五年做的，虚龄七十，人生七十古来稀嘛，'红卫兵'到处抄家那工夫，真怕被抄了去，后来也就想开了，真来抄走也就算了，人死了，什么都不晓得了，穿什么还不是一样，还不是一把火烧掉？嗨，偏偏留下来了，过了这一劫。"父亲摇摇头笑了笑，又接着说："当初特意让裁缝做长大一些，丝棉袄齐膝，当它短大衣了，丝棉裤也做得大。箱子下面还有一套白布衫裤，贴身穿的，里外各一套，这就够了。布鞋、袜子、裤腰带也都在下面，另外两条短带是用来扎裤脚的。你翻出来看看，有个数。"我的手在蓝缎上抚动，一股凉意像冰水一样从指尖注入心头，我实在没有勇气往下翻。我怕这一翻动会将眼前这静静躺在衣箱里的一泓深蓝惊醒，它们是有生命的，它们只是蛰伏着、静候着……别打搅它们！"我有数了。"我说。我把相框照原先那样合在丝棉袄上，再轻轻罩上白布包袱，四角塞紧，然后徐徐放下箱盖，套上锁，咔嚓锁上，再慢慢推进床下。父亲一声不响地在一旁看着。

我站起身，望着父亲，不知道说什么好。父亲缓缓道："我们这个家，从你太公（曾祖）手里创业，到你阿爹（祖父）手里，再传到我手里，总算家业兴旺。谁料到日本人来了，弄光一半，后来另一半也弄光了，没什么家当留给你们了，靠你们自己了，这样也好。"父亲这些话我听过不止一遍了。我不知道说什么好。父亲接着说道："人都得朝来的路上去，高喊万岁万岁万万岁也没有用。活着不做亏心事，小辈也都有出息，太太平平，也安心了，不能赖在这个世界上。"父亲云淡风轻地一笑。我依然不知道说什么好。父子俩彼此静默着，心灵在交流，无须语言。

"你忙你的去吧。"父亲说罢转身朝楼梯踱去。我听到他踩着一级一级楼梯下楼的声音，每踩一级大致相隔一秒，几乎和我的心跳同一个节律。我突然心慌起来，我不知道如何面对父亲的走，而这一天，不用说，迟早是会到来的。

祈梦

一月八日夜，我梦见了父亲：父亲瘦削的身影正从我房间出去，手扶门框站了好一阵，一闪而逝。我起身推开椅子追出房门，门外本该是一个空房间，但这会儿眼前不远成了一条灰绿的河，父亲的身影已在河对岸了。河上没有桥，河里没有船，周围没有人，我喊，没有声音。正在一筹莫展的时候，却发现自己已在一条昏暗的长弄堂里了。我慌慌张张朝弄堂一头奔去，奔出弄堂，原来是地铁出口，眼前灯光闪耀，俨然是曼哈顿的夜景！蓦然醒来，头脑清澈如水晶球，马上想起一月八日可不正是父亲二十周年忌辰？而梦里父亲手扶门框的身影不正是二十二年前的一幕？那是我今生的悔恨！

一九七九年春，我从新疆调回苏州，父亲心满意足：总算耄耋之年有个儿子守在身边了。打我上大学算起，二十来年中，父子相聚的日子不足十一。童年时对父亲的敬畏固然已消化在成长的岁月中，但还是留下了隔阂的残渣。平时除了谈几句日用家常，或者听父亲偶尔讲讲父亲认为必须让我知道的沉埋往事，其余的话题实在也寥寥。有一次父亲问我："你念中文，学校里教不教作诗填词？"父亲指的自然是旧体诗词。我说："不教这些的。""那么平仄也不懂了？""诗词格律是要学一些，也是皮毛。""那么你们五年学些什么?"我看出了父亲的失望。我想告诉父亲学了些什么,但又觉得徒费口舌,于是笼统地说:"要学的东西再一个五年也学不完。"父亲不再问了。

父亲的生活很规律,每天早饭后,休息一阵,九点正拄了拐杖上街走走,十一点光景才回家。我和妻每天上班,两个孩子上小学,买菜做饭交付给女佣王妈,一个六十开外的乡下妇女。我上班比较自由,如果没有课,不开会,上午打个招呼,下午就可以关家里,躲进小楼成一统,看看书,备备课。父亲很少打扰,偶尔到房门口张望一下就走了,听脚步声就知道。

有这么一天,我正在房里看书,听到脚步声前后响了几回。在我靠在椅背小憩仰望天花板的时候,脚步声进了房间。父亲站到我跟前说:"有句话要跟你们说。"我问什么话,父亲说:"我看王妈的手脚不干净,要留个心眼。去年大圆桶里的汤婆子、脚炉都不见了,再也没有找到。""说不定'文革'中弄掉的。"我说。"不会,七六年冬天汤婆子还拿出来用过,七七年开始用盐水瓶了,汤婆子这才不用,一直放在圆桶里的。这不去说它。昨天我打开几只箱子,几件小人穿的毛线衫、毛线裤统统不见了。这还是前两年你大姐织的,本来要寄给你们,后来一直说你们要回来了,就没有寄。清清楚楚放在箱子里,没有动过。我看你给王妈说说,让她心里有个数。别让她觉得一家都是糊里糊涂的大好人,以后就更不得了了。"我摇头:"我不去说,没有证据,怎么咬定是她?""那还能是谁?还有一回我发现大橱的抽屉被人开过后,再没有关严。我开抽屉总是关严的,还要用手摸摸合缝了没有。你们还没有回来,你说还能是谁?""不见东西了没有呢?""就是这话,记性不好了,少了东西也不会知道了。所以后来就上锁了。"我想,老年人就是多疑。父亲说:"看人只要看眼气,看王妈的眼气,一双肉里眼,就知道是个厉害角色。"

父亲所谓的"眼气",大概是指一个人眼睛里流露出的人品的高低优劣。说实话,我也不喜欢王妈的"眼气",女儿小时候第一回见王妈后就偷偷说:"王妈像只老猫,眼睛最像。"但毕竟不能以"眼气"定人良莠。我哗啦哗啦翻起书来,说:"我看算了吧。"父亲一定看出了我的不以为然和不耐烦,说道:"不要嫌我啰唆,你们的东西也乱放,没有个数……"不知为什么,我突然有些反感,截住话头说:"也没有什么值钱东西,谁要拿就来拿!"父亲沉默了一阵,说:"既然这样,算我多嘴,自讨没趣。"我说:"本来嘛,何必自寻烦恼?真是王妈手脚不干净,也防不胜防。家里杂咕隆咚、乱七八糟的东西拿掉一些也清爽一些!"

父亲淡淡一笑,没有再吭声转身朝房门走去,走到门边,扶着门框站了好一阵,自言自语道:"人老了,不值钱了,连小辈都看不起了。"缓缓走了出去。我知道我伤了父亲的心,父亲的自言自语让我心酸,后悔得不行。我真想出去向父亲赔个不是。我想象自己从椅子上起来,出房门,跟父亲说:"别瞎想,怎么会看不起自己的父亲呢?要不,我去问问王妈怎么箱子里的毛衣不见了?"但我到底没有从椅子上站起来,自然,也没有去问问王妈。

半年后,王妈自己辞了工,说是要回乡下带外孙。我们另外找了个女佣,也是乡下来的,年纪也近六十。那时候都叫女佣为阿姨,阿姨烧的菜不如王妈,但父亲说:"看阿姨的眼气就知道是个老实人。"每天端菜上桌时,阿姨总要不好意思地说上一句:"我不会做菜。"父亲倒也不苛求,有时还接上一句:"吃到肚里都一样。"

阿姨做了将近一年时,父亲过世了。一月八日正是隆冬季节。料理完后事也就近春节了。春节时阿姨回家七天,回来后谈起了王妈,原来王妈和阿姨住在相邻两个村子。阿姨听王妈村子里的人说,王妈在苏州帮人家的时候,东家送了她不少东西:鞋被衣帽、外套棉袄、汤婆子、脚炉、漆盘、木盆……她外孙穿的毛衣毛裤也是东家送的。王妈的女婿隔两个月骑自行车上一趟苏州,回来时王妈总让他捎不少东西。妻说,一定是约好了日子趁父亲上街的空当来出赃的。

二十年来,我也正渐渐老去,一想起父亲就想起这往事,想起父亲手扶门框的自言自语。这是我今生的恨事。我真希望能有机会当面向父亲表示我的悔疚,和我的敬畏,但已是不可能了。我没有想到还有梦,在父亲二十周年忌辰我做了这样的梦!如今我祈求下一个梦,在梦中我一定要追上父亲,向他表示我的悔疚,和我的敬畏。

姑婆

祖父的妹妹，我们叫姑婆。姑婆年轻守寡，没有生一男半女，于是住回娘家来了。如今回忆起姑婆，定格的画面竟然是她洗好脚在亮堂的天井里坐在小板凳上低头弯腰修剪脚指甲的模样。姑婆一双小脚像才出土的冬笋一样，五个脚趾死死地抱在一起，简直是长在一起，要一个一个掰开才能修剪，一双脚，一个来钟头。我在一旁皱着眉头看。姑婆说，一双脚吃了多少苦头，小脚一双，眼泪一缸。

姑婆的世界充满怪异。姑婆说，如果见一窝白老鼠走动，那就要留神了，看它们究竟去哪里。说是有对夫妻夜里刚睡下，突然眼前一亮，见一窝白鼠从外面进来，跑到墙根，眨眼就不见了。夫妻俩起来，一看，没有地洞啊。就取镢头在白老鼠消失的地方开挖，结果挖到了"地藏"——一坛银元宝。老天爷念他们积善，将别处的"地藏"移了来，那些白老鼠都是银元宝！这真神了！可惜我们家里见到的只有黑老鼠。

最让我心惊胆战的是听姑婆讲"老二走的那天"。姑婆的男人姓陆，弟兄俩，他是弟弟。姑婆提起自己的男人总是叫老二老二。老二是寅时走的，大伯在老二走的前一天夜里得到消息，说老二得了急病，于是次日蒙蒙亮，天上还有星月，就赶来探望。走到半路，上桥，见桥下有人迎面而来，走得很急，夹了个包袱，沉着头。在桥面上擦肩而过时，大伯瞥一眼来人，竟是老二！大伯诧异之极，说："老二，你病好了？上哪儿去？"老二心不在焉："噢噢，出趟远门。"说完，头也不回下桥走了。大伯愣了一下，回过神，已不见人影。这才觉得蹊跷，于是慌忙赶到老二家，门口刚烧完衣包，火苗还忽悠忽悠地跳着，屋里哭声呜呜。大伯是千真万确见到老二的，姑婆说。

　　七岁那年我母亲去世。吴下有"接眚"的风俗，《浮生六记》里沈三白就写到过芸死后"接眚"的事。按沈三白的说法，"是日魂必随煞（即眚，凶神）而归，故房中铺设一如生前，且须铺生前旧衣于床前，置旧鞋于床下，以待魂归瞻顾。"这些讲究，姑婆一清二楚，她还在母亲床前小几上置一碟子，搁一枚煮熟的剥光鸡蛋——剥壳须十分小心，蛋上不能留下丝毫痕迹。那天傍晚，我忘了谁了，登梯上墙，举着灯笼悠晃着，望着阴沉的长天高声喊：嫂嫂回来吧！嫂嫂回来吧！声音凄清入骨。母亲的房间里就荧荧一烛，门窗紧闭。我们待在外间大气都不敢出。一会儿，平时对面说话都听不清的姑婆悄悄说，她听到了窗子响动，魂回来了。虽说是母亲的亡魂，我还是毛发直竖。过了十来分钟，姑婆说又听到窗子响动了，魂回去了。于是赶紧开门进屋，开灯，姑婆将鸡蛋小心地捧在掌心凑到灯下仔细察看，终于在鸡蛋上辨出了隐隐的指甲痕，于是断定母亲的亡魂确已来过。我没敢说妈是不留指甲的，也许是到了阴间才留的呢？

随着年岁的增长，这些缭绕在我童年岁月中的怪异的雾霭，开始飘散了。银元宝变白老鼠？想发财想昏了头。鸡蛋上的指甲痕要不是姑婆自己不小心掐上去的就是看花了眼。有一回，姑婆又提起"老二走的那天"，我捂住耳朵喊："迷信！迷信！迷信！"姑婆气得喝道："该死！你这海东青！"姑婆从来最厉害就训斥我一声"海东青"，我才不在乎，实在这三个字念起来很好听，也不知道是什么意思。姑婆自己也不知道。直到我进了大学，才从宋朝人的《鸡肋集》上读到"鸷鸟来自海东，唯青鹗最佳，故号海东青"，这不是很好的吗？

我进中学第二年，姑婆七十六岁，突然想回她的夫家——同里陆家，以后也就葬在那里。陆家的人已是大伯的小辈了，知道姑婆这层心思，倒很赞成，父亲也同意了。正好是暑假尾梢，父亲就带了我一起送姑婆到吴江，再送上同里来接的船，吴江到同里当时只有水路。那是条敞篷船，姑婆坐在船头专门给她准备的大藤椅里。船早晨出发，河面上弥漫着雾。我和父亲站在码头看着船慢慢消失在雾里。姑婆在同里生活了两年，七十八岁去世。

这些年来世事纷纭，已很少想起姑婆。前年回国，坐河滨茶室喝茶，闲观世相，见两位时髦女性，穿着尖细的高跟鞋，咯咯走过，脚背呈七十度角。我突然想起了姑婆的小脚。

老太太的画像

小时候，全家一日三餐是在先人的眼皮下进用的——吃饭间的板壁上向下倾斜十五度角，挂着三个大相框，里面三幅黑白半身肖像，都是九泉下的长辈。自左至右，依次是曾祖母、祖父、祖母——我们分别称老太太、阿爹、好婆。听大人说，原先还有太公（曾祖父）的画像，但已毁于日寇侵华举家逃难的民国二十六年（1937年）。我饭桌上固定的座位正对板壁，每次不好好吃饭，或磨磨蹭蹭，或邋邋遢遢，吃出各种恶形恶状，拨汤敲筷，这时候坐一旁的姑婆就会朝上一指，压低嗓门无比敬畏地说："还不好好吃？上头看着你呢！"我怕板壁上的阿爹：瓜皮帽扣着脑门，马褂领顶着下巴，离离一部山羊胡。但真正怕人的是那双大小眼，右眼大，双眼皮高挑，目光凌厉，左眼小，单眼皮耷拉，目光凝重。那两股目光射到脸上逼得你透不过气来。夏天，身上痱子乱窜，着了火似的。阿爹右边的好婆身穿团花大夹袄，头戴乌羢兜，一定是画工拙劣，将一张脸画得老长，偏偏又不成比例，额头湫隘，下巴逼仄，于是眼睛到嘴巴之间仿佛有千里之遥。有一回我看着看着痴想有一匹马如何从好婆的眉心沿着绵延的鼻山迤逦下行，结果竟然迷失在"人中"旷野上了。好婆的脸并不可怕，就是怪怪的，看了不舒服。阿爹左边的老太太却是天仙美女，蛾眉娟娟，秀目盈盈，要让骚人墨客描绘起来，那就是"远山""秋水"了。还有刘海，垂在高爽的额头，如毵毵烟柳。嘴弯弯的，像一叶纤舟，正载着浅笑浮泛春水，一对酒窝无疑是碧波桨痕。"还不好好吃，上头看着你呢！"我不免抬头怯生生瞥一眼阿爹的大小眼，避开好婆的长脸，就逃到老太太的无边春色中。我相信老太太会护着我，怎么说老太太也是阿爹的娘，可以管阿爹。我舒了一口气，甚至想象自己扑在老太太的怀里，还闻到了一股幽微的香气，那是檀香。

到我上小学三四年级时，饭桌上大概已颇有规矩，所以"上头看着你呢"这类话已不再听说了。但我却时常看"上头"，自然是看老太太。看啊看的，有一天突然看出了疑问：我们家这些老太太的后辈怎么跟天仙似的老太太都不像？我决定去问小姐姐。我知道姐姐对老太太的像比我还在意。我好几次见她瞅着板壁上的老太太，学着老太太抿起酒窝笑的样子。姐姐说，她早有这疑窦了。不过也不奇怪，本来嘛，父母和子女也不见得都相像。父亲不是就没有好婆那样的长脸？眼睛也不像阿爹那样大小悬殊。话再说回来，我们祖上出了一位绝代佳人的老太太，你心里不高兴不喜欢吗？我想，姐姐说的有道理。

有一回姑婆拾掇猪大肠，我站立一厢津津有味地观赏。姑婆一边揉啊搓的，一边絮絮叨叨地说：老太太在时最爱吃红烧猪肠了。姑婆说，有一年过年节，乡下草台班演大戏，有一出罗通盘肠大战，罗通手提银枪，脖子上还真盘了肠，一副屠宰场里出来的货真价实的猪大肠。锣鼓咚锵咚锵，打了几个回合下来，盘在罗通脖子上的大肠禁不住跳跳颠颠，开始往下溜了，终于瀑布似一泻，滑溜溜全吧唧到了台上。台下叫起来了。老太太也在看，马上掉过头去。从此，老太太再不吃猪大肠了。

我突然想起了什么，问姑婆："老太太是你娘吗？"姑婆啧啧连声："亏你问得出来的！""那姑婆你怎么跟画上的老太太不像呢？"姑婆一边捋着滑溜的肠子，一边又絮絮叨叨地说：老太太在世时从没照过相，有一次照相的上门，天井里摆好交椅茶几，茶几上一盆万年青，老太太就是不愿坐下去照。所以走了以后要给画像都没有个样子可依，只能到画铺里说个五官长相请他们画，结果不知画到谁家门里去了。最后老太太的娘家兄弟，我大舅出面，在苏州牛角浜的画铺里买了一幅现成的画，说是跟老太太年轻时面影有些仿佛，也漂亮，就是现在板壁上挂着的那幅。我听了大吃一惊："真的像？"姑婆摇摇头："唉，说不像吧，几十年一直看着这幅画，假的也都要看成真的了。"我迫不及待地去找小姐姐，告诉她这秘密。小姐姐望着板壁上老太太的画像一脸惘然，最后竟然白了我一眼道："谁叫你去问姑婆的！"

打那以后，我有了个画像心结。念中学时，历史课本上有汉武帝、唐太宗、文天祥、洪秀全这些人的画像，还有武则天的。我问历史老师："这些像都是哄人的吧？"老师定定地看着我："什么意思?""都是后来人画的,他们见过汉武帝?见过唐太宗?凭什么画成这样?"老师笑了:"你倒说说汉武帝、唐太宗是什么模样?"我也笑了:"我怎么知道?""既然如此,你尽可以把他们就当成书上这样子。""这不是有点儿自欺欺人了?"老师皱起眉头,"汉武帝、唐太宗画成啥样,这无关紧要。历史上自欺欺人的地方多着呢。"

"文革""破四旧"的时候就有亲戚上门提醒,说是祖宗的遗像就是"四旧",趁早烧了的好,有的人家就因为挂了穿官服的先人遗像被抄了家。父亲唯唯,但没有烧,只是悄悄取下,卷起,藏在床下了。后来,后来,就不知去向了。

好婆

我们老家把祖母叫"好婆",但我从小叫"好婆"的人并非我的亲祖母。好婆只比父亲大几岁,是祖父的续弦。好婆没有娘家人,一个亲戚都没有。她出身微贱,做过丫鬟,这是一个跟我们家沾点儿亲的老太太说的。民国年代户口册上好婆登记的名字是宣纽氏,纽是满、回的姓。五十年代选民登记,不兴××氏,要有大名,为难了半天,最后好婆说:"以前倒也有过个名字,叫月兰。"我曾经想过,这多半是好婆当丫鬟时的名字。此后,户口本上好婆有了自己的名字:纽月兰。在家里,好婆就像个老妈子一样,忙忙碌碌。

好婆有两个女儿,大姑、二姑。打我记事起,大姑就是小学教师。每天学校回家,好婆就小脚零丁迎上去,接下她的包,又忙着倒洗脸水送毛巾。遇上大姑的同事、朋友来家,好婆送上茶水就悄悄退下,似乎不愿意对方知晓自己是大姑的妈。逢年过节,来了亲戚朋友,大姑也一起玩玩麻将。好婆隔上一阵就到大姑身后站站,等有什么吩咐似的。一次大姑手气不顺,回头让好婆上楼到房间里取钱,好婆咕噜道:"不要打了。"大姑轻轻顶了一句:"叫你拿你就拿去。"于是好婆一声不吭,笃笃笃上楼梯取钱去了,倒像是个佣人！但夜晚，母女俩睡下，总会聊一阵，夜语温馨，穿过板壁（我的床挨着板壁），成了载我入梦的小舟。

大姑弱骨丰肌，算得上江南佳丽，人也能干，二十七岁才出阁。姑父在空军任文职，很英俊。这年是民国三十七年，婚后不久时局丕变，大姑随姑父去了台湾。从此音信断绝。

有一回家里来客，我的床腾出待客，我被打发到好婆房里睡。原先姑妈那张床垂着帐子，一直空着。半夜，我听好婆起床，上马桶小解。我翻了个身，床吱吱响动。隔着帐子，我见好婆突然朝床走来，一边低压嗓门哑着声音唤道："是馥官？馥官你回来了？啥时候回来的？馥官！"馥官是大姑的小名。我只觉得原先盖在身上嫌重的被子失了分量，从头凉到脚。"好婆，好婆，是我，荣弟。"我轻轻回应。好婆站住了："喔，是荣弟。"

一九六一年夏，我从北京回家过大学时代的最后一个暑假。那天清早，雨骤风狂，我闷闷地坐在窗前看雨师风伯作秀，都不知道好婆端了一碗面来，闻得出，准是街对面新德源的焖肉大面。"今天是你大姑四十岁生日，吃碗寿面。昨天半夜来台风，房里的两扇窗扣得好好的会吹开，帐钩叮当响，一定是馥官回来看我了。"好婆一直以为台风就是从台湾来的风。我笑了："再等上几年，就会回来了。"好婆摇摇头："怕等不到了，过年就七十了。"

两年后，我在新疆收到父亲来信，告诉我好婆过世了。接着姐姐也来了信，说好婆临终时很清醒，指着床头的小板箱说："馥官回来交给她。"后来打开一看，都是姑妈当年的旧物：中学奖状、小学教本、几本《万象》，一本巴金的《家》，还有黑皮面的《圣经》，书页里夹了不少枫叶。一个纸盒里是发黄的影星照片——陈云裳、陈燕燕、李丽华、李香来、龚秋霞、周曼华、周璇……一只红木梳妆匣，里面有黄杨木梳篦、各式发夹、几根束发缎带，还有半截眉笔，一支硬疙瘩唇膏，小盒胭脂已干裂成片，法国盒粉还散着微香。再就是关不拢的皮夹，蛀洞的手套，跳丝的丝袜，一个枕套里装了大大小小各色毛线球；另有几块布料，薄薄脆脆，指头一捣一个洞。姐姐最后说："箱子里没有一样像样的东西。显然，这都是大姑撂掉的东西。但对好婆来说都是宝。"

箱子毁于"文革"，终于没有交到姑妈手里。其实，即使不毁于"文革"，姑妈也见不到了。八十年代初，姑妈已死于肺癌。姑父一直住在美国西岸，现在已经上百岁了。十年前，姑父常回国，我们见过好几次面，聊起姑妈，聊起好婆。我说起好婆那口箱子的事，姑父长叹一声，沉默了好久。

二姑

我上小学四年级那年暑假，一九四七年，八坼（吴江同里以南挨着运河的一个水乡小镇）来人报信，说是二姑得了重症伤寒，你们来人看看吧。都说二姑命不好，中学毕业，亲戚做媒，早早嫁到了八坼。婆家姓周，做媒的亲戚说，男方是独子，家道殷实，父母双亡，照片上男方模样也清秀，却瞒起了男的痨病缠身。过了门才知道，晚了，到后来，病情日益加重，连下床都不便了。虽说上无公婆，却有个精明厉害、独身不嫁的泼辣的管家嬷嬷（吴江一带管丈夫的姐姐叫嬷嬷），还有两个小姑子。一个家都抓在嬷嬷手心里，二姑的处境也就可想而知了。常受嬷嬷的气，实在憋屈不过，二姑就提了个小包回苏州娘家来。一家人都气愤，但又无奈。第二天八坼就追着捎信来，要二姑回去。姐姐们都气愤不过，叫二姑偏不回去。父亲的意思多住些日子可以，回还是要回的。但住上三四天，二姑就不声不响挽了小包，好婆送她出门，回八坼去了。

八坼报信来二姑得了伤寒，全家紧张。那年月伤寒就像今天的癌症，闻之色变。八坼小镇上既没有医院，也没有西医，就靠中医郎中。大姑托人请了当时苏州城里有名的西医钱大夫出诊。到八坼只有水路，这怎么行？好在当时苏州有一家祥生出租汽车行，就租了辆小汽车。钱大夫带了位看护小姐,由大姑陪了去,车上还有地方,大姑同意我也跟了去,条件是听话。上午动身,钱大夫在车上说,不久前他就遇上一个伤寒病人,都肠出血了,还是治好了。车到八坼已近中午,车子开不进,只能停在镇口,不少人围拢来看,都知道这是苏州来的郎中,给周家少奶奶看病来了。顺着沿河的小街,也许是八坼最繁华的地段了,到了周家。我不记得房子有多大,只记得有楼,屋后有一个小园,养着鸡,还圈养着两头猪。

　　钱大夫问了发病经过,就进房间给二姑检查,我远远站一边,见二姑昏迷着。离二姑的床不远是姑夫的床,姑夫瘦瘦的,躺着,不停地呻吟:绽云你不能走啊。绽云是二姑的名字。一个留着两撇小胡子的小老头先是在钱大夫周围转来转去,嘟嘟哝哝地说,用羚羊角粉就能治好。钱大夫没有理他,他终于摇摇头退出去了。后来知道他是中医,姑夫的堂叔。钱大夫最后看了一下排泄的粪便,黑的,就出来了,跟大姑和嬷嬷说:黑的就是血,还不少,肠穿孔了。他摇了摇头。大姑哭了。钱大夫吃了饭,留下看护小姐,留了几片药,交代了几句,就坐原车回苏州了。

　　二姑是夜里走的,我睡在楼上,被楼下女人的哭声吵醒,还听到姑夫拍着床沿在号:"绽云,绽云!"二姑那年才二十四岁。天亮,看护小姐吃了早点,请人送她到轮船码头回苏州。

　　丧事中,大姑整理二姑的遗物,发现所有陪嫁来的东西,包括金银首饰,等等,早被藏起来了。二姑出嫁时,大姑送给妹妹一副翡翠耳坠，大姑问嬷嬷能不能把这副耳坠留给她做个纪念？嬷嬷说，什么耳坠？从来没有见过。越说越不痛快，最后嬷嬷说，都嫁入周家门了，有也是周家的了。大姑和嬷嬷争起来了。楼下姑夫在敲着床沿号了：绽云你不能走啊！

  此后我们和周家就断了来往。只是听说，一九八六年，一个早晨，姑夫从楼上下来，突然倒地，等发现，来不及了，心脏病，七十出头。

四姐

在我被抛到这世上之前，四姐已是我们家的女佣，江南称"阿妈"。四姐身体壮实，有一双厚实的手，一对稳当的大脚。四姐脸上总带着点儿憨厚的笑，你永远猜不透她究竟在笑什么。有一回我听姑婆跟她说："四姐，还是找个男人，做孤孀到底苦。"四姐依然带着笑。那时四姐四十出头。

江南春天雨水多。我念小学一二年级时，牵着姐姐的手上学，遇上下雨则由四姐接送，这是我求之不得的。四姐驮我在背上，一只手在后面托着点儿我的屁股，一只手撑伞，我两只手围住她的脖子。四姐的背厚实，山一样，撼不动。这天春雨绵绵，四姐驮着我，我的嘴正贴她耳边，我悄悄问："四姐，啥叫孤孀？""没了男人的女人。""你是不是孤孀？""问这些做啥？四姐命不好。"但四姐脸上还是笑着。我用手指轻轻摸着四姐脸上的笑纹。

当年我们赁屋而居，住的大宅第据说是清末官宦人家的私第，洪杨乱起，主人合家殉节，吊死在后园。是真是假就难说了。我小时候大宅临街已是一家气派的天泰布店，布店后面两扇厚实的仪门和里面断开。往里有四五进房舍住家，天井假山自成格局，彼此关断，我们住最后一进，再往里，曲曲折折几处小屋，是柴房、厨房。

最后是大园，园中央一棵桂花树，亭亭如盖。大园一角是天泰布店的弹棉花房，平时空关，入秋启用。弹花师傅五十光景，瘦瘦高高，背着弹弓，弯成一只虾，弹花槌敲击弓弦，嘣嘣嘣，声韵颤巍。师傅身上沾满飞絮，像条刺毛虫，大家叫他毛师傅，他本姓毛。毛师傅就睡在弹花房，忙的时候要开夜作。

这一年秋，毛师傅来了。四姐在厨下忙碌时，毛师傅会放下手里的活儿，穿过园子来攀谈，有时还帮着打井水。大人叮嘱了：四姐和毛师傅一起时别缠在跟前。但放学回家，遇上四姐跟毛师傅在园子里攀谈，我就忍不住偎到四姐身边。四姐问毛师傅："一个人住园里，不怕？"毛师傅说："就有一次，半夜了，弹完一床棉絮，到园子里透透气。忽然见月亮地里有个人影在桂花树下踱步。我就一声喊：啥人？那人不睬。我仔细一看，乖乖，顶戴花翎，马蹄袖袍服……就是脸看不清。我腿都软了，嗓子也哑了。看着这影子踱出园门。"我吓得头直往四姐身上埋。"还有一回，"毛师傅又讲了，"中秋夜，赶完夜作睡下，蒙眬了一阵，突然满屋子银光耀眼。天亮了？我起来推开窗子，一看呆住了。一条龙，雪甲银鳞，把园子舞成了水晶宫。"毛师傅一直看着四姐，四姐始终笑眯眯听。

临近中秋有几天闷热，民间称"木樨（桂花）蒸"。那会儿夜里四姐带我睡，近半夜，叫醒我起来小便，怕我尿床。四姐还没有睡，倚在窗口，晃着蒲扇，房间里弥漫着暖洋洋的桂花的甜香。后园隐隐传来嘣嘣的弹花声，空灵跳逗。我趴到窗口，嘣嘣，嘣嘣，天上的星星被"嘣"得乱抖。四姐说："毛师傅还在做夜作呢！"

中秋夜，吃了月饼，天井墙高看不见月亮。小姐姐说：敢不敢到大园去看？去，有什么不敢的！我们踏着小步往后园去。后园的门是从来开着的，望进去荧青乳白，别一番光影的世界。桂花香扑鼻而来，浓得拨不开。园子里传来草虫的吟唱，依稀还有说话的声音，摇曳着，荡漾着，闪烁着。我们有些发怵，站定细细地听，是两个人在说话。姐姐先听出来，悄悄道："四姐！"我也辨出了另一个声音："毛师傅！"这就不怕了，但我们没有闯进园去，只是挨着园门张望。毛师傅和四姐坐在两张竹交椅上，中间一张大方凳，放着茶壶茶盅，一个盒子，想来是月饼。月光照在他们脸上，光影淡淡，脸就像浮雕一样，我甚至能辨出四姐脸上浮雕的笑。

第二年春，四姐笑嘻嘻跟全家告别，和毛师傅在北寺塔附近安了家。后来迁居外地，没了音讯。"文革"后期，小姐姐回苏州，想起到北寺塔附近转转。竟见了四姐，坐街边看管自来水龙头呢。要说年纪，四姐也就六十出头，可头发全白了。小姐姐说：人也瘦，我上去问，你可是四姐？我是小妹，宣家的小妹，记得吗？她看了我一阵，点点头，没说话。问她啥时回来的，也不说，迟钝了。小姐姐给了她一些钱，四姐收下了，没有言语。第二年我回苏州，也去了北寺塔，水龙头上换了个老头，一问三不知。也好，让四姐在我心里永远带着憨厚的笑吧，我喜欢。

三孃孃

《辞源》和《汉语词典》上,"孃"和"娘"是一个字,自古相通,无关繁简。但我小时候,吴语里"孃""娘"两个字有所区别,重叠起来"娘娘"用来称呼娘的娘,也就是外婆,"孃孃"是用来称呼姑姑或姑妈的,念起来声调不同,"娘"是第二声阳平,"孃"是第一声阴平。孩子对年长一辈的女性也常称"孃孃"以示尊敬,如今早被"阿姨"取代了。"孃孃"这两个字,如果从苏州小女子嘴里出来,就有轻桨柔橹的袅袅情韵。

我第一次见三孃孃,也就七八岁上小学的时候。暑假里,父亲到药师庵去见一个吴江同里那地方来的乡亲故旧,顺便带上了我。药师庵,就是说尼姑庵了?和尚庙不稀罕,尼姑庵还从没有到过,很兴奋。药师庵就在观前街附近的社坛巷,在僻静里拐几个弯就到了。我大失所望:怎么不是黄墙是黑墙?"药师庵"三个字都没有,就是普通人家!上三个台阶,单扇门,拉门铃,听到细碎的脚步声。开门的是一个十四五岁的小姐姐,秀气的脸,密密的睫毛后面亮着一双机灵的眼睛。她认识父亲,回头悠悠地喊一声:孃孃,宣家伯伯来了。跟着走出一个中年女子,短发齐耳,皮肤白净,婷婷身材。虽然我才七八岁,也觉得她漂亮。父亲让我叫三孃孃,三孃孃称父亲四阿哥。沾一点儿亲故。老辈的亲戚关系拐来拐去很复杂，我常是搞不清。三孃孃有一张轮廓分明的脸，挑不出毛病，弯起嘴角微笑，恰到好处。父亲要见的乡亲故旧，我要叫唐家老伯伯，白须白发。大人坐下说话，三孃孃对小姐姐说：杏珍，你带弟弟各处转转。杏珍带我穿过天井，推开门廊一侧的屏门，飘来一股檀香的幽芳。里面是佛堂，正中供一尊跟杏珍差不多高的金身观音立像。桌上香炉、烛台、木鱼、磬……摆得整整齐齐，地下有蒲团，梁上吊下长明灯，两边墙上挂着字轴。我问杏珍：这儿是药师庵？药师呢？杏珍密密的睫毛后眼睛一闪一闪：以前是药师庵，现在不是了。她带我出观音堂，外面是个小庭院。我问杏珍：你是尼姑吗？杏珍笑了：你说呢？我说：尼姑要剃光头，你有头发。杏珍一头乌黑短发。是啊，她说。你会念经吗？我问。杏珍指着佛堂：每天早起都要跟孃孃来这儿念。跟学校里背书一样？杏珍笑了。

庭院卵石铺地，石缝里绿草萋萋，左右栽着两株桂花树。墙阴一丛修竹，出奇地静。庭院东墙月洞门进去，是个大天井，一架紫色牵牛花，默默无声地吹着喇叭。天井一旁就是厨房。厨房大而亮堂，收拾得干干净净，一柱阳光静悄悄从天窗落下……我和父亲是吃了三孃孃下的酒酿圆子后回家的。

后来知道，三孃孃姓张，老家芦墟，那是柳亚子的家乡。算起来，三孃孃跟我们家的亲并不远，只是往来不多罢了。三孃孃年轻时被药师庵的师太收作徒弟，师太圆寂，庵交给了她。药师庵，有楼有厢有厅有客堂，普通民居的格局，颇宽畅。仅只楼下一间前厅改成观音堂。五十年代初，我有一回到药师庵，正碰上做法事。香烛荧荧，三孃孃披了大红袈裟，还有十来个妇女披了黑袈裟，敲着铃，双手握着香炷，跟在三孃孃身后，在佛堂里慢悠悠转圈，梦游一般，嘴里唱着经。杏珍站在桌子边有节奏地敲着钟磬木鱼。这些女信众大概每七天来此做一次佛事，吃一顿素斋。吴江、同里、芦墟、八坼一带的乡亲上苏州办事、求医，都来这里落脚求助，三孃孃从不拒绝。

杏珍应该是三孃孃收养的孤女。这之前三孃孃还收养过两个贫家女子，一个小龙，一个小凤，长成了就让她们嫁人。小龙就嫁给了我们店里的伙计。五十年代中期，不准家里设佛堂、聚众念经拜佛，居民要上来查。三孃孃在客堂里安置了几台织毛巾机，自力更生。杏珍一直守着三孃孃。

六十年代初，大饥荒，一个外地漂流来的年轻和尚，打巷子里过，听到墙内咔嗒咔嗒织毛巾机的声音，就敲门进来，说他愿意留下来打工。一看是佛门子弟，问他法号，答曰：照宇。三孃孃把他留下了。照宇话不多，勤奋踏实。而且运货采购之类还少不了个男的。三孃孃很倚重他。日子久了，终于有一天，三孃孃发现杏珍怀孕了，明摆着的事，就让他们登记结婚，成家。

"文革"中，一九六八年吧，我和妻从新疆回苏州，三孃孃已是风鬟雾鬓。妻是第一次见，惊讶地跟我说：三孃孃年轻时一定很美很美。我说：就是。经过这么些年的折腾，三孃孃憔悴了，却依然笼罩着一身刀枪不入的静气，于是憔悴也成了美。

爷叔

我们小时候都管叔父叫爷叔。我仅有的一个要叫爷叔的人，应该是我的堂叔。生在十九、二十世纪之交，去法国留过学。他的这些经历父亲从来避而不谈。但我从旁处耳食所得，还是能拼出个大概。怎么说呢？就像曹雪芹祖父曹寅说的："称心岁月荒唐过。"爷叔在法国读医，没有读出名堂，一味荒唐，赌不敢说，玩女人是肯定的。不知道还作了什么孽，临了，在法国待不住了，就回来了。回来后还是嫖女人，有一阵常有人鬼鬼祟祟到吴江家门口张望，一盘问，是妓院来讨账的。

但到我见到爷叔的时候，他已是荒唐过后的中年，在上海电气公司工作。短髭修得很整齐，抽雪茄，模样有几分威严，压住了风流。因为我母亲患结核，爷叔来家，就会转圈摸我的脖子，看淋巴有没有肿大。他在法国是学过医的，他的医学知识还表现在经常说的两句话：吃韭菜会长胖，吃芹菜能去油。姐姐们一度很相信，爷叔毕竟在法国学过医。但父亲是不以为然的。

爷叔跟婶娘，他原配，早就不来往，婶娘跟儿子一起，父子反目。爷叔先是喜欢一个"戴眼镜的"女的，那女的爱吃卤味店里的小黄雀，一次暴吃，得病死了。不久，爷叔讨了个二房，到我们家来过，瘦瘦的，抽香烟，人挺随和。一九四五年日本投降，她正好在苏州，抱着我摇着小国旗上街欢迎部队开过。她高兴得眼泪不断线，我一直盯着她的眼睛：大人还这么哭！

我七岁那年，夏天，爷叔从上海来，父亲开了电扇。我才洗过澡，光着屁股上楼梯，爷叔从背后冷不丁在我屁股上拍了一巴掌。不行了，我犯浑了，为什么打我？非要打还不可。爷叔伸出巴掌：打吧。不行，我也要打你屁股。姐姐拉住我：爷叔跟你玩，你还真的了！哪有你这样的小孩！爷叔转过身，背对着我，说：好，打屁股，打屁股。不行，要脱了裤子光屁股打。全家哗然，这还了得！最后谁也不理我，让我一个人哭，阴干。从此我的倔脾气出了名，兄弟姐妹中首屈一指。但爷叔倒好像有点儿欣赏我的倔。

五十年代初，我和父亲到上海去看过他，住在新闸路，小户人家。那是下午，他想拿一点什么招待我，拿不出，很尴尬，于是给我泡了一杯白糖开水，说："每天喝一杯糖开水，比什么都强。"

一九五六年我刚进北大，爷叔托一个他认识的也在北大上学的学生带给我一本日记本，一把小开刀，附了封信。我给他写了回信，信上说道，外国送人礼物是不作兴送刀的，送刀就暗示断交。不过，我不在乎，这把刀对我太有用了。这是我和爷叔唯一的通信。最后一次见到爷叔应该在一九六一年暑假，这年暑假我回苏州，爷叔正好也在苏州。见面还没有说话，他做了个脱帽的动作，鼻子里"嗯——"一声。我懂，这是问我"右派"摘帽没有？我说：没有。

爷叔说，在人屋檐下，戒俱。我是这年秋季摘帽的。其实摘不摘一回事，只是换了顶帽子，"摘帽右派"也是一顶帽子。

"文革"时爷叔已是退休职工，按说不会受什么冲击。七十年代中我回苏州时，父亲跟我说，有天上海来了几个搞外调的，问父亲爷叔是不是参加过国民党。父亲说没有。来人说，你南京的女儿已经写了揭发材料，揭发宣××是国民党员。父亲说，就我知道宣××没有参加国民党。外调的说，你再回忆回忆，我们还会来的。父亲当时很生气，怪南京姐姐怎么随便乱说。后来，姐姐到苏州，一问，姐姐说没人向她调查过爷叔的事啊。

爷叔是七十年代末去世的。我一直为他惋惜，他年轻时，正是风云激荡的时代，到法国留学，竟然什么也没有学到。我有时想，打屁股那阵，如果没有旁人，就我们叔侄两人，他可能真会拉下一点儿裤子让我打光屁股的。他毕竟在法兰西洗过礼。

野和尚

小时候，我有个外号——野和尚。因为我剃个光朗头，像个小和尚。冠以"野"，是因为我看起来有点儿蛮，又整天和邻居孩子在外面"野"。这外号只是家里哥哥姐姐们叫叫，外人是不知道的。

有一回我蛮劲上来，跟姐姐吵架。事后姐姐说：你知道为什么叫你野和尚？你前世是个和尚，还杀过人！说是我小毛头时，好夜哭，闹得合宅不宁。有一天，一个老和尚木鱼敲上门来，说道：这家是不是有个夜哭郎？奇了，这和尚怎么知道？老和尚说，这小孩前世也是个和尚，杀了人，奔着投胎来了，所以哭。老和尚摩了摩小毛头的头，也就是我的头，说道：好了好了，不哭不哭。据说此后我还真不怎么哭了。

我不信，去问我们家的老佣人四姐，四姐说，有这回事。我去问好婆，好婆说，谁多嘴告诉你的？前世是和尚又怎么了？我不在乎。野和尚又怎么了？鲁智深不就是野和尚？所以哥哥姐姐叫我野和尚我从不生气，甚至还有点得意。

我八岁那年暑假，阴历六月，好婆吃六月斋。一天午睡醒来，四周静幽幽，只几个苍蝇在营营苦吟。传来了轻轻的敲门声，我去开门，门口站着一个圆脸白净、细眉小嘴的小尼姑，灰袍长袖，左手提着上下两格的朱漆罩篮。我慌忙叫姐姐，姐姐慌忙叫好婆。好婆出来，叫小尼姑小师太，请她客堂坐下。小师太和好婆说话，声音细细的，像是从一炷香上袅袅而出的轻烟。小师太打开罩篮盖，上格里青边细瓷，四个碟子，装着素鸡、糟黄豆芽、花生、焐酥发芽豆。小师太将它们一一取出，再卸下上格，下格里一式青边细瓷两碗菜，一碗是素什锦，一碗是芹菜干丝。好婆请小师太稍坐，说是去取碗碟来折。小师太坐着，轻扇袍袖，我递给她蒲扇，她摆摆手说："自己扇吧。"她看了看我的光头，轻声细气问道："你叫什么名字？"我还没有顾上回答，姐姐竟叽喳一声："叫野和尚！"当着外人，还是个小尼姑，叫我野和尚！我举起扇子就向姐姐打去。小师太赶紧举起袍袖一隔，将我挡住，说道："不可以这样的，不可以这样的。"

　　好婆取来碗碟，折过菜，给了小师太钱。小师太念了几声"观世音菩萨"，一边将光洁的青边细瓷碗碟重又装入罩篮，拾掇好，就起身告辞。顺手摸了摸我的和尚头，袍袖里散出只有在佛堂里才能闻到的幽香。好婆说这小师太是白莲庵的。好婆到白莲庵烧过香。白莲庵的当家师太烧得一手好素斋，常是让小师太给施主上门送菜，提篮化缘。

　　暑假以后我升入三年级，告别了和尚头，留西式头了，家里也再没有人叫我"野和尚"了。小学毕业那年，我在白莲庵所在的小巷里见过小师太，她正从昏暗的门洞里出来，像是夜空里涌出的一轮明月，已是恬静的大姑娘了，留起了辫子，穿着豆绿的短袖衫。

月饼

咪咪打电话来说:"我妈现在连我都不认识了。她现在只记得两个人,我弟弟和你。我喊你的名字,宣树铮,你知道宣树铮是谁吗?她有感觉了,我说宣树铮从美国回来,中秋节会来看你,她点了点头。"二〇一三年回国我和妻到惠阳去看了小姐姐,她从香港住到惠阳来了,那时脑子还不糊涂,只是说话不灵,走路不行。每天晚上轮椅到楼下,我和妻掖着她在广场群舞的声光杂乱中寂寞地走上几十步。我们陪了她五天,告别时,说明年回国再看你来,她还摆手微笑。谁料到一年时间就卧床不起,连女儿都不认识了。

在我们兄弟姐妹中,就我和小姐姐从小在家待一起的时间最长,一直到她去上海念大学我升高中才分开。我一九五六年进大学的时候,她问我,什么时候会在报纸杂志上看到你的文章?我说:十年后你看。不料一年多以后我就被"阳谋"了。八十年代,大哥大嫂从台湾回来,一家人回忆往事,小姐姐最喜欢当众说我小时候怎么欺负她,有一回她取了几条我养的蝌蚪到学校做实验,我知道了挥手一拳,"拳头好厉害啊,把我眼角都打青了!"说到这里,她就哈哈笑。我只记得我养过蝌蚪,打青眼角的事毫无印象。但我记得我偷吃过她的月饼,她却不记得了。

还是我上小学小姐姐上中学的时候，一年中秋，我们各分得五个月饼——苏式月饼，个头很小。晚上两人坐窗前，吃饼望月。月中阴影如轻烟淡墨，姐姐看出嫦娥白兔，我说是吴刚桂树，争个不休。转眼我已三个月饼下肚，姐姐才吃了一个。我起手取第四个时，被她喝住了："还吃？你真是叫花子不留隔夜食！我看你是想绑皮硝（芒硝）了。"小时候吃东西不消化就上中药铺买一小包皮硝装进小布袋绑到肚脐眼上。我只得怏怏地把余下的两个月饼装进盒子，也没有兴致再看月亮了。

第二天身在学校心系月饼。放学回家，赶紧将两个业障收拾进肚子，一了百了，天下太平。然而，却一直不见姐姐吃她的月饼，牵挂了三天仍不见她吃。第四天，趁她不在，拉开抽屉，取出她的盒子，掀盖一看，三个月饼憨憨厚厚正睡得香。接下来的事可谓鬼使神差：一个月饼像是自己出了盒子进了我肚子。来日中午，姐姐把我叫进房，关上门，劈头问："你偷吃了我的月饼？""别冤枉人！""明明三个，怎么只剩两个了？""你问我，我问谁？""除了你，还有谁？""还有你自己，"我突然来了灵感，"你没听二哥说，他们学校有个寄宿生半夜三更起来吃饼干，第二天还怪别人偷吃他饼干。""他那是梦游病，"姐姐也来了灵感，盯住我看，"你有梦游病？""你，你才有！"

星期六下午二哥回家，他是苏州中学高中寄宿生，一星期回家一次。晚上，姐姐给他讲了月饼的事，不时瞄我一眼。我只作不知，一门心思欣赏手里的纸团扇,扇上一位古装仕女正单衣怯怯站在荷花池畔。二哥说:"这不能叫'偷',这是'盗'。跟窦尔敦盗御马、红线盗盒、白娘娘盗仙草、杨香武三盗九龙杯一个样。"我得意了,想不到自己能和杨香武这样的侠客成一路人。我大声对姐姐说:"听见了吧,这不叫'偷',这是'盗'。"二哥笑道:"我这是姜太公钓鱼。"姐姐指着我说:"上钩了吧!不打自招!"

次日,二哥突发诗兴,要在我纸扇上题诗。我很兴奋,一旁磨墨。二哥落笔第一字是"偷"字,我急了,二哥说急什么?第二个字是"夜",这才放心。这首诗五言六句:"偷夜下绣楼,月照莲塘秋。饼金赠寒士,难得有莫愁。为我谢佳人,情重如山丘。"二哥说,扇上那女子就是莫愁,就是佳人,她拿了饼金,饼金就是银圆,赠送给寒士,穷书生。下午二哥回校,晚上我得意地拿扇子给姐姐看,姐姐看了一会儿大笑:"你这傻瓜!你把每句的头一字连起来读读看——偷月饼难为情。"

这一年十月,二哥他们去了台湾。过了二十七年,他从美国回大陆,金秋时序,吃月饼。我问他,还记得那首藏头诗?二哥颇惊讶:"我还写过诗?我从不会写诗。"

再过半个月,八月二十九日,一年一度,我们启程回国。中秋是九月八日,正好白露。回到苏州,我和妻商量好了,马上去惠阳看小姐姐,带上一盒苏式月饼。就不知这月饼还能不能唤起姐姐一丁点儿回忆……

锭姐

每到阴历年就会怀旧。

我想起了锭姐，想起了一九五四年除夕。那时我们住在临顿桥头沿河房子里。一家人吃年夜饭，父亲和锭姐都喝了几杯酒，平时是不喝的。吃完年夜饭大家在里间闲话，锭姐烧了一大壶开水在外间洗碗收拾，她不要别人帮忙。外间传来了碗碟撂起的叮当声，又传来开后门的声音，锭姐开后门要倒洗碗水了。后门外就是河，一大片水；踏出后门有一米半见方的石条平台，左侧是河桥，下十三四级石阶到河面。传来了往河里倒水的声音，还有嗵一声响，一定是谁家在往河里扔东西，大年夜的。

忽然河对面的船户人家在喊，有人跳河了！有人跳河了！听来瘆人。我们出来，见后门还开着，锭姐不在了！芙姐大叫：锭阿姐掉河里了。一家人都慌了。锭姐的大儿子小鸿八岁，小儿子小濂才五岁，吓得呜呜哭了。大年夜没有过往船只，船户人家（以一艘大船为家，常年固定在水边）的女的撑了只小船赶来，但水面不见人的影踪，已朝临顿桥洞的方向漂去了。桥面上已有不少人，有附近的乡邻，有过往的行人，路灯昏暗，只听到有人在喊，"快快快，要进桥洞了！""谁有电筒，电筒！"电筒来了。"过桥洞了，到前面截住,快,到豆腐店后门河桥头,用竹竿拦住……""豆腐店!豆腐店!"众人在喊。豆腐店的后门开了,有人拿了杠棒下河桥了,这时船户的船也到了。"好好,拦住了!拦住了!慢,小心。"桥这头突然又有人喊:"河里还有个人!"我挤到桥栏边一看,河里一个人右手扶着驳岸左手拄着竹竿正在齐腰深的水里往前走。啊,是父亲。

锭姐救起来了,用被子裹了抬回家,神志还清,幸亏是冬天,穿着丝棉袄,沉不下去。父亲是从河里走回来的,家里马上熬了姜汤。桥上的人散了,都不清楚是谁。一会儿派出所来了个女警,她是听说大年三十有人投河赶来的。一问知道是倒水时一滑,加上喝了点酒,失足落水。她安慰了一阵才离开。锭姐第二天一早就起床,见了谁都喜洋洋叫一声。晦气洗掉了,迎来了新的开始。父亲睡到了中午。

锭姐后来说,她在河里漂着,手脚动不了,脑子很清楚。她想要是真死了,就苦了两个孩子。锭姐当年三十五岁左右,姐夫沈士本,学土木工程,早年在台湾工作,后来回到上海,一九四八年赴法留学,当时锭姐正怀着小濂。一九四九年以后,姐夫没有回来,锭姐带了两个孩子回娘家,住在苏州。锭姐高中毕业,后来到上海小学教书,"文革"中被说成外国特务,挨整。小鸿因为父亲在海外,考大学通不过政审,早早下了农村。小濂老三届,到苏北插队落户。

沈士本在法国巴黎大学研究自动控制,颇有成就,和钱学森等人学术上有交往。他后来娶了个法国太太，按法国的法律，夫妻分居六年，就自动解除婚约。十年"文革"后，沈士本回国，他跟锭姐说："在中国按中国的规矩，你是我太太；在法国按法国的规矩，她是我太太。"沈士本在法国银行存了笔钱，按月寄回国内。沈士本也带法国太太回来过，和锭姐见了面，互送礼品。在锭姐心目中自己是明媒正娶的大老婆，法国太太是小老婆；在法国女人心目中锭姐是前妻，自己才是合法妻子。各想各的，彼此客客气气。

我来美国之前，有次沈士本回国，请我吃了顿饭，我想这是锭姐让他请的，攸关礼数。其实我小时候和沈士本只见过一次面，他上我们家，我也就八九岁，正发烧不舒服，躺在床上大哭大闹，他一定觉得这孩子真浑。那次吃饭也没谈多少话，毕竟生疏。沈士本从小家教很严，有旧学根底。小鸿曾经让我找一本陈千帆夫人沈祖棻的诗词集，说他父亲来信要。我给觅了一本，这可不是泛泛之辈阅读的书。我见过他给小鸿的信，落款是"父泐"（音勒，书写的意思），现在已没有几个人认得这个字了。

锭姐一九九六年去世，葬在苏州灵岩山附近，双穴位，墓碑上并排刻着沈士本的名字。沈士本二〇一二年去世，小鸿和太太去了趟法国，告别遗容，带回一些遗物放进坟，算是个衣冠冢。"文革"后，沈士本想叫小鸿移民法国，小鸿让小濂去了。沈士本和法国太太有一个女儿。

同年回国，本想去锭姐坟上，结果没去成。今年秋天一定得去。

霞好人

前些日子，明明从多伦多传来一张他母亲，也就是我姐姐霞姐的照片。霞姐眯着眼微笑着，双手抱拳坐在桌子对面，桌上一盒生日蛋糕，燃着八和四两支数字蜡烛。我们家的人把十二属相都占全了，霞姐属狗，今年是本命年，八十四岁。她眯着眼微笑着，气色敷腴，不显老，眉心下、鼻梁上，隐隐可以看到一个小小的疤痕。霞姐小时候碰破鼻梁，流血不止，母亲就从香炉里捏一撮香灰按伤口上，于是一辈子就留下了这小小疤，形状像蝴蝶，别说，还挺好看的。

霞姐生在一九三四年，一九四五年抗战胜利，日本投降，我才上小学一年级，霞姐正进中学，慧灵女中。童年往事，随风而逝，唯一记得的，竟是霞姐铅笔盒里有一张玻璃纸包着的"蒋委员长戎装玉照"，蒋委员长腰里佩着剑。一九四八年霞姐初中毕业，那年月女孩子很少上大学的，她上面的几个姐姐都是读到高中毕业，后来就嫁人了。霞姐没有升高中，去考了中专，供女孩子读的中专只有两所：师范和护士学校。霞姐报考了有名的"新苏师范"。正担心考不上，却在报纸录取名单上找到了自己的名字。师范供食宿，学生都住校，学校离家也远，至多周末走路回一趟家，那年月还不知道公交车。过了一年,一九四九年,蒋委员长走了,解放了。又过一年,一九五〇年,抗美援朝了。再过一年,一九五一年,土改了,这一年霞姐新苏师范毕业。正在毕业当口,学校号召保家卫国,参加"中国人民志愿军",霞姐报名了。回到家里她跟大姐说了,大姐夫一九四八年去法国留学,大姐从上海回到苏州娘家来住了。大姐听了,和霞姐争起来了。大姐气得不行,坚决不答应,指着霞姐的额头说:土改了,吴江的产业光了,以后的日子怎么过都是问题,弟弟妹妹还要上学,指望着你毕业工作了一起支撑这个家。你中了邪了?抗美援朝轮不到你!最后姐妹俩都掉泪了。霞姐回到学校,撤了报名。这场风波父亲可能都不知道,我是过了好些年后,听小姐姐给我讲的,她知道。

霞姐毕业后,在浒关文化馆工作过,霞姐嗓子很好,地方戏唱得不错,尤其当时很红的锡剧。后来调到吴县黄埭镇中学教书,教代数。黄埭就在苏州附近,出瓜子,黄埭瓜子是很有名的。霞姐每月工资三十元,领到工资以后就会回一趟家,交给家里十五元。霞姐每次回家就会一声不响翻检我的旧衣服,破的地方补起来,掉的纽扣缝上去,尤其是袜子,脚指头地方穿洞了,脚后跟磨破了,就套上袜船(专门用来补袜子的:竹子做成像船的样子,袜子套在上面可以绷挺,便于补),用布补起来。

一九五六年我参加高考的时候,她回家把她的手表给我:手表戴上,好看时间。我离家北上的时候,她不声不响塞给我几块钱:

出门上路，带上。"文革"期间我两次从新疆逃回苏州，她从渭塘到苏州家里看我，上午来，下午走，晚上我睡觉的时候发现枕头底下压了一张十元钱的钞票。

霞姐在三年大饥荒后的一九六二年成家，姐夫安邦在郑州粮食学院任教，但家在渭塘，渭塘家里就一个母亲。渭塘是吴县的一个镇，江南水乡，盛产鱼虾。霞姐后来就在渭塘中学教书。一九七九年我从新疆调回苏州，霞姐每次从渭塘来，总要带上几尾新鲜鲫鱼，还有虾。一九六三年霞姐生下唯一的儿子明明。渭塘家里就一个婆婆，加上霞姐母子，祖孙三代三个人。霞姐和婆婆相处得赛过母女，彼此照顾，见过的人都羡慕。我只见过一次，婆媳在临顿桥面上叫了辆三轮车到汽车站回渭塘，霞姐扶着婆婆先坐上车，婆婆坐定就伸手拉着霞姐上去，扶的拉的都是关怀和深情。安邦母亲过世以后，霞姐就带了明明，调到郑州粮食学院图书馆工作。明明念完大学就到加拿大留学，他是搞计算机的，在加拿大工作、入籍，随后明明太太移民来加，安邦和霞姐退休后也移民到了加拿大。明明已有了两个儿子，一个学医，快大学毕业了。安邦已于前年过世。从传来的照片上看，霞姐身子骨还可以，一日三餐都是她在劳碌。

父亲生前没有听他评说过他的子女，只是有一次提起霞姐，父亲长叹一声：霞好人，霞好人！那年大哥首次从台湾回苏州，我们兄弟姐妹大团聚，大家海聊，玩牌……霞姐却一声不响一个人在厨房里忙着做饭。一九八一年初父亲去世，遗体安放在楼下小间里，南京、福州的姐姐都赶来了,进门见了安睡着的父亲悲从中来,都忍不住哭几声。霞姐从郑州来,进门看到父亲就大哭,满脸泪水。她平时不表露,感情都压在心里。

今年是二〇一八年,我的姐姐霞好人,八十四岁了。好人,平安!

宝塔

我升小学三年级那年暑假，父亲去吴江办事，我跟了去。父亲在吴江城外忙，我被安顿在城里一个我叫他寿叔的亲戚家里。寿叔是吴江中学教师，一家三口：寿叔、寿婶，一个还睡摇篮的儿子。

寿叔家门临大街，房子宽敞，我一个人住一间西厢房。每天上午写大楷，做暑假作业，午饭后照例都要睡午觉。寿叔一家三口都睡客堂，客堂阴凉。寿叔睡躺椅，寿婶睡藤椅，儿子睡摇篮。什么都在睡：花瓶在长几上睡，鸡毛帚在花瓶里睡，水井在天井里张着大嘴睡，吊桶趴在井栏上睡，连客堂正中画轴上那大眼长睫的梅花鹿这会儿看起来也睡意蒙眬……但我睡不着，躺在西厢床席上辗转反侧，有时候迷迷糊糊了，又马上惊觉过来：我怕一觉睡过去再醒不来，或者醒来看到了一个完全陌生的举目无亲的地方。怕得没有道理，但就是怕。

第三天下午，我终于趁寿叔寿婶睡着的时候溜出了门。街上住家户居多，难得夹着几家小店铺，也在恹恹地打瞌睡，静悄悄的。唯一没有睡意的要数寿叔家路对面的水果店。水果店老板据说在外码头做生意，我只见了老板娘，高高瘦瘦，头发朝天扎起，像一排葱插在脑后，说话像爬楼梯，而且是店堂里侧贴着墙又陡又窄往上去的楼梯。老板娘站到店门口一声"三宝你死哪儿去了！"声音噔噔噔往上去可以让整条街哆嗦。但午后老板娘照例在楼上打中觉，看店的正是"你死哪儿去了"的三宝，一个看起来不过十四五岁的小姑娘，后来我知道，三宝都十七了。

我溜出门第一眼看到的就是街对面的三宝，一身白衫白裤，坐在店门口竹竿撑起的白布遮阳篷下。三宝朝我招手，我像蚂蚱一样三跳两跳过了街。三宝有一张圆圆脸，细眉小眼，笑起来眼睛眯花成一弯新月，这时候两边挨近眼梢的脸颊上就会显出两个浅浅的逗人的窝，从这窝里笑不住地往外溢。三宝知道我是寿叔家的小客人，苏州学生。她叫我小苏州，要我就叫她三宝。三宝到过苏州，于是跟我谈苏州观前街，谈玄妙观，谈三清殿……后来三宝又问起我学校里教些什么歌。我就唱了一首给她听："风和日暖天气好，旅行到春郊，鸟在枝头吱吱叫，鱼在水里跳，田野花香蝶儿飘，蜜蜂嗡嗡叫……"三宝说她只会哼小调，于是哼了起来："一只橘子抛上天，抛到晚娘枕头边，晚娘拿伊丢进青草堆，青草开花结牡丹，牡丹花姐姐要嫁人，石榴花姐姐做媒人。长手巾，掼大门，短手巾，揩茶杯。一揩揩了廿四只茶杯亮晶晶，泡壶茶来碧波清……"三宝唱的时候眯花着小眼望着远处，调子婉转而迷惘。两点过后，老虎灶的水车照例辘辘滚过街面，一路上将人从午觉中唤醒，我又像蚂蚱一样跳了回来。

次日，我又去了。三宝问我，怎么上半天总不见我人影。我告诉她上半天要做暑假作业。她问我怕不怕做作业。我说算术国文都不怕，就怕暑假作业里的劳作，开学以后每人要交一件手工劳作。三宝一边跟我聊，一边捡来刨下的甘蔗皮，用小刀剖成窄长条，这一条条甘蔗皮在她指尖得了灵性似的相互穿插纠缠。不一会工夫就编成了一只小圆篮。三宝翘起两个指头轻轻拎着篮襻儿，说："这算不算劳作？""算，当然算，给我吧，开了学我就拿它去交。"三宝笑了："不行不行，这像什么！明天我用麦秆编一座有模有样的宝塔送给你。"我失声叫了起来："说话要算数！""别喊！"三宝指指楼上。我们屏息听，果然听到了响动。三宝挥挥手让我先回去。

晚上，天边闪着粉红的闪电，小风在街上醉移舞步，这是家家户户坐在人行道上乘凉的时候，絮语浅笑，空气有着轻罗薄纱的质感。突然间，一个声音猫爪似的抓破了这轻罗薄纱。老板娘在哇哇训斥三宝："吃了中饭为什么不洗？这两天你做啥了？你当我在楼上呼噜呼噜困中觉就听不见你'青草开花'了？还犟！"三宝不声不吭，只顾低着头在大木盆里洗香瓜。我心跳得厉害，一旁的寿婶凑过来跟我说："弟弟，看见了吧，以后街对面少去。"原来寿婶知道我午后的行踪。

连着三天，我只得快快地躺在床上睡午觉，心里却一直记挂着三宝答应做宝塔的事。老板娘这么一骂她还会做吗？第四天，我再忍不住了，正好那天一吃完午饭寿婶就抱了儿子上亲戚家去了。我又悄悄出了门，一阵风过了街。三宝说："我当你再不来了呢！"我说:"老板娘骂起人来好凶啊!"三宝说:"我也不会老由她骂。"我告诉三宝:"我后天就要回苏州了。"三宝说:"你的劳作我给你做好了。"三宝从货板下的筐子里取出一座麦秆编的宝塔,说:"送给你。"宝塔亭亭半尺高,三层,每层四个门洞,两两相对,可以望穿。翘出的檐牙上都吊了颗绿色珠子。我喜出望外地接过宝塔,转着端详,"为什么是三层?"我问。三宝笑着不言语。"我知道了,因为你叫三宝,所以就编三层,是不是?我就叫它三宝塔。"三宝认真起来:"不能用人名叫宝塔的,这样,这个人的魂就会被收进宝塔的。""那是迷信!"我笑她。我一阵风似的托了宝塔回来,阳光下,俨然一座玲珑鎏金塔。

　　谁想次日三宝就出事了。这天下午,水车驰过,老板娘下楼,三宝拎了篮子上河桥洗衣裳,到做晚饭时候还不见回来。老板娘用一个李子的代价打发邻居孩子去叫三宝。孩子回来说,河桥石上有半篮衣裳,一双拖鞋,没有三宝。老板娘赶去一看,可不是,拖鞋正是三宝脚上的。老板娘站在河桥头绞着嗓子喊,三宝没有出现,却喊来了街坊四邻。有人说三宝投河了。有人说是被落水鬼讨了替身,这河里早先淹死过人。老板娘出钱央附近船上人下水去摸,一条街都轰动了。寿婶不让我去看,我一个人怔怔地待在房里。三宝当了落水鬼?我看着茶几上的宝塔,想起三宝说的宝塔收魂的事,心里不由发毛,赶紧用大楷本卷了宝塔收进书包。船上人一直摸到黄昏日落,依然不见踪影,只得作罢。乘凉的时候,水果店门前围着三三两两的人议论纷纷。老板娘挥着蒲扇大声嚷:"三宝,你这没有良心的,我啥地方对不起你,要这样害人!"从人们的议论中我知道,三宝是一年前老板娘从乡下弄来当小大姐使唤的外甥女,刚来的时候没有少挨骂。店里原来还有个叫老虎的年轻伙计,三个月前辞了生意,到上海闯去了……

第二天还是没有三宝的消息,水果铺打烊,老板娘大清早就到乡下去了。中午我带着宝塔跟父亲回苏州,谁都没有给看,开学后当暑假劳作交给了老师。老师看看宝塔看看我:"是你做的?""别人帮着一起做的。""谁?"我指指宝塔。老师摇摇头,收下了。但我却事后生了悔意。于是过了些日子我就去问老师:"劳作不发还给我们吗?""等举办了劳作展览就发还。"过了半个学期也不见举办什么展览。我又去问老师,回答是展览不办了。"那么我的宝塔,可以发还了!"老师摇摇头:"都放在办公室柜子里的,现在柜子都搬走了,你叫我拿什么发还给你们?"宝塔就此不知去向。但我还不时想起三宝和宝塔。

初中毕业那年,我见到寿婶。我问起当年三宝的事。寿婶告诉我,三宝没有死!河桥上的拖鞋是设的局,人到上海找老虎去了,和老虎摆了个水果摊卖水果。寿婶还说,老板娘后来逢人就说三宝卷走了她一对金镯子,是真是假就没有人知道了。我舒了口气,笑了。

吃戒尺

戒尺始于何时，有待考证。《牡丹亭》里春香闹学，冬烘老夫子陈最良气得大叫"待俺取荆条来"，想来汤显祖那会儿戒尺还不流行。清初王誉昌的《崇祯宫词》中提到奉旨点收的宫人，年纪十岁上下的，要"拨内书堂读书"，读的是《千家诗》《千字文》之类，犯了规矩就要受罚："学长以界方打掌"。"界方"即"戒方"，也就是"戒尺"了。这大概是关于戒尺的较早的记载了。但如今学生们恐怕连戒尺为何物都不甚了然了。于是想到自己，多亏早生几年，还赶上了吃过一次戒尺，不禁沾沾自喜起来，倒像吃的是熊掌驼峰猩猩唇，忍不住想炫耀一番了。

我吃戒尺正是"崇祯宫人"那么大年纪，十岁上下，确切一点是"下"，九岁，念小学四年级的时候。那是一所教会中学的附小。每星期一早上第一节课，我们这些羔羊就被吆入礼拜堂，排排坐，听牧师讲造物主创世、亚当夏娃、挪亚方舟……但我那时一直弄不清上帝和玉帝是什么关系，夏娃和女娲又有什么瓜葛。牧师讲到圣母玛利亚在马厩产下耶稣时，我竟想起了听大人们讲的李三娘磨坊产子。每次临了，得跟着牧师喃喃祷告，这时我就有一种感觉，像是走进了一条昏昏暗弄，就盼着能早一点走出尽头的那扇门——

"阿门"。

有一回牧师病了,校长代庖。校长姓严,五十上下,一脸稀疏大麻子。校长不讲圣经,讲了两个故事。第一个故事讲,有一伙士兵被俘,敌人让他们由一道小门鱼贯而出,出一个打一个,充作靶子。有一个士兵摒除万念,一心祷告上帝,出门时脚下一绊,向前仆去,枪声跟着响起,一发之隙,无人觉察,就此逃过一劫。上天保佑!第二个故事,是讲一位跟我们年龄相若的小姑娘,她聪明伶俐,信奉上帝,却跟个吃素念佛的外婆住一起。外婆供一尊白瓷观音,观音左侧还立一个善财童子。这天,外婆拈香上供毕,出门了。小姑娘胸有成竹,将碟子里作供品的团子吃了,又让观音、善财头头相碰,砸出两个窟窿。外婆回来,大惊失色。小姑娘皱起眉头一五一十地说:"外婆,你走了不久,他们两个就抢团子吃,还打了起来,打得好凶啊,看,就成这样了。"外婆瞅着摇头叹气,她相信外孙女是不会骗人的。小姑娘拉住外婆的手摇啊摇,又说道:"外婆,这样的菩萨你还信它干什么啊?"外婆一想,可不是?争个团子打破头,还谈什么大慈大悲救苦救难?不信了。故事的结局不言而喻:小姑娘将外婆引出佛门送进教堂。从礼拜堂出来,我们这些羔羊真的迷途了。不是要我们诚实吗,这小姑娘是怎么回事啊?大家围着级任老师问。级任老师姓沈,高中毕业当教师还不到一年,穿一袭蓝旗袍,脸涨得通红,不知如何做答。

想不到第二天就出了那档子叫人吃戒尺的事。算术老师上完第一节课出门时，发现门上有两行铅笔字："耶稣请我吃团子，我请耶稣吃乱子。"不用说，"乱"自然是"卵"的别字，"卵子"即"睾丸"也，谁不知道！算术老师脸都变色了，回头道："坐着别动！"转眼工夫他叫来了严校长，沈老师也来了。严校长仔仔细细看了门上的字，脸绷得像岩石，脸上的点子都大了一圈，声音也像是石上敲出来的："谁？是谁？是谁写的？有谁知道是谁写的？"我们一个个吓得魂不附体。第二节课就此没有上。严校长让沈老师提前将每个人的抄书本收了去，对笔迹；又接二连三叫人进办公室内问话，调查昨天下午谁最后离开教室，今早又是谁最先进教室。结果都是孤儿院的两个女生，班上只有她们是信基督的人，无从怀疑。校长暗中认定这是班上一个姓王的留级生写的，他是学校里颇有名的"调皮王"。但沈老师告诉校长，调皮王至今还写不像个"乱"字，而且他曾把'耶稣'写成'夜苏'，再看他的抄书本，满纸蟹行蛙跳，和门上的字迹实在不搭界。

但校长咬定是我们写的，而且一定是男生，推理无懈可击：能请耶稣吃"乱子"的人，自然是有"乱子"的人。第三节课下来，全校已经议论纷纷，都知道了。第四节常识课上到一半，校长陪了教会里的洋人进教室转了一圈。下午上课前，一伙中学生闯进教室内要看这两行字，但字早擦掉了。他们放声议论："这有什么好查的？让你们校长做个祷告问问造物主就行了！"校长闻声赶来，他们转身开溜。校长一定觉得事情不尽快了结，校无宁日。于是决定，不必再查下去了，下午放学后，男生统统留下，吃戒尺，每人一份。消息传来，几个此番受"乱子"之累而一向品学兼优的男生就去找沈老师，沈老师又去找校长，校长坚持只认"乱子"不认人。他们一个个黯然而退，大家也随之黯然，知道这戒尺是吃定了。唯独调皮王却兴高采烈，现在是他施展的时候了。他忙着传授经验："摊开手掌让打，有什么好怕的！火辣一下就完了。千万别缩，一缩打到骨节上反倒痛。"他还告诉大家："手心里擦上野荸荠打起来不痛。"野荸荠是蜀葵花的花骨朵，因为模样有几分像荸荠吧，我们都这么叫它，学校操场一隅就有一片蜀葵花，正是开花季节，一枝枝高过人头，娉娉婷婷，粉黛相拥。于是大家赶紧采来野荸荠，在掌心里使劲磨，磨得满手心黏黏糊糊，上了浆一般。

算术老师手执赭沉沉的戒尺跟随在校长后面走进教室。校长站在讲台前一声喊："全体起立！"我们一个个乖乖地站在自己座位上。算术老师一排排挨着打，到谁跟前，谁就伸出手，啪一声，再轮到下一个。教室像公堂一样，威严肃静。清脆的啪啪声，恰似一竿竿嫩篁细竹被折断时发出的声响。戒尺落在我掌心的一刹那也不觉得多痛，也许真是野荸荠起了作用。只是打完之后握拳时，才感到手心里冒着一丛荆棘燃着一团野火，而且手掌在不断膨胀变厚。算术老师完成使命后，一声不响走了。校长清清嗓子说了一句话："从现在起再不准提这事。"随后转身慢腾腾走出了教室。沈老师跟着急匆匆走了进来。靠窗的一位品学兼优的好学生呜呜哭了，沈老师过去抚摸着他的头,一边眼睛瞪大大的看着大家,说:"回家,都回家吧。"教室里飘着野荸荠的怪涩清香。

没几天,班上流传了一段顺口溜:"鸡啄西瓜皮,翻转石榴皮,麻油滴在汤罐里,雨点落在灰堆里,钉鞋踏烂泥。"一句句全是影射"麻子"。据说后来校长也知道了,但说来也怪,他并没有追究。

半个世纪快过去了,戒尺也近乎绝迹了,旧事重提,其实并非如文章开头说的真想什么"炫耀一番"。而是因为,这数十年前的尘芥不平一直像一棵小草似的咬住我记忆的悬崖,我总觉得它在给我什么启示,而我偏偏始终缺那一份悟性。

龟友

苏州有座神仙庙，神仙是吕洞宾。农历四月十四神仙生日是苏州的民俗节庆，市井小民都到神仙庙去烧香："轧神仙"。说是那天吕洞宾会化身讨饭叫花子混迹人群，就怕你有眼无珠。庙会集市，热闹非凡。有卖五色神仙糕的，虎丘花农挑来了各色花卉，还有就是卖乌龟。神仙庙里买个神仙乌龟回家，福寿延年，大吉大利。我念小学四年级那年，父亲买回来个神仙乌龟，养在天井里。

我们家天井不算小，有井台，有花坛，花坛上一丛月季，像大家闺秀，沿墙根尽是些闹嚷嚷的丫头片子，什么凤仙花啊，夜蓓花啊……西墙角有一株从不开花的枇杷树，披满金银花、喇叭花的绿藤翠蔓，夏天一到，金银花举起金盏银盏，喇叭花吹出一片缤纷。

乌龟有巴掌大，刚来的几天，不知躲在天井哪个角落，不见面。第四天，四姐，我们家老阿妈，从菜场上弄来几条小鱼秧放在碎瓦片上，它终于现身了，一对小绿豆眼乌亮乌亮，暗黢黢的脖子上蜿蜒着沁凉碧绿的脉纹。它的头朝小鱼一捣，鱼已叼在嘴里，立即又缩进壳里，一动不动，大概不愿意有人看它吃东西。

我识相地退到一旁。它这才伸长脖子，将小鱼慢慢吞下肚去。

我发现乌龟壳的前端钻着个小洞，就跟姐姐说：我们就叫它洞洞。姐姐说洞洞不好听，叫冬冬。

四姐隔上两三天就带几条鱼秧回来。两个月喂下来，冬冬不再藏头缩颈了，大方地叼住小鱼，仰起头从容吞下。有一回我用筷子夹了只小虾蹲在天井里随口哼啊唱："冬冬，冬冬，冬冬冬……"没想到冬冬真从墙角的缸坛旮旯里爬了出来，爬几步停一下，仿佛在踌躇，同时昂起头，像是在听，我激动得像啦啦队员一样使劲地喊。冬冬爬来了，在离我两尺之地停下。我将小虾放它跟前，它照旧咬住，仰头，从容吞下。

冬冬喜欢下雨，只要是雨天它准出来，不是在天井里曳尾逍遥，就是昂首望天，陶塑石雕一般。四姐说："乌龟在想心事了。"我笑四姐："乌龟有什么心事？""乌龟和人一个样，只是说不出来，千年乌龟才能说人话。"四姐还说过乌龟和枇杷树、凤仙花跟人都是相通的！我不信。但我知道乌龟和人一样有脾气，而且倔。有一次我把冬冬叫到跟前，拎起小鱼的尾巴在冬冬头顶上晃悠，将它的脖子吊得老长，还用小鱼蹭它鼻子，但就不让它够着。我想逗它站起来，像画上的乌龟一样站着走。冬冬站不起来，过了一阵，它缩回脖子盯我一眼，笨拙地转身走了。冬冬生气了。我赶紧将小鱼放它眼前，它竟不睬，绕开了。我再放，一连好几次，冬冬才捣头一口，总算消了气。

冬冬喜欢高卧在枇杷树下，也喜欢悄然归隐凤仙花丛，只是花坛它爬不上去。冬冬和枇杷树、凤仙花一定有着我猜不透的关系。我差一点儿有些相信四姐的话了！到秋天，我和冬冬已称得上莫逆之交了，都不用叫了，我只要站到天井里它就会朝我爬来，甚至爬上我的脚背，我一抬脚，它大翻身，接着又爬了过来。快到冬至的时候，冬冬不见了，怎么也叫不出来。姐姐告诉我："冬眠了。"这让我惘然。

第二年，天井砖缝里的草芽萋萋绿了，冬冬还不见出来！一直到农历二月廿八，那一天是所谓的"老和尚过江"，达摩渡江的日子，照例夜里开始就凄风苦雨。早晨我在客堂外台阶上刷完牙，转身进屋之际，蓦然瞥见冬冬正昂首引颈在枇杷树下，陶塑石雕一般，长长的脖子还真像独立风雨一苇过江的老和尚。我大声喊："冬冬，冬冬！"冬冬听见了，挪动身子朝我慢慢爬来了！我抄起一旁的箬帽，顶在头上跳进雨里，我眼泪都出来了。我认得冬冬，冬冬也认得我。我一手抓起冬冬，冬冬没缩头，我将它举到眼前，仔细地看，它也在仔细地看我，乌亮的小绿豆眼，有孩子的活泼，又有老人的慈祥。冬冬是孩子，也是老人。

我和冬冬总共相处了四年，念初二那年冬天，我们搬家了，搬到临街枕河的房子。"冬冬怎么办？"我问。"没有天井，带不走了，留在这里吧。"父亲说。"可以养在缸里。"我喃喃道。父亲没有回应，也许根本没有听见。其实即使父亲同意也带不走，冬冬正冬眠，而我始终找不到冬冬冬天藏身的地方。连告别的机会都没有。我们，我和冬冬，就此分手了。如今一甲子都过去了，如果能再见到冬冬，它还能认得我吗？

帖缘

小时候，每天早起就得和"文房四宝"打交道。最初是描红，"上大人孔乙己化三千七十士……"往往连自己两片嘴唇上的"红"都给描了。七八岁开始临帖，父亲称之为"临池"。那时候最流行的字帖是颜真卿的《多宝塔碑》、柳公权的《玄秘塔碑》，所谓"颜筋柳骨"。我临的是《玄秘塔碑》，父亲不想我学颜字。因为我大哥学颜字结果被镇在"多宝塔"里出不来了，连钢笔字都木僵僵板着脸给你看"颜"色。我每天早起爬"玄秘塔"，日复一日，月复一月，"唐故左街……"都能倒背了。遗憾的是，写出来的字却是肉多骨少——卫夫人所谓的"墨猪"。但父亲倒很宽容，指着客堂正中那副"人得清闲方是福，事非经过不知难"的对联，对联的落款是"武进唐驼"，说：唐驼这一手字就是苦练出来的，练得背都驼了，所以自称唐驼。我心想，我不会写字也不要背驼。一本《玄秘塔碑》临了三四年，破破烂烂，快"临"终了。父亲决定给我买本新帖。

那是旧历新年，父亲带我到玄妙观卖字帖的小铺子里，让我自己选一本。我就一本一本翻着看："唐故左街"早写腻了，欧阳询的《九成宫》？骨棱棱，怕学不好；赵孟頫的字有些中意，可惜这"頫"字我认不得……"何绍基的字写得不错。"父亲指着一本字帖说。但我却看上了挨着何绍基的陆润庠:"就要这一本,陆润庠的。"父亲看了看我,没有言语,买下了。父亲大概有些不解,怎么挑上陆润庠?说来也简单,因为我从小就听说过不少苏州陆状元的故事。陆润庠并非大书法家,自然状元郎字是写得很漂亮的,透着几分江南的旖旎和妩媚。陆状元这帖是录写袁中郎的《晚游六桥待月记》。"……湖上由断桥至苏堤一带,绿烟红雾,弥漫二十余里,歌吹为风,粉汗为雨,罗纨之盛,多于堤畔之草……"以笔作舟,游了三四年"西湖",直到初中毕业。

初中二年级时,还买过一本小楷字帖。那时,初中年级有习字课,每周写大楷两页,小楷一页。同学中很少有小楷帖的,写小楷就抄课本。我就怕写小楷,尤其是碰上笔画繁复的字,要将它写进小小方格,无异要我驱虎入柙,笔捏在手里都发抖,终于出格,拍桌懊恼。有一回父亲检查我的小楷本,发现我将笔画复杂的字或腰斩或从顶门锯开,塞在两个格子里,"響"字腰斩为"鄉""音","翻"字锯作"番""羽",甚至五马分尸,"贏"字被分作亡、口、月、贝、凡,占五格。父亲第二天就给我买了本字帖《云塍小楷》[高云塍(1872—1941)所书,浙江萧山人,是当时中华书局旗下的著名书法家],写的是嵇康的《与山巨源绝交书》。这字帖临了近一年,意思不甚了了,往往读不断句。但像"头面常一月十五日不洗,不大闷痒,不能沐也。每常小便而忍不起,令胞中略转乃起耳"这些地方,还是读得懂的。特别是"令胞中略转乃起耳",自己竟和嵇康一个样,每次写到这里总要会心一笑。

　　初中时,作文一定要毛笔誊写,高中改成钢笔,就此告别了笔墨纸砚。八十年代初,我调回苏州的第三年,收到苏州博物馆的一张通知,让我们上博物馆去领回"文革""破四旧"时上交的字画。我去了,原以为是父亲生前提起过的袁枚的一轴画。不料是唐驼的那副对联,四根轴都已撕掉,整个儿残了。"就这个?"我问。"就这个。"博物馆的人说。于是我无话可说。唐驼劫后归来,"驼"且不论,胳膊和腿都没了。

　　移民来美国时,我买了四本《三希堂法帖》收拾进行囊。妻大不以为然:"带字帖干什么?"我也有些茫然:"不干什么,就是想带,总有用。"这几年遇上心头不畅,就坐下来读帖临帖。在一页页黑底白字里,在那些悬针垂露、铁画银钩、折钗股、屋漏痕,在那"侧勒努趯策掠啄磔"中看出一幅幅画来:曲曲黄河、巍巍泰山、云横紫塞、星临金阙、崩崖坠石、古木苍藤、兰亭修竹、苏堤弱柳……心也就宁帖而舒坦了。

官打捉贼

"官打捉贼"是我们小时候兄弟姐妹常玩的游戏。四个人围方桌而坐,做四个阄:"官""打""捉""贼"。每人抓一个,抓到"捉"的人得把阄摊到桌面上,算是亮出身份——古之衙门捕头,今之公安警察,责在捕贼。"贼",不言而喻,就在眼前这三个里头。谁呢?别无线索,就看你的能耐了,会不会察言观色轧苗头。按游戏规则,"捉"逮住了"贼"自然得意,被逮住的"贼"则要受罚——打板子,打几下由"官"定,由"打"(相当于衙门里的皂隶)执行,以手心代屁股,戒尺作板子。如果"捉"错逮了"官"和"打",那么挨板子的就是"捉"了。所以对"捉"来说,真是苦差事,只有三分之一的胜算。

有一回我拈到了"捉",一眼瞥见二哥眉心蜻蜓点水似一抖。苗头!于是起手一指:"你是贼!"不料二哥摊出阄来竟是"打",他是故意抖眉心,引我上钩,看我受板子,他乐。游戏的吊诡处就在拈到"官""打"的,其用心不在帮"捉"逮"贼",而是耍花招诱使"捉"认自己为"贼"。二哥玩"官打捉贼"鬼最多:这一回拈着"官"低叹"触霉头",下一回同样拈着"官",却吟上一句"十年寒窗无人问",叫你摸不透真假;拈到"贼",他会摆出笃定泰山的样子，或者学诸葛亮坐城楼，手一招："来来来。""捉"敢贸然上去捉吗？姐姐是不管拈到什么，一概笑眯眯不说话。二哥说这才厉害。最沉不住气的是我，"官"到手，就飘飘然了，嘴里咚锵咚锵鼓乐齐鸣，真仿佛御街走马琼林赴宴去了。姐姐们说我"戆头戆脑"。后来我也学乖了，拈了"官""打"能不动声色，做了"贼"念一声"阿弥陀佛"，甚至"咚锵咚锵"。但不知怎的，每次玩下来，挨板子次数多的往往还是我，不是做了被逮的"贼"，就是逮错了"贼"的"捉"。这时候如果做"官"的是姐姐，她多半会说"放你回家吃年夜饭"，这就是官老爷开恩，板子免了。但如果戴乌纱帽的是二哥，就很少开恩。办法自然还是有的，这就是古往今来行之有效的贿赂。送上一块糖、一颗枣、几粒花生米五香豆等等，二哥也就"放你回家吃年夜饭"了。有一次，我仅有一块难得的蛋糕，实在舍不得，宁愿吃板子。二哥说，只要"贡献"一半就放我回家吃年夜饭，不然就打三十大板。我迟疑了一阵，同意了，将蛋糕掰成两半，一半送"衙门"，同时恨声切齿骂："贪官！赃官！贪官！赃官！"二哥不理会，"好官我自为之"，同时宣布："放你回家吃年夜饭。"

"官打捉贼"中还有一条规则，叫"逃到官搭（苏州方言，搭：那里）去"。"捉"一旦错捕，误捉了"官"或"打"，漏网"贼"就要火速把自己的"贼"阄交给"官"，同时喊一声"逃到官搭去"。这样就投入官家怀抱，找到了靠山，逍遥了。逋逃之贼而不流窜江湖，不藏匿民间，竟然"逃到官搭去"，结果不是自投罗网，反受官家庇护，想来他的贼赃也就成了官贿。哪来这样的道理？姐姐说："官打捉贼，从来就这么个玩法。"

记不起在什么书上读到这样一则记载，说是某某（名字忘了）出身盗贼，归顺朝廷做了官。一次酒宴上同僚们行觞赋诗，轮到他老兄了，胸无点墨，哪儿去讨这份风雅？只得硬着头皮诌一首，末两句是："众官是做了官做贼，某某是做了贼做官。"可谓一针见血。

父亲节说父亲

父亲节。我望着书架上的父亲，这是父亲生前最后一张相片。相片背面写着：一九七七年农历五月十六诞日摄，时年八十一周岁。那时还没有彩照，父亲在黑白光影中微笑着，笑得柔和、满足，仿佛对这世界别无所求了。

父亲为人矜持，平时很少笑，他对子女斥责有，但从不打骂，他关心子女，却很少交流。父亲生前从未跟我诉说过"家史"，也很少谈及自己。一九八一年父亲去世，整理遗物，发现父亲"文革"中写的一页"认罪书"的草稿。一九六八年苏州"革命造反派"发出通令：凡"五类分子"一律要写"认罪书"贴在大门口，接受革命群众监督。我从父亲的"认罪书"上读到了我的"家史"。父亲是这么写的："我是经商收租的剥削阶级家庭出身，世居吴江城。父亲在时经营鲜鱼行、咸鱼店，后又开设衣庄店、砖瓦石灰行……这四家店到'七七事变'日寇侵犯时遭洗劫一空，以后均告停歇（洗劫者应是当地土匪，'太湖里的强盗'）。我在吴江有房屋十四间，鱼池两口，田四十余亩，苏州有房屋两处。我十四岁出学校（私塾）后，一直随父亲在家经商。日寇入侵，全家逃避在外（祖父在一九三六年去世），后因家乡不靖，就辗转逃到苏州……"

到苏州是一九三八年，过了一年，我来到了世上。"认罪书"的最后，父亲是这样写的："我是一贯服从政府政策法令未尝有所违抗的，但是我始终是靠剥削为生的，这是我的罪恶，今向政府认罪，向人民群众认罪……"

一九四九年全国解放，一九五一年土改，吴江的田产、鱼池都给分了，只留一口鱼池自养，所谓给一条生活出路。但父亲没有要，说家里没有劳力。土改工作队说，你苏州不还有个儿子吗？让他到乡下来。父亲说，他还小，要念书。姐姐后来告诉我："你差一点到乡下去养鱼！"土改时父亲在吴江遭遇了些什么，我们始终不知道，父亲也从不提起。后来听谁说，父亲算是好的，没有吃苦头，只被一个小长工扇过耳光。但土改以后父亲再没有踏上吴江，提也不提。一九七二年我从新疆回苏州，父亲画了图，详详细细标明地址路径，让我和大姐到吴江去看过几处祖坟。

一九五六年我去北京上学，一九五八年初补划为"右派"，当时处分还没有公布，我给父亲写信说，可能会被开除，就要回家。父亲回信道，回来也好。不料留校察看，继续念书，一九六二年毕业就去了新疆。大姐后来责问我，怎么到了新疆一个月都不给家里写信，父亲每天到门口站临顿桥头等送信的邮差！

父亲子女虽然多，但四个在海外，国内六个又天南地北，没有守在身边的，亲戚朋友也难得上门，朝朝暮暮只一个乡下阿妈烧烧洗洗，过得寂寞。一九七九年我们调回苏州，虽然和父亲朝夕相处，但除了日常琐事，话题不多，深感父亲的孤独。有一回，我们买了电影票，想让父亲去看场电影，才看了个开头，父亲就靠着椅背打瞌睡了，我碰了碰父亲，醒了，又看了一会儿，又打瞌睡了。妻说，就让睡吧。父亲听普通话还困难，我怎么没有想到？再说电影里的世界离父亲太遥远了，还有那音乐，父亲喜欢的可是江南丝竹、锣鼓点子。

　　父亲每天要拄着拐杖上街慢悠悠地散步一个来小时，有一回我和妻在路上迎面碰上父亲，父亲看了我们一阵才回过神来，说，你们忙你们的去，我一个人不碍事的。继续走他的路。父亲每天散步走的都是一条路，临顿路直直到观前街。我有种感觉，父亲其实是走在回忆里，对眼前的街市并不感兴趣，踽踽独行，走在回忆里。走着回忆比坐着回忆生动逼真。父亲在回忆什么呢？我们都不知道，而且永远不会知道了。

　　一九八〇年冬春之际，父亲生了一场病，开始以为是肺癌，芙姐从香港，坦弟从芝加哥都赶来了，结果确诊下来是胸膜炎，大家才松一口气。但还是静养到五月份才起床。起床后没几天，上午，阳光明媚，我没课，在家里看书。父亲说，你来一下。父亲正打开柜子，拉开里边抽屉，取出一个信封。父亲说，我们这个家三辈人，总算挣下一份家业，嘿，日本人来了，没了一半，后来，还有一半也没了。好在一家人平平安安过来了，也就是福气了。信封里是银行存单，写着你们兄弟姐妹各人的名字，我走了你就取出来交给大家，派不上用场，但总算是我留给你们的。父亲笑了，笑得很满足，跟照片上的笑一个样，柔和，满足。第二年父亲就走了。

甲子回首

年纪大，近期记忆差，远期记忆却特好，就像题目上说的，甲子回首，六十年前事，依然保存着色香味。

一九四九年四月二十三日南京解放。二十六日，苏州城里在传共产党的部队到浒墅关了。但街上还平静，没有见一个兵，我只见到一个穿黑制服的警察在临顿桥四周走动，后来这个警察也不见了。下午三点光景，商店陆续开始打烊，街上行人少了，行人说话的声音低了。老百姓只是提心吊胆，听凭吉凶。自然另有人欣喜，也另有人恐惧。但我们家是属于"听凭吉凶"一类的。当时家里有个佣人王妈，是从苏北来的，她说，她老家有个人被共产党抓了，共产党逼他吃各种动物的屎，吃下来觉得猫屎最难吃。父亲不信：哪有这种事，瞎三话四！

这天夜里吃了晚饭，一家人早早睡了。因为睡得早，半夜醒了，于是我听到了枪声——也可能是枪声把我吵醒的。静夜的枪声崩脆，仿佛就在头顶的屋面上爆响，是机枪。当时我不满十岁，对战争一半是害怕一半是兴奋。枪声响的时间不是很长，而且断断续续，终于灭寂，我有些失望，重又坠入梦乡。

次日，四月二十七日，早起，邻里见面都得谈上几句昨夜的枪声，猜测是什么地方交火传来的。我们家住在弄堂深处，我每天早晨都要提了铜铫出弄堂到老虎灶泡开水。从弄堂出来走上街，就觉得不对劲儿，商店多半没开门，即使开门也是半开，意在观望。跨塘桥堍的老虎灶倒是开的，围了一群人在喊喊喳喳议论。说是共产党的军车就停在附近西北街上。我顾不上打水，提了空铫子，就奔西北街。一辆军用卡车就停在路边，两个士兵握着步枪守在车前，士兵穿土黄军服，左臂上绑一条白羊肚毛巾。四周看的人不少，松松垮垮围半个圈，有个大胆的，想炫耀自己的大胆，走上跟前去问两个兵：你们是从哪条路线打进城的？士兵摇摇头，没做答，再摆摆手，让他退后一些，其实士兵根本听不懂苏州话。士兵们胸前的布标引人注目，有人看了大声念了出来：中国人民解放军。这是我第一次听到和见到"解放"这词，当时还不知道是什么意思。

从老虎灶打了水回到家中，家里人正在担心我怎么还不回来。我把所见所闻一说，父亲好像放心了，叫我快吃早饭上学去。到我背了书包上学的时候，街上的商店绝大多数开了。老师站在学校门口告诉赶去上学的学生：今天放假，大家回去吧。明天呢？学生问。老师说，明天到学校来看。哪个学生不盼放假？想不到共产党来了会放假！回到家，我说：学校今天放假。父亲说，在家里自己温习温习。

一眨眼，我就和邻家的几个孩子上了街了。街上热闹起来了。可以看到小股的游行队伍，举着纸旗，喊着口号："中国共产党万岁！""庆祝苏州解放！"等等；可以看到部队源源不断地走过街面，士兵腰里系着手榴弹，模样像酱油瓶子，背着、扛着枪，重机枪要三个人，一前两后，架在肩上。还能看到马、骡拉着大炮，真过瘾！部队一边走一边还唱歌，"炮口在笑，战马在叫"这首歌，不到半天时间，我们都会哼了。

四月二十七日，改变了我的童年生活。其实解放军只是开进苏州城，谈不上攻打，后来听说那天夜里仅在枫桥附近交了一下火，应景似的。渡江以后，势如破竹，国民党军队都向上海收拢，保卫大上海去了。

学校只放了一天假就照常上课，只是校长的"公民"课不上了。跟着的那些日子叫人觉得新鲜，也感到兴奋。同学早早到学校，聚一起就谈每天街上开过的解放军：他们扛的各色枪，步枪、卡宾枪、三八大盖，斜挎在肩上的短枪叫驳壳枪，军官才有；背大铁锅的，不用说是火头军，后来才知道应该叫炊事员；还有女兵，短发头，戴军帽，领着唱"三大纪律，八项注意"；我们还模仿他们讲的、我们听不懂的"弯舌头"的话。有一个同学还知道解放军里有指导员，和连长一样大的官，指导员上面还有教导员，和营长一样大，都背驳壳枪！

苏州的深宅大院，几乎都住进了解放军。我家当时租居的大宅，前后五进，八九户人家，前有大厅，后有大园，备弄近百米长。住进来的解放军，有近一个排，大园里拴着骡马驴。于是老宅子里洋溢着从来没有过的气息：士兵的气息、骡马的气息、枪械的气息，尤其是一盆一盆端出端进的大锅菜的特有的气息，这是江南人家的饭桌上闻不到的。士兵吃饭都在大厅上，蹲成一圈一圈，一脸盆菜放中间。我们这些弄堂里的孩子觉得新奇，好围在边上看他们吃，他们会夹了菜让我们尝，我们总是笑着逃开。

我最感兴趣的是大园里的骡马驴。饲养员是个山东人，高高瘦瘦，黧黑的脸上疏疏朗朗散落着黄豆大的麻点。他这么个大男人却害羞，弄堂里的女人擦身而过，都不敢正眼瞧。他负过伤，挨过枪子儿不怕，却怕打针，部队给士兵打预防针，他躲在住我们前面的洪家的厨房里，闩上门，不让卫生员进去，直到叫来了指导员才开。他喜欢孩子，每次看到我总招手让我过去，但我们没法用语言沟通，我们都不说话。他抱我、举我、背我，还让我生平第一次骑上了毛驴。那是一个下午，放学后，我到大园，他把我抱上驴背，扶着我，端详着我，抚摸我的头。他的手真大，一巴掌能把我半个头都罩进去，他的手是粗糙的，有草料的气味，但我喜欢。

解放军在我们大宅里休整了半个月光景，他们跟居民的关系处得很好。解放军刚住进来时，我们家多一张小床，放在小客堂里，挂了帐子，想给一个女兵睡。但她不要，再三解释不能打扰"老乡"（我第一次听到这个词），经过再三再四地邀请，她总算同意。大姐用苏州官话比画着告诉她，晚上要洗洗什么的，可以关上屏门。到部队开拔，大家才知道这女兵还是副指导员。走后不久，副指导员还来过一封信，感谢大宅里的老乡，还说部队要去解放上海了……后来不知打哪儿来的消息，说是她牺牲了，弄堂里的老乡谈起都会叹一口气。我有好长时间一直想不知黑麻脸饲养员怎么样了。

一甲子前的往事，此情可待成追忆。

十三陵深处

十三陵深处有一个去处叫黑山寨。一九六一年暑假，为了响应大学生要和工农相结合的号召，全年级同学开进十三陵参加劳动。我们一个小组六七个男生分在黑山寨。汽车到长陵，背着行囊进山，路上四个小时左右，到黑山寨，天已擦黑。

宁静的小山村，与世隔绝，总共也就二十来户人家吧。我们住在一栋貌似四合院的上房东屋，一条长炕，绰绰有余。一九六一年，三年饥荒还没有断尾，每月三十二斤粗粮杂合面。蔬菜要骑了毛驴上长陵去买，每周跑一回，同学轮班。肉是吃不到的了，倒是试着吃过一次槐树叶，放在锅里水煮了，搁点盐，实在粗哽难以下咽。

山区，都是山坡地，种点儿玉米、豌豆之类，但主要收益是靠山坡上的水果山货：梨、栗子、胡桃。我们在黑山寨待了两个多月，后期农活不多，就在果树林里忙，女人带了孩子也来了。休息的时候，大伙儿坐在树下闲聊。社员（当时还是人民公社）中间有个瘦小老大爷，七十来岁有了，头发稀松，在脑后缠成筷子粗细的三寸小辫，脸上刻着深深的皱纹，眼睛眯着，睁不开似的，行动迟钝，坐在一旁，不笑也不言语。每到收工时候，一个五十光景的大婶就会守着他一起往回走，大婶身边还有个六七岁的丫头，跑前跳后，活泼得很，有时候绕到你身后打一下，嘻嘻地跑开，回过头来笑。但这女孩先天残疾：马蹄足。跑起路来一颠一跛，却也能跑得很快。他们住在石头坡顶上的三间小屋里。坡上有一眼井，各家各户打水都得上这儿，夏夜乘凉也上这儿，凉快。这口井成了山村的中心。后来我知道，大婶家姓钱，她丈夫已过世，老大爷是她公公，那小女孩是她小女儿，还有个大女儿已出嫁，好像听大婶说起过，有个儿子参军了。

新学期快开始了，我们也要返校了。有天，大婶跟我说，我们老爷子想让云娃认你做哥哥。我吃了一惊。大婶说，这些日子来，老爷子看着，说你这个城里学生不错。我怎么回答呢？我滑兮兮笑了，给我当干妹子？好啊。事后我跟班上的党员干部丑运洲汇报了这回事，我可是个才摘帽的"右派"！"右派"和贫下中农认干亲？丑运洲说，可以啊，好啊。于是我有了个干妹子。临回校的日子，我到石坡高处的小屋道别，老爷子坐在炕沿上看着我，也不说话。大婶给了我一小袋栗子、胡桃。大婶让云娃叫我哥哥，我拍了拍她的头。我给大婶留下了我在学校的地址。

这一别可想而知就断了联系，没有电话，写信都不便。直到这年冬天，有人找到北大，找到我32斋宿舍，时近中午，我正好在宿舍。一个三十出头的年轻人，他拿出张纸给我看，这正是我离开黑山寨时留下的条子，上面是我的签名和北大32斋的地址。他说他是钱家的女婿，我得叫他姐夫。一时不知道谈什么好，只能问问黑山寨的情况，一切依旧，"干妹子"上小学一年级了。吃午饭的时候了，正好我手头还有家里给我的全国粮票，于是我们上海淀饭馆吃饭。两大碗米饭，两碗白菜豆腐汤，好像汤里还点缀着几片肉。饭店里就这一个菜。姐夫说，他这次也是顺便来，大婶叫他来看看我。

一九六二年夏，我毕业，分配到新疆。去新疆前，我上黑山寨告别。上午动身，坐车到长陵，往十三陵深处走去，到黑山寨，已是后晌。事先无法告知，闯进门去……啊……大婶马上拿出几个鸡蛋叫"干妹子"到村口供销社去换白糖。我看着"干妹子"一颠一颠跳着下石坡朝村口跑去，真怕她摔跤。晚上吃的有甜烙饼、小米粥、炒鸡蛋，还有咸菜，平时他们一年也难得吃上一次。大婶一直问我怎么到新疆这么远的地方去？还回得来不？她叹着气。老爷子一声不吭，只是看着。我给"干妹子"带去了一些纸笔文具，祝她好好上学，另外我把在北京穿了五个冬天的棉衣带去了，虽然旧，但没有破，我想老爷子可以穿。我实在也没有能力给他们像样的东西。

夜里我就睡在他们炕上，白天走累了，睡得很香，等我醒来，他们都已起来，老爷子坐在炕头，脸上的皱纹移动了一下，像是在微笑。窗子外有人在扫地，是"干妹子"在做家务。我只能停一夜就得回北京，大婶早早出去为我联系到了一挂上长陵的大车，早饭都来不及吃，给包了两张饼子路上吃。我就赶着上车了。离别匆匆，大婶说,以后回北京就上这儿来。"干妹子"招手喊着哥哥再见。一路上,望着四周的青山,很茫然。

  黑山寨现在已是京郊十三陵深处旅游休憩的胜地。前些年到北京,曾经想去,但匀不出时间,再一想已隔了几度沧桑,不会有影踪了,于是怅怅作罢。还是让这半个世纪前十三陵深处的往事像一滴纯净的水珠留在我的脑海中吧。

荒城拾梦

一九六二年北大毕业，我和两位同窗一起分配到新疆工作。十月初，告别都门秋色，联袂西行。那时北京到新疆没有直达火车，要在兰州转车，到哈密过去一个叫盐湖的地方，再坐四个来小时的卡车才到乌鲁木齐。我们在兰州转车逗留了一天，在街头巷尾的小摊上吃羊肉泡馍时，遇上两个姑娘，正是跑兰新线的列车员。我们问："盐湖是怎么个地方？"一个回道："是个城啊，盐湖城。傍着天山、盐湖，湖光山色比西湖还漂亮。""城有多大？""多大？你转不过来！"另一个掉头喷出一口汤，她在笑。

火车轰隆轰隆西去，一路上"秦时明月汉时关"，诉说着"古来征战几人回"的悲壮。驱驰两天两夜，车到盐湖已断黑，没有月亮，星光寒瑟。车站没有站台，增添了不少混乱，我们索性等天下太平后才下车。毕竟是"北风卷地白草折，胡天八月即飞雪"的塞外，一下火车，冷风削面，只觉得脸皮紧绷，正在开裂，鼻子里隐隐作痛。车站上只寥寥几盏灯，光线射不多远就被从天边掩杀而来的黑暗诛灭了。去乌鲁木齐的汽车要第二天才有，当务之急是找个住宿的地方。最好找人问讯。一个应该是本地的男孩裹着大棉袄在不远处盯着我们看。我们招手，他后退。我们喊过话去："小鬼，进城怎么走？"他摇摇头。"哪儿有客栈？旅店？招待所？过夜的地方？"他用手一指，人退进了密实的夜幕中。我们顺着他指的方向望去，那儿是唯一有亮光的地方，两百米开外，稀稀零零亮着灯，灯挑在电线杆上，所谓电线杆大概也只是栽在地里的橡子，于是照出一排排昏沉沉的矮土房，虚假得犹如舞台上的布景。先我们下车的人正扛着、挑着、背着、拖着、提着、挎着、抱着大大小小的行李，臃臃肿肿，却在奋力朝那儿去。这叫人联想到夜半出壳的海龟朝黑沉沉的大海爬去。我们也投入了"海龟"的行列。这一伙"海龟"喘着、哼着、喊着、骂着、笑着、吆喝着、招呼着……只是这些声音听来缥缈而恍惚，如听隔山人语。那一排排矮土房果然是旅店。

一番周折，我们登记到三个铺位，几号房几号到几号铺。于是找去，房门口钉着蓝布棉门帘，厚沉结实，推帘而入，冲鼻而来一股热烘烘的以羊膻烟臭为主的怪味儿。近门是一台半人高的生铁洋炉，生着火，沿墙一溜长炕，墙上贴着号码，标明铺位，号码不下三四十。炕上铺着按下去针毛扎手的毡片，每个铺位一副被褥，靠墙卷着。我们从没有见识过这样的旅店，愕然之余倒也有几分新奇刺激。铺位上差不多人满了，有男有女。明摆着这一夜是只能将就了。我们一侧的铺位上两个姑娘守着一堆大包小包，一问，也是应届毕业生，分到生产建设兵团的。一会儿来了两个小伙子，给她们端来了两杯开水，姑娘有笑语了，他们是比翼飞出阳关的。

一个躁动的夜。门帘不时有人啪嗒啪嗒掀进掀出，老汉霍霍的咳嗽，小孩呜呜的啼哭，喃喃细语，哧哧低笑，车站传来汽笛呕呕的叫唤，房顶扫过朔风飕飕的脚步……屋子那头三个说话带鼻音的甘肃人蹲在炕沿上不停地抽烟，存心要将一屋子人都送入云端。屋里总共两盏灯，昏沉沉，通宵不灭。我们没有打开被褥，和衣靠在上面，有一句没一句地聊，提起兰州那个列车员的话，决定明天一定挤出时间到盐湖城里打个转，领略一番边城风光。终于迷迷瞪瞪起来，人仿佛还在火车上摇晃……我被孩子的一声尖哭惊醒，似乎有些尿意，就下炕，一个老汉赤膊光身蹲在炉边抽烟。我问："大爷，你知道厕所在哪儿？""门外。"他说，这等于没有说。我钻出门帘，风呜呜地往脖子里灌，满天星斗，剑戟森严。厕所在哪儿呢？黑咕隆咚的。我回屋，披了件外套，又问："大爷，你说的是门外哪儿啊？"老汉瞄了我一眼："找个没人的地方。"我再出门，背风抹过屋角，四下里不见人影，于是叉开腿。刚摆好姿态，就听到一声喝："远处尿去！"声音像是从地里传出来的。我吓了一跳，低头循声，十步之遥，地上横着一摊摊黑乎乎的东西，仔细一瞧，才辨出是一溜被窝，有人裹在棉被里睡露天觉。我慌慌张张收起姿势，小心翼翼绕过这些被窝，往前走了十几二十米，这下该没有人了，这才解手如仪。事毕，转身往回走，不经意抬头举目，但见乌沉沉拍天巨浪正迎面压来，气势磅礴，一时蒙了，竟迈不开步，感到窒息。好在巨浪并没有真压下来，这才想到山，是天山，好惊心动魄，我的天啊！我愣站着，凝神观照，山顶的天宇在渐渐透出亮色。突然间，巨浪之颠银焰一点，荧荧闪亮，那是雪峰。转眼工夫，整个雪峰焕发出玫瑰的粉艳，柔洁如婴儿的脸颊，光彩夺目。这时，四周的黑暗已散作珠灰向天际溃退，远近景物浮现出了轮廓，山下原先黑茫茫的一片也透出了螺青的亮色，那是湖，是盐湖！我看了看表，不过四点光景。

这天我们没有进城，太阳一出，天地煌煌，城在何处？除了车站周围的那些房子——仓库、工棚、宿舍、旅店、饭店、小卖店——余下的是一片茫茫荒滩。取托运的行李时，我们问车站的人："盐湖城就这么个格局，这么个地盘？"对方笑了："盐湖城？谁跟你们说的？再等上二十年看吧。"上汽车前，我们特意到盐湖畔转了转，湖水缥碧清澄，明净如镜，湖面辽阔，但算不上浩渺，因为望得到对岸，对岸雪山耸峙，如青女素娥，倩影正落在明镜里。湖畔的土点缀着盐碱白花，松而暄，踩下去埋脚。

若干年后，兰新线路修通，盐湖竟连个站都不是。那是二月，知道火车要过盐湖了，倚窗而望，湖水依然缥碧清澄，雪山依然如青女素娥，但当年的房屋没有了，甚至连断壁颓垣的遗踪都见不到，只留下一片地老天荒的岑寂。

晚笳

一

一九六二年十月,我们一行三人告别燕园,西出阳关,到乌鲁木齐已是湿雪打脸了。一行三人是家瑞(党员)、胥亚(团员)和我("右派"),搭配好。到教育厅报到,负责分配的是个中年女士。送上报到证一看,小吃一惊:你们怎么现在才来?还以为北大学生不来了呢,新疆大学的名额给了中山大学了。我们面面相觑,只怪贪恋都门秋色,动身晚了。最后胥亚分到新疆广播电台,家瑞到了乌鲁木齐市教师进修学院。他们拿了介绍信先回招待所收拾行李了。留下一个我。那位女士看着我,说,两个地方,阿克苏和昌吉,你自己选。我都不知道昌吉、阿克苏在哪里,只听说阿克苏出大米。我说:阿克苏吧。这倒不是因为冲着大米,而是喜欢"阿克苏"这三个字,有几分清澈神秘的塞外风情,"昌吉"就俗气了。这女士,有四十多了吧,没有马上给我开介绍信,眼神略带忧伤地看着我说:阿克苏在南疆,乌鲁木齐到阿克苏要坐三天汽车,那地方主要是维吾尔族人,你去,语言也不通;昌吉是回族自治州,就挨着乌鲁木齐，班车一小时就到了，主要是汉族人、回族人，你，还是去昌吉吧。她巴巴地看着我。

于是我到了昌吉，从昌吉州再下到奇台县，最后我这枚子落到了奇台县小学教师进修学校。"进修学校"仅是招牌，其实是隶属于文教科的视导室，总共一间办公室，设在奇台镇五小（民族小学）里面，连主任四个人，都是奇台本地人。我这个外来人闯入，还没地方安顿，只能在办公室里紧紧凑凑安张床，夜里我睡，白天来客都可以坐。

二

一九六二年奇台还没有电灯，夜里要点油灯；也没有自来水，好在校门一侧就是皇渠，渠水源自天山，水清流急，冬天水面上雾气氤氲。每天早起第一件事就是到渠里提一桶水回来，供一日之用。一日三餐搭伙县干部食堂。平时买好一些洋芋（两毛五一公斤），夜里看书肚子饿了，傍着洋炉烤洋芋吃。正是寒冬，窗外，明月照积雪，青光幽冷，塞北剑气。

奇台大致四月开始化冻，五月天气转暖，而且说热就热，人都出来活动了。从五小拐出来就是奇台镇的中心：犁铧尖，一片不大的土场，形状像犁铧。新疆的气候，白天再怎么热，一到后响就开始凉下来了。土场上斜阳迟迟，斜阳下不少闲人或蹲或站，三两成群谝传子（闲聊）。有人抽莫合烟，过一阵，嘴一抿，"突"一声，嘴里射出一梭"口水"能射一米开外。有人嗑葵瓜子：接二连三往嘴里抛瓜子，瓜子壳居然可以从嘴角列队而出，集结在唇上，蔚为奇观。

　　一九六三年暑假，五小空出了一间教室，还是地板房，成了我的宿舍。一床一桌一椅，我的所有行李就是两口箱子：一口衣箱，一口书箱。房间里空空荡荡，夜里看看书，时间久了，总觉得房间里有人在走动。谁？我喊。没人，我想这是时间的脚步。我问自己：这辈子就这么空空荡荡下去了？

　　有天，食堂里吃了晚饭回来，我在小操场上散步，翘首南望，银光熠熠的博格达峰终于挽不住夕阳而慢慢黯淡下来，天地间一片苍凉。这时，传来了维吾尔族女子的歌声，呜呜咽咽，像一阵风，从遥远吹来，化作一线低回缠绵，在空中如蛛丝一般回旋飘荡。谁在唱？循声望去，皇渠对岸有一户人家的房顶上站着个年轻女子，穿着白色连衫裙，是她在唱。陡然间歌声炸开，那是盘古开天辟地一斧头，揪住你的心直上九霄，猛然又扬手把你的心抛入东海。我被她唱得失魂落魄。歌声戛然而止。过了一分钟，歌声又起，细细的声音像是从地底钻出来的小树苗，声音慢慢增大，增大，小树苗在长高，长高，终于长成了参天大树，白衣女子两手举起，朝着博格达峰的方向。皇渠沿一带的居民基本上都是少数族裔，我不知道她唱的是什么，再说我是个没有音乐细胞的人。但她的歌声让我感动。我听出了地老天荒的寂寞，生命的搏击以及生命的死亡和再生。她的歌声展现了另一种人生境界，她的歌声里没有空空荡荡。

这天晚上，我找出一个硬皮本，决定把日常见闻写下来。往后的日子里，我写过骑在毛驴屁股上嘚嘚于犁铧尖的穿着袷袢的维吾尔族老汉；满头小辫的维吾尔族姑娘；骑着骆驼进城的哈萨克牧民，尽管赤日炎炎，他们却头戴皮帽，身穿皮筒，一丝不苟……还有奇台的掌故、小城名流、市井怪杰，甚至早年的烟花女子"小白鞋"和"热蒸饼"，不过别人指给我看的时候，他们已垂垂老矣，"花"已凋零，只剩下"烟"了。我给这记事本取名"晚笳"。一九六四年我调入奇台中学。一九六六年工作组进驻，又要横扫一切牛鬼蛇神了，我找了个月黑风高天，把"晚笳"塞进炉子烧了。

屁话

"文革"初，一九六六年七月，麦收季节，我们六个才揪出待批斗的"牛鬼蛇神"，被工作组遣发到天山脚下某个生产队割麦子，为期三周。六人自成一组，互相监督。住在两间一统、四邻不靠的土坯屋里，一溜长炕，六个人绰绰有余；吃饭上生产队食堂，顿顿洋芋。

夏天，不到四点天就亮了，牵一丝残梦出工，傍晚，落日含悲、暮霭凝愁，收工。晚饭后，六个人在门口或蹲或站，任凭墨一般的夜色从四面八方逼来，偶尔聊几句，也只是山里的哈熊、天上的鹰隼、戈壁的黄羊。不染政治，不谈运动，再说这里也听不到广播，看不到报纸。待下山风吹得双臂起栗，就进屋，点亮窗台上的油灯，人影折上了顶棚，晃动着。"像不像牛鬼蛇神？"老刘说。

差不多打第三天起，每晚睡到炕上，腹中就回肠荡气，想放屁。也不知肚子里哪来这么多气，吃多了洋芋？还是像医生说的，心理压力会引起胃肠功能紊乱，产气就多？那天夜晚，老彭最后一个睡，照例吹灯，就在鼓腮吹气的刹那，他放了个屁，响迸秋星。顿时一片死寂，几秒钟后，嘿嘿的笑声在炕上流淌，终于决堤而成狂笑。笑声才歇，屁声又起，这回是老丁，于是又一阵笑。不一会工夫，同声相应同气相求，其余的人都宫商角徵羽放起屁来。俗话说，管天管地管不到拉屎放屁。祸从口出，但放屁无罪；言多必失，然而总不能给屁定性吧，这是革命的屁，那是反动的屁？不用担心，放屁自由。于是每天临睡，我们总要将门拉开一道缝。睡到炕上，只等谁放第一炮，立时一条炕上高响低鸣，前呼后应，毫无顾忌。

有天吃晚饭时，刚从城里回来的生产队会计说，他见了传单，北京出了学生红卫兵，穿军装，手里拎着铜头皮带，见"牛鬼蛇神"就往死里打，还给老师剃阴阳头……我们没有吭气，但脸色都有些异样。那一晚上，腹中岂止回肠荡气，简直是云水怒、风雷激。人像喝多了酒，恍惚，亢奋。竟然挖空心思要给每一个屁命名，以音为准，不论气味儿。起先还只是敲木鱼、吹喇叭之类，渐渐，有艺术性了：长吁短叹、无病呻吟、夜半歌声、空谷足音、曲径通幽、大河奔流……再到后来，越发夸张，配以诗句了：朔气传金柝、鸟鸣山更幽、梦魂摇曳橹声中、长笛一声人倚楼、大珠小珠落玉盘、铁骑突出刀枪鸣……

半个月下来，我们都成了屁精了，都把放屁叫"奏屁"了。六个人中奏得最出神入化的数老崔。每晚大伙屁意阑珊时，就由老崔曲终奏雅，他能收纵自如、随心所欲地运气奏屁。少则五响，取名五子登科，六响，六出祁山，还有七擒孟获、八仙过海、九牛二虎，最多一次在加油声中冒出了第十响：十全大补。也就是奏屁这工夫，我们得片刻放松，忘了山外狰狞的世界。

三周期满，在食堂用晚饭时，生产队长通知我们：明天早饭后队里套车送你们到公社，公社有拖拉机拉你们进城。会计消息灵通，说是城上中学正在大练兵，开模拟批斗会。这就是说，我们回去，实战开始。

最后一夜山中静悄悄，躺在炕上，竟然没有人打头炮，都有些失落。最后，老李出了个点子：谁奏不出屁，就罚讲一则屁闻。老李先讲，说是北方一户农家，亲家上门拜年，公公婆婆在炕上和客人聊天，新媳妇在下面正弯腰撅臀打面柜里舀面，准备做饭。突然奏了个屁，声如裂帛，一屋为之哑静。过了好一阵，还不见新媳妇直起身来，怎么回事？叫也不应。过去一看，新媳妇用头上的簪刺了脖子，鲜血淋淋……接下来老刘讲，说当年李鸿章厅堂议事，奏了个屁，僚属们闻声起立，齐声祝颂：祝中堂大人气门亨通。轮到老彭讲了：某年某月某日某国某地举行国际屁功大赛，冠军得主是个日本人，他能从长凳这一头"卜"一个屁将两米外长凳那头点着的蜡烛打灭！老彭说，信不信由你。我讲了一则小时候听来的好人放香屁坏人放臭屁的故事。老丁哼了支民间小曲，大意是两个人一前一后伛着身子在地里栽葱，前头的人屁不断，后头的人受不了，索性把葱栽到他的屁门芯里，堵住。老丁哼得韵味十足，大家一边笑一边跟着哼。最后剩下老崔。老崔说，明天咱们就走了，我就来奏屁留念吧。我们都怂恿他来个"胡笳十八拍"。老崔憋了一阵，说，气不够了。但还是放了七八响连珠炮。照例得品题命名。我说我来取个名字,就叫《长恨歌》里的"渔阳鼙鼓动地来","渔阳"是现在北京一带,老崔正好是北京人,"鼙鼓","屁股"也,"渔阳鼙鼓"即老崔的"北京屁股"!我自以为很风趣,但没有人笑。只听老丁吐了一句:打住,别扯上北京。我心里一紧:糟,怎么扯上北京了!真要揪住这句话,"渔阳鼙鼓动地来"什么意思?攻击"文化大革命"?而且还出自《长恨歌》,你恨什么?还讲得清吗?祸从口出!我沉默了。

门留着一道缝,窗子糊的纸破了好几个窟窿,下山风一股股往里灌,拉风箱一样呼呼地响。我们都带了被子来的,虽说盛夏,在山中之夜,却是凉秋。老李起来,把门拉上。老李回到炕上,钻进被子,说:咱们这些日子差不多夜夜放屁,听个响,响完就完,无影无踪。老刘说:对,所有的屁都留在这儿了啊。

回到学校后,在大大小小的交代批斗中,谁也没有提起这些"屁"事。

流亡夫妻

　　一九六七年五月我被黑布蒙眼押上拖拉机，抛到荒凉的戈壁滩上一个也就十户人家的小村子，交贫下中农专政。有天半夜，两个扛枪民兵用绳子绑了我双手牵上月冷风寒的戈壁，说是要活埋，死生由命了，结果只是恐吓。六月初，历劫回城，武斗正炽，我逃回了苏州老家。

　　妻当时还仅是见过三次面通了三年信的女友，她也避乱还乡——四川乐山。我们很快联系上了。于是，我匆匆到乐山，她又随我一起回苏州。父亲叫她"张小姐"——"小姐"这称呼那会儿还黥着地主资产阶级的墨印呢！有一天，父亲当着我和"张小姐"的面说："我看你们年纪也不小了，就趁现在把事办了吧？"我和"张小姐"商量了一整天，第二天我告诉父亲："就趁现在吧。"今朝有婚今朝结，明日——谁知道明日是怎么个样呢？我和"张小姐"一起上理发馆，我剃头，她吹发；理发馆出来又一起上照相馆，照相师问明是结婚照，就将我俩的头摆成"八"字。没有结婚登记，也没法登记，没有结婚仪式，也没有想到要什么仪式。父亲跟我嘀咕了一句："连戒指都没有，全收走了。"就几个近亲，上饭馆吃了一桌，算是婚宴。席间，姐姐说："开年可以抱小人了。"

两个月后，秋风萧瑟，武斗降温，最高指示从天而降，要求干部职工回原单位"斗批改"。别无选择，我们只得回去。到了乌鲁木齐，各奔东西，妻回石河子工二师医院，我回奇台中学。临歧执手，妻告诉我她怀孕了。怎么办？孩子要还是不要？商量的结果是：要！管它沧海横流，生下来再说！"大概什么时候？"我问。妻说："七月。"

　　学校里两派联合不起来，一个冬天，我们这些黑帮就干些零活，运煤送肥之类。冰化雪消了，春天一蹭而过，武斗风随夏季而来。一天，学生来偷偷告诉我，说是明天全县要抓"牛鬼蛇神"游街，趁早走吧。我就连夜出走，第二天到乌鲁木齐，住在新疆大学学生宿舍。我给妻写信，没有回信，打电报，没有回电，电话又打不通，一筹莫展。只能每天在校园里转着看大字报看传单。而形势日紧一日，都在传大武斗就在眼前了。

　　这天中午我在校园踱步，听到身后有人在叫我名字，声音细而颤，直钻心窝。我立定，回过头去，两丈开外，一个清瘦女子，白衫白裙，正站在杲杲烈日下。天啊，是妻！我们慢慢走近，像是走在梦里。我问："你怎么找到这儿的？"妻愣了半晌才道："是个儿子，六月十八生的，二十天了。""在哪儿啊？""昌吉。"妻的眼泪跟着滚滚而下。妻告诉我，一个月前，她就离开师医院到了昌吉州医院，同学小米在那里，全靠小米照顾。妻说，她给我写过信发过电报，都没有回音。长途电话老打不通，后来通了，接电话的学生说:"他已经走了。"妻对着话筒就哭起来,幸亏对方接下来说:"走新疆大学了。"于是妻找来了,穿了白衫白裙。孩子怎么办?只有先送四川了,而且得趁早。我们分了工,我负责买车票、通知家里。妻说:"儿子还没有名字呢!""先取个小名,生在昌吉,就叫吉吉。"

一个星期以后,我们在火车站会合。小米夫妻提着旅行袋、大网兜从昌吉送妻来的。网兜里是脸盆、暖瓶、奶瓶、糖瓶、奶粉瓶、果汁瓶……一路叮叮当当。妻抱着襁褓,儿子脸上笼一条纱巾,挡日头。我揭开纱巾,小家伙正在睡,淡淡的眉毛绾着浅浅的结,在愁呢。妻说:"我没有奶水,路上只能冲奶粉了。"

到成都已是半夜,拂晓才有车到夹江,她弟弟在夹江接我们回乐山。路上两天只打了几个瞌睡,就想找个地儿躺一躺,但车站内几无插足之地,站外广场上,苔藓一般满是候车的人。我发现有卖草席的,就去买了一条,找个空当铺下。钞票、粮票、车票贴身藏好,旅行袋、背包当枕头,大网兜搁在身畔,我们俩左右侧身睡,孩子围在中间。天上没有星星,闷热的夜。

我和妻说好轮着睡,但最后都睡着了。有人在踢网兜里的脸盆,这才把我们惊醒。是两个民警。"你们胆子好大,不怕坏人把你东西拿了?"天亮了,正飘着雨星,下雨了。我一看表,还有半个多钟头了!于是慌慌张张收拾起东西,抱起孩子,卷起席子……奋斗了半个钟头,终于在车上坐定。妻抱着孩子,看着我,突然脸色一变,说,昨天下车到现在,小家伙没有动静,也没哭,不会……我们彼此傻了,都害怕了。心嗵嗵跳,赶紧打开婴儿包,这还没有满月的儿子,正安安静静睡得香呢!我们笑了。火车开始广播,放着"东方红,太阳升",窗外雨下大了。

梦的随笔

在将醒未醒的蒙眬中,我几乎每天这个时刻都做梦。梦都不长,不到一千字的梦,我把它称之为梦的随笔。梦是可以用字来度量的。有时我甚至在梦里怀疑起自己是不是在做梦,这时候梦也就快做到尽头了。于是我在梦里挣扎,像一个溺水的人在水里挣扎,终于爬上了岸,醒了,有一种湿淋淋的感觉。我躺在床上,也是沙滩上,半闭着眼,回味这梦的随笔,回味每一个细节,每一个标点,追踪一段逝去的岁月。

这是一个星期前我的梦的随笔:不过四百字。入夜了,我在一辆公交车上,车上没有灯,昏昏一片,人挤得满满的。我握着吊环,其实是多此一"举":你和周围的人已融为一体,遇上颠簸、摇晃,彼此紧贴,像密密的水草同一节奏摆动。窗外零零落落闪过店家的灯火,多半暗淡,偶尔一盏强一点儿的灯光射进车窗,扫过不同的眼睛眉毛鼻子嘴……车靠站了,几个年轻人翻江倒海从后面往前涌,他们下车了,又上来了几个。我收起握吊环的手,胳臂擦着我胸脯往下放的时候,我发现外套里层口袋空了,皮夹没了。于是我一遍一遍摸口袋,不厌其烦,摸了又摸,摸了又摸,终于怀疑起自己是不是在做梦。果然,梦也做到尽头了。我爬上了岸,躺在"沙滩"上静静回味……

一九六八年秋冬之际，因为奇台武斗风声紧，我逃到乌鲁木齐，住在新疆医学院朋友家里，走时仓促，随身衣服外，就带几个钱，背包都没有一个，毛巾牙刷就塞口袋里。住了几天，风声渐渐平息，没有斗起来，就准备回了。从乌鲁木齐到奇台只有坐班车，早晨八点开车，那时天还蒙蒙亮呢。长途车站离朋友家很远，我必须前一夜住到车站附近才行。于是在朋友家吃了晚饭，我就搭公交车到汽车站。"梦的随笔"就是从这里开始的。

那年月，别指望万家灯火，入夜，灯火零落。我的钱包（里头二十来块钱，那时的月工资是六十八元四分）显然是翻江倒海往前涌的几个巴郎子掏走的，他们下车后急匆匆朝车后跑去了。司机才关上车门，我就发现钱包丢了，我喊了一声：我钱包被他们摸走了！车厢里没人则声，瞟我的人都没有。我也就沉默了，他们司空见惯，而我大惊小怪，我都有些害臊。

到了长途汽车站。挨着车站就是沙依巴克旅馆，沙依巴克是乌鲁木齐的一个区。还算幸运，我的工作证是放在另外口袋里的，工作证里还夹着几元钱。我算了一下，扣除旅馆费还能余下五元三角，而一张乌鲁木齐到奇台的车票是五元八角，就差五毛！明天只能再回到朋友那里借钱。登记入住，发给你一块床号牌。你就到大厅里去对号找床。像骨牌一样，大厅里排满了五六十张木板床，住的都是男的，女的另有地方。每张床上一条被子，床下一个脸盆。

和我相距两公尺的"邻居"，是个干部模样的人，面善。我洗了把脸就睡下了。我的邻居是把被子翻过来睡的，怕被子里面有虱子。好些人都这样。旅馆里五天能换一次被子就阿弥陀佛了。大厅里嘟噜嘟噜的话声不断，天南地北的方言；弥漫着莫合烟气。不知什么时候灯熄了。灯再亮的时候已过了子夜。进来三四个人，穿着军大衣，拿着手电，还有个背着枪，是查夜的。挨着一张张床查证件，电筒照着看，甚至照着看你的脸。有还在睡的，就拍醒他：起来！所有的人都静悄悄地温顺地配合检查。最后带走了一个人。跟我们走！那人乖乖地披上衣服跟他们走了。大家于是再度睡觉。

天亮了，嘈杂了。想起为五毛钱还要回朋友那里，实在不是滋味。我洗完脸坐在床上。邻居也洗脸回来正坐床上抽烟。面善。我自己都不相信，我竟然跟他说：你能不能给我五毛钱？我昨晚钱包被掏了，今天要回奇台，买票就差五毛钱。我掏出工作证给他看，他仔仔细细看了，一声不响掏了五毛钱给我。谢谢，我说。他笑笑。我没有说我会还他，也没有说你以后来奇台可以来找我，这有些虚伪。我们不会再见面的了，但是不会忘掉。

买了票，坐上了回奇台的车。我重又搜索了全身口袋，在夹层里摸出了四分钱。肚子开始饿了。车到阜康，照例停车吃饭，路边就是食堂。车上的人几乎都下了，只留下两个人，他们带着馕。食堂里就几张桌子，没有凳子；一个买票的窗口，一个喊号取面的窗口。羊肉韭苔炒面，盛在盘子里油汪汪的，这真是我最喜欢吃的。

但我皱着眉头，装出没有胃口的样子，摇摇头，走出食堂。眼前是空旷的戈壁，远处是逶迤的天山。

每一篇梦的随笔后面都有一段逝去的岁月。

雪夜亡命

二〇一五年我回新疆，在昌吉，我问起李正亚，丁校长说："他身体不行了，老年痴呆，话也说不清楚了。"丁是一九六三年我到新疆奇台中学时的校长，李正亚是教导主任。退休以后，李回河南老家济源了。老李浓眉大眼大嘴大个子，严肃较真，不苟言笑，给人壁垒森严之感。一九六六年"文革"开始，他是最早被揪出来的走资派。在他的办公桌抽屉里抄出了好些诗稿，令人吃一惊，他还写诗！而且写得那么温柔细腻，他让校园树篱上的嫩叶像孩子一样絮絮诉说，央求人们不要摧残它们幼小的生命……却被人从中分析出了"反党反社会主义"。他的一首诗里，有一句"度灾还靠小片荒"，成了鼓吹"自留地"，反对人民公社、三面红旗的罪证。我们后来同是"牛鬼蛇神"，一起劳动过，也住过一个宿舍。我这才走进他的"壁垒"，感受到了"壁垒"里的温情和体贴。

一九六八年，"文革"派仗正酣，我们这些已被"打翻在地、批倒批臭、踏上一只脚"的"牛鬼蛇神"一时被遗忘了似的。但随时又会被想起。这年元月的一个下午，传来风声，某一派造反司令部明天要在全县搞誓师大游行，要抓"牛鬼蛇神"游街示众，每人胸前挂牌，再抱一个十来斤的大牛头，屠宰场里牛头都准备好了。老李和我是在必抓之列。我们不受这份辱，决定连夜出逃，顺公路西走吉木萨尔，再搭班车到乌鲁木齐。从奇台县到吉木萨尔县，三十七公里。

元月正是最冷的时候，气温在零下三十摄氏度左右，夜里尤甚。我和老李吃了晚饭，七点半动身，天已黢黑。我绒裤外套棉裤，棉袄外裹棉大衣，大围巾，狗皮帽，无指棉手套，脚蹬大头鞋，人鼓鼓的。老李黑棉袄黑棉裤一身黑，也是鼓鼓的。临走，唯一知道我们出逃的任老师默默给我们每人两个馍馍：半路上饿了吃。

掩出城，上公路，本是沙石路面，如今冰冻雪封，已结成冰大阪。公路两边是茫茫戈壁雪野，泛着幽青冷色。路南，极目望去，天山迤逦在沉默中，对这世界它似乎不想多说，无话可说。一路上没有遇上一个人、一辆车。我和老李是这冰雪世界的孑遗。天地冥漠，大野阒寂，唯一能听到的声音是大头鞋踩出的咯吱咯吱的响，一直响到天尽头……

新疆的冬天干冷如铁。我们压低帽檐，用围巾将嘴和鼻子都裹起来，只露出半个额头一双眼睛，寒气是凌迟的尖刀，在额头眼角开割，寒气是无形的磨盘，压得眉心作痛。眉毛结了白花，睫毛成了绒条，交睫之际窸窣有声。寒气一层布一层棉地往里透，透进肌肉，钻入骨髓，散入脏腑。围住口鼻的围巾铺着白霜，挂着冰珠，成了硬铁皮。手在手套里冻成拳，大头鞋里的脚成了木头，我们凭意志在走。只是走，不说话。估计一小时大概走五公里。

走了三四个小时，身上沁出细汗，人像浸在冰水里一般。有点儿饿了。我从大衣袋里掏出已冻成秤砣疙瘩的馍馍，拉下围巾，凑到嘴边啃，只啃下一星皮屑冰碴。"冻实了，啃不动的。"老李说。我们的速度明显慢了下来。我说："有个地方坐下来歇一歇就好了。"老李说："可不敢这么想，坐下来就再起不来了。"

继续走，迷迷糊糊走在一个冰冷的梦里。我只是冰天雪地的一具行尸，而真正的我是一叶游魂，在戈壁的幽青寒紫中飘荡。

不知道又走了几个小时。"快到了"，我听到老李的声音，声音像是从山那边飘来的。我竭力振作，果然，见到村落了，吉木萨尔近了。博格达峰已露出曙色，戈壁积雪也见亮了，转身回望，东方已呈鱼肚白。可寒气也发起了猛攻。我感到从未有过的衰弱，人正在寒气中销蚀，就像冰在春阳中消融一样。我会就此化作一道寒气，飘散在戈壁？

总算赶到吉木萨尔汽车站了，五点半，整整走了十个小时。头班车要到七点半，售票厅里已经有人了，汽油桶改成的大洋炉火抽得正旺，轰轰响。我急着上前烤火，老李把我拉住了："可不敢急着烤，要慢慢缓过来。"我们瘫坐在离洋炉三公尺远的长椅上。除去围巾，脱下手套，热气扩散过来，人竟然突突地发抖。渐渐，耳朵通红滚烫，手脚火烧火燎，痛，蜂蛰蚁叮一般，能感到血在流动。老李说："半道上我想，我们真要冻死在戈壁上了。""真冻死也就冻死了。"我笑了。老李也笑了。

音缘

初中时考音乐,老师弹琴,学生四个一组唱。我把三个同学的声音都盖住了,而且最后我抢先一步唱完——就像赛跑第一个撞线。我得意扬扬地看着老师——三十出头云英未嫁,我们私下都称她"老小姐"。老小姐怜悯地看着我,像是看个残疾孩子,轻轻道:"你不是唱歌,是哇啦哇啦背书。"我可怜兮兮地问:"不及格了?"老小姐踌躇片刻:"给你六十分吧。"

大学时候,在学校里听过一次演奏会,实在欣赏不出名堂,只得提前退席,心里感到悲哀:我与音乐今生无缘了!就此也落下了个自卑情结,只要碰到一伙人聚一起纵谈音乐,就不免往后缩。我对周围那些拿起乐谱就能哼、抄起乐器就能耍的人,总是说不出的羡慕和钦佩。说到这儿我就想起了大崔。

大崔是音乐教师,我在天山脚下教书时的同事。他有一颗大脑袋,开始人都叫他崔大头,后来一变而成大崔头,再一变,像是遇上了血滴子,头没有了,成了大崔。大崔是正宗北京人,从自治区音协下放到中学教书来的,长我十岁,那年也就是三十来岁。大崔每天黄昏都要耷拉着平头大脑袋在操场上散步,高高的个子,反剪着手,像挂在五线谱上的四分音符。大崔能弹钢琴,奏小提琴,能弹热瓦甫、冬不拉，箫笛笙管上口成曲，最出手不凡的是二胡、琵琶、三弦。有一回谁从县剧团弄来一副唱"道情"的渔鼓简板，大崔拍打得有板有眼，还韵味十足地唱了一段郑板桥的《道情》："老渔翁，一钓竿，靠山崖，傍水湾……"大崔有一副好嗓子，能从京、昆、评剧、梆子唱到京韵大鼓、唐山落子。开始我对大崔只是心仪，没有交往，也没有想到交往，我是个与音乐无缘的人，何必去攀识音乐人？不料大崔来找我了。

他听人说我有一本线装的《白石道人歌曲》，借书来了，说是研究上面的谱。我告诉他，我对音乐可是一窍不通。我们没有谈谱，谈的是姜白石的"暗香""疏影"。打那以后就有了交往。日子久了竟然成了颇谈得来的朋友。大崔用不着改作业，无须备课，那会儿也没有电视看，晚上往往过我这儿来聊上一阵。多半是我听他聊，聊李叔同、黎锦晖、黄自、王洛宾，聊刘天华、瞎子阿炳……有的人我还从没有听说过。有时候大崔会绘声绘色地讲上几则梅兰芳、金少山、言慧珠等的轶事，或者哼上一段马连良的《借东风》。有一回大崔感慨道："人哪，相聚是个缘，要不咱俩怎么万里迢迢聚天山脚下这小陋室里聊天来了？"我说："可惜我跟音乐没有缘。"

我们也有过一些浅薄的争论。大崔认为一个人的各种感觉是相通的，所以诉诸视觉嗅觉的色香可以用诉诸听觉的音乐来表达。这让我想起十九世纪俄国作家柯罗连科的小说《盲音乐家》。盲音乐家小时候就是凭琴音来辨色的。但我始终觉得，这根本不能称之为色。至于香就更玄乎了。"弦上黄莺语可以，弦上玫瑰香行吗？"我问大崔。"我是说一个人可以由音乐而感到花音。信不信？""你是说产生幻觉？高僧说法，天花乱坠，你能来个大崔抚琴，花香扑鼻，我就服你。"大崔揉着鼻子笑道："那你等着。"

这一等，等到了第二年雪消。西北的春天来去一晃，雪尽春老，俨然已是初夏。学校里两棵沙枣树仿佛一夜之间抽条吐绿，接着珠苞攒动，一树娇黄，香气郁郁，撩拨不开。那天晚上大崔夹了把二胡来了，他说他谱了首二胡曲《沙枣花》拉给我听听。好啊，我腾出椅子，坐到床上，一门心思听。声音柔和，散发慵懒，暖洋洋初夏的节候，我听出了婴儿的牙牙学语，姑娘的哧哧匿笑。琴声一波一波，飘逸而缠绵，含蓄而热烈，我的想象终于跟不上琴声，迷失在一片抽象的乐声中，进不去，仿佛被关在花园外找不到园门一样。我索性欣赏起大崔来了，他一边拉二胡，一边眯着眼侧着头，鼻翼翕动，一副醉嗅花枝的模样。琴声慢下来了，渐渐远去，越过天山那边去了，消失了。但对大崔来说消失的也许不是琴声，而是花香。"刚才闻到花香了吗？"他问我。"现在也闻得到啊，空气中本来就有花香。"他摇摇头："不一样。"

大崔还作过好些曲：《天山落日》《大漠行车》《鸦阵》《胡同》……我这最不懂音乐的人反倒往往是最早的听众。我最喜欢那首《大漠行车》。从学校所在的县城坐长途车到乌鲁木齐，二百公里出头要走七八个小时。沙石路面，坑坑洼洼，汽车又老旧，孤零零的车在大漠中哆嗦着前行，摇颤颠簸，发出的声音犹如哭泣。每次坐车总有说不出的感触，天地玄黄宇宙洪荒的感触，前不见古人后不见来者的感触，悠悠世路沧海一粟的感触，但又不完全是，这实在是一种不可言传的感触，文字无能为力。《大漠行车》却将这种感触用音符用旋律曲折淋漓地表达了出来。我跟大崔说："音乐在此胜过了语言。"大崔笑道："你开始和音乐有缘了。"

"文革"前夕，报纸上批《海瑞罢官》，批《三家村》。大崔问我："自古有文字狱，有没有'音乐狱'？"我实在想不出来，自然也有音乐家被杀的，安禄山杀雷海青，但那是因为雷海青摔琵琶不给他奏乐，和音乐本身无关。大崔说："所以还是不要耍笔杆，搞音乐保险，文字实，音乐虚，抓不到把柄。"不料"文革"开始大崔还是站台陪斗了两回。接着，批判他的大字报贴满一墙，名字上打了红叉，罪名是写"黑曲"反党反社会主义，反对伟大领袖。大字报上说他的《天山落日》是与"东方红，太阳升"唱反调，攻击伟大领袖；《鸦阵》是诬蔑社会主义祖国"天下乌鸦一般黑"；全国人民正高唱"我们走在大路上，意气风发斗志昂扬"，而大崔却偏要走封资修的"死胡同"；《大漠行车》，行到哪儿去？是不是投靠苏修？大崔看了批判他的大字报一声不吭就往回走，都说他回到家把乐谱统统烧了，把胡琴、小提琴都劈了生炉子了。

一九七二年，大崔北京的亲戚帮忙，发来调函，调他回北京通县。其时我才从牛棚出来。走的那天我去送他，行李中有一口他自己钉的白木箱,大崔说:"都是乐器。""不是说劈了当柴烧了?"他道:"有把自己劈了烧的吗?"我们相视而笑。看着他上车,车子开走,我想我的一段音缘也告终了,怅然若失。

书香飘零

突然想起了老严——严俊，于是想起了中国的藏书家。

中国明清两代出了不少大藏书家：范钦，宁波"天一阁"；钱谦益、柳如是，常熟"绛云楼"，可惜后来竟毁于火烛；浙江归安（今湖州）陆心源的"皕宋楼"，楼中收藏有二百部宋版书，远非天一阁能比，陆心源死后，不肖子把十五万卷藏书都卖给了日本人！还有杭州丁氏兄弟的"八千卷楼"，常熟瞿绍基的"铁琴铜剑楼"……民国以后，一九二〇年，刘墉的孙子刘承干在南浔创建"嘉业堂藏书楼"，二十九年后，归了浙江图书馆。藏书家都出东部，尤其江浙一带。其实西部也有一位大藏书家，那就是成都渭南严氏。

老严就是成都渭南严氏后裔。原籍渭南，自祖父严遨起卜居成都。父亲严谷声（谷孙）秉承祖父遗志，斥巨资历时十年于一九二四年建成藏书楼"贲园书库"，藏书三十余万卷，其中善本五万余卷，还有大量碑文字画，有"成都天一阁"之称。同时建"镐乐堂"书坊，请名家校雠，精刻善本书籍，并有吴昌硕、郑孝胥、张大千、谢无量诸大家为书名题签。

一九四九年，成都刚解放，周恩来就发电前线部队要保护渭南严氏藏书。五十年代初，严谷声将贲园全部藏书统统献给政府。报上发了头版消息，谷声先生被聘为川西行署特邀人民代表，可谓光耀一时。

老严这时正在川大中文系念书，想是沾了统战的光，毕业后分配到最高人民法院院长办公室，在董必武手下工作。但没有几年，精简国家机构支持边疆建设了，老严就被逐出皇城远遣新疆，发落到奇台县，再被拨拉到天山根半截沟公社中学教书。"文革"前我去过那里，第一次见到老严，矮胖，圆脸，一双秀气的大眼，就是鼻孔有点儿朝天，一口成都话，话不多。我跟在他后面走，要进门了，他退一旁，一定要我走前面，礼节周到，老夫子一个。学校里流传着不少关于他迂阔古板的趣事。他教书认真，只是效果一般，讲课不大看学生，眼睛好朝上，显出木讷。都知道他肚子里有货，却是茶壶里煮饺子。我跟他随便聊过几句。我大概说话中流露出为他不平的意思：从中央机关支边来新疆，怎么县城都不给留？县城中学里还有中学毕业教中学的，却把个川大毕业生弄到山沟里去？老严微微一笑：服从分配，叫到哪儿就哪儿啦。

"文革"开始，他就被牵出来游乡示众，穿上旧戏袍，戴上乌纱帽，胸前挂黑牌，手里拿面锣，"哐"敲一下就喊一声"严俊是牛鬼蛇神"。"文革"后期，他调进奇台中学，我们成了一个教研组的同事。慢慢才知道三十来岁时老严回四川成了家，女方在成都工作，有心脏病，来不了边疆。老严在边疆调不回去，只有两年一次探亲假。有一年,太太千里寻夫,赶来新疆,不料来不久心脏病猝发,就此死在塞外,老严哭得孩子似的。一九七六年,老父谷声先生病危,千里驰归,又晚了一步。

平时有空,我爱上老严六平方米的小屋,在寒酸中相对而坐,他坐在床架子咯咯响的板床上,我坐在吱吱扭动的板凳上,中间是一张伤痕累累的课桌——老严的书桌。我喜欢听他摆龙门阵,讲起来绘声绘色。书画版本、碑帖印章、端砚古墨,乃至宋瓷宣炉、秦镜汉玉……他无所不晓,都能娓娓道来,这是从书香门第打小熏陶出来的。他告诉我,当年献书的时候政府曾同意他们留下几本作纪念,其中有些他就一直带在身边,直到"文革"中被抄走。他告诉来抄的人,这都是善本书。对方不理会,"善本"是什么?线装书就是四旧,封建毒素,一概烧!老严给我看过几页敦煌的写经,这是他唯一保存下来的。他还保存着一支留作纪念的小楷狼毫,那是小时候张大千一大家人住他们家时送他的,还有一本音韵学的书,镐乐堂渭南严氏刊本。就这些东西了,他说,四十多岁,家都没得!他眼睛红了。

后来有人给他就在奇台介绍了一个对象,寡妇,比他年轻,长得也周正,而且能干。老严住到了女家,请我们去吃过一顿饭,他脸色红润,笑得很开心。我离开新疆的时候,他已调到乌鲁木齐,做文物鉴定工作。终于有一天,收到新疆朋友的信,里面带了一句:严俊走了。渭南严氏没有后人了。

边城畸人

我出学校到新疆，在天山脚下奇台县教师进修学校工作过一年。学校也者，徒具虚名，既无学生，也无教室，就一间办公室。实际上是做一些小学教学的视导工作——多半是可做可不做的事。每天一上班，主任坐在办公桌前一言不发撸光头，直到撸出了今天该做的事。下午五点一到，主任就站起身："回吧！"宣布下班回家。于是大家走散。"大家"，连我五个人，但我不在走散之列，我的床铺就在办公室里。有天，主任说完"回吧"，看我无家可"回"，就道，"晚上可以去看电影。"我还不知道电影院在哪里。于是正待走散的另几位就热心地告诉我，电影院在一条巷子里，该怎么走，还叮嘱我看到个瘦高老汉，右额头隆起个大包，嘴唇上胡子留半边剃半边，别睬，那是何大汉，邪得很。

电影院在一条黄土巷子，有房子里和露天两个场子。夏天用露天场子，木墩上钉着三米来长的两寸板，这就是凳子，横里三排，竖里近二十排。银幕是两根柱子绷一方白布。那天放的是老电影，但我还是进去了。一进去就见第四排中间坐着个高高大大的老汉。一定是何大汉了，我想。我走到银幕前，再走回来，好仔细瞧上一眼。何大汉光头广额，庞眉深目，高鼻瘪嘴，活脱像画上的罗汉，右额上隆着个包。他坐得笔挺，精神矍铄，一根手杖直直夹在两腿间，一双大手搭在手杖上，手腕上翡翠玉镯，指头上玛瑙戒指。他发现我在看他，笑道："来啦，坐！"声音很亮，同时拍拍身边的木板，好像我们是老相识似的，引得场子里的人都看起我来。我尴尬地点点头，赶紧越过第四排，在第六排落座：他右后侧。场子里有二百来人，何大汉前后左右的座位却空了好几个，他孤零零耸在中间。看电影时，他不停地絮叨，突然又会哈哈大笑，吓人一跳。影片中有个角色正拿起杯子喝酒，这酒是被人下了毒的。何大汉大声喊道："不能喝，不能喝，下了毒了！"但还是喝了，死了。何大汉手杖突突突捣着地："死球了！"

次日上班我讲起见了何大汉而且发现人都避着他。于是大家告诉我，何大汉原先是盗墓贼，要不他的翡翠玉镯、玛瑙戒指打哪儿来的？他跟人说，他额头上的包就是遭墓里的阴风吹了长出来的，剃半拉胡子是为了避邪。"现在还盗墓？"我问。现在不盗了，挑了副筐捡破烂；谁家要是死了人就请他去帮衬，要是死了小娃娃，装在盒子里，给他几个钱，他就挟到石碑梁给埋了。干这些事还少不了他。娃娃哭啊闹的，只要吓唬一声何大汉来了，就悄悄的了。我问，他家里还有什么人没有？没有，没有老婆，没有孩子，光杆一个，养了三只猫。他住的小独院里满是破烂，废纸碎玻璃烂铁皮……堆得都是。

我不常看电影，但每回看电影都能见到何大汉，屹然独坐，罗汉一尊。我大多坐他后侧，相距两三公尺，刚好能听到他的絮叨。银幕上丰收在望，他喃喃道："这麦子长得不赖，有白面馍馍吃了，不饿肚子了。"那时三年困难时期才过。银幕上出现城市高楼，他喃喃道："这房子不中住，比不上土块房冬暖夏凉，又没个院子。"银幕上刮大风，他会把身上的衣服紧一紧，自言自语："咋这风都刮出来了！"我还听到过他咕噜咕噜跟银幕上的老汉说话："你老哥比我何大汉强，有婆姨有娃娃……"我能体会他内心的寂寞，寂寞如戈壁。

平时走过大坑沿，大坑是倾倒垃圾的地方，偶尔也能见到何大汉，戴着草帽，架着茶色眼镜——老式的铜镜框，据说镜片还是水晶呢；挑着大筐，手里拿着捡破烂的铁丝夹子，手腕上的翡翠镯子很抢眼。

一九六六年"文革"开始，何大汉也被揪出来游了街，何大汉毫不在乎，反而高兴，他的生活里还从来没有这么热闹过，破了寂寞。"革命群众"也没把他怎么样，多半是拿他逗个乐。

最后一次见何大汉，已是七十年代了，他推了一具尸体，死者是被谋杀的，出东门找地方火化，那会儿边城行土葬，还没火葬场。据说车出东门再也推不动了。这是从来没有过的，何大汉怵了，停下车，对车上说："我知道你有冤，可不要怨老汉，让老汉送你走，去投个好人生。"果然，车子推动了。

山东大妞出塞记

她是县汽车站站长的婆姨（这词太土了，现在应该叫太太），也是我在新疆教书时的学生家长，说话快，嗓门大，穿一身旧军装，自有一股豪爽之气。年纪，按时下的眼光看，总该四十好多了吧，其实还不到四十。那时候不知道什么叫护肤保养，女的至多搽点儿雪花膏，市面上也只有雪花膏卖，而且搽香了还不行，离劳动人民远了。女人的脸蛋儿经不起塞外朔风黄尘的凌虐，也就易见苍老。那一回她是为调皮蛋儿子的事到学校来，她要找的教师不在，办公室里只有我，我们就聊了起来。

她说她老家在山东，接着迸出了一句："我们都是被骗到新疆来的！"于是滔滔不绝讲了起来。

五十年代初，新疆部队来山东农村招兵，只招女兵，而且要长得有模有样的。农村姑娘听说参军，进卫生队，进文工团，谁不乐意！即使远在天边的新疆，也去，总比一辈子守在农村强！十来个山东大妞就这样换上新军装，第一次坐上火车，轰轰隆隆，也是第一次坐上汽车，叭叭嘟嘟，到了新疆。她们被送到戈壁滩上一个团的营房里，她们不需要操练，不需要学习，说是先好好休息，一日三餐伙食很好。部队的首长，团的、营的、连的每天都来看她们，跟她们摆家常，关心她们。这么休息了好些日子，才一个个叫去谈话。于是全明白了：部队里一批中下级干部，大的奔四十，小的也挨三十了，还都是光棍。如今仗打完了，光棍要成家了，她们就是千里之外招来给光棍当婆姨的。

晴天霹雳，大妞们急了，有哭的，有吵着要回去的。但哭也没用，哭给天山听，哭给戈壁听？回也回不去，四野茫茫，东南西北路头都辨不清！团里只是耐心地做思想工作，告诉她们，只有这一条路：当部队家属，这可是好事，光荣得很咧。几天以后，有心眼的大妞知道事已如此，犟也没用，纷纷答应，先答应的多少还可以抢在别人前头在光棍里头挑一个，年纪轻一点儿的，模样好一点儿的……

"我就不答应，怎么做工作也不行，我就是要回去！"站长婆姨说，"我在老家有男朋友，我对领导说。领导说：你们结婚了？我说：回去就结。领导说：就是，还没有嘛！我说：你们不让我回，我自己回！领导说：瞧这戈壁滩，你往哪儿走啊？好，我跟自己说，我就走给你们看。"

"连着两天，每顿饭我都藏起一两个馍馍；我知道团里有几匹马，夜里也不拴，就放在营房四周。那天夜里，没有月亮。人都睡下了，我只作出去上茅房，背了个小包，外面披了件棉衣。开出门，满天星星，还挺凉的，七八步远就是一匹马。我认得，那是匹拉套的老马，温驯着呢。我过去，马也不走，我悄悄爬上马背，坐定，马就走了,好像是老天爷专门派来接我的。我也不管马往哪儿走,只要离开这儿。走了半夜,天蒙蒙亮了,前边隐隐糊糊有树有房子,天啊,我终于走成了!但越往前走越觉不对,走近一看,这不是又回来了?伙房里早起挑水的战士看见我,有些吃惊:遛马去了?

"经这一回,我认命了。没有挑的了,就嫁了我现在这个老汉,比我大十七岁,是个营长。后来转业到地方当汽车站站长了。老汉人不错,待我也好,那又怎么呢?都是命!命!我信命!"

围围

都叫他围围，没有人知道他的真名实姓，也没有人想知道他的真名实姓。围围矬个子，罗圈腿，走起路来，两条腿不是直里往前迈，而是一左一右画着圈向前围去——围围这名儿就这么来的。

六十年代初，我被发落到西北边城教中学，老教师向我介绍当地风土人情时，特别提到几位乡野草间的传奇人物，围围就在其中。围围是农村社员，但都知道他有未卜先知的本领。围围的未卜先知不靠相面测字、占卦问卜，他也不懂什么紫微斗数；你问他，他就答，像课堂上学生答问，而且三言两语，绝不啰唆。远近常有人找他问事，只是每次只能问一桩事，不收钱，只收上门礼物。

围围未卜先知的传闻很多。冬天入夜，附近社员找上门来，才进院子，人还没有见，围围隔窗子喊过话去："毛驴丢了？不碍事，天一亮自会回来的，掉两个耳朵尖。"果不其然，天亮回来了，驴耳在戈壁上冻坏了，两个耳朵尖没了。

有一个交三十的农村大小伙，说不上婆姨。大小伙带了一条羊腿来找围围，让他指点终身大事。围围说："十天后，套上驴车，带上'刀把子'（当地人称白面馍馍为'刀把子'），往东十里，运气好能捡个婆姨。"十天后，小伙子套上驴车，带上"刀把子"带上水，往东进了戈壁。走了近一个时辰，真见到个二十光景的大姑娘守着包袱坐在半截颓圮的土墙根发呆。姑娘是甘肃民勤人，老家没吃的，扒火车上新疆，结果投亲不着。大小伙送上"刀把子"，姑娘上了驴车，就这样捡了个婆姨。那是大饥荒的一九六〇年的事。

最玄的是，兵团一位首长的守寡老娘，长期眼痛，百治无效。最后首长坐了吉普车来找围围。围围说："去把你大（父亲）坟头上那棵芨芨草拔掉。"首长回去，到大坟上一看，真长了棵芨芨草，就手拔掉，老娘的眼睛从此不痛了。首长问围围：想要些什么？围围说想要两个吉普车上换下来的轱辘。首长给了两个轱辘。所以围围的驴车不是一般的胶轱辘，是地道的汽车轱辘，方圆百里，独一无二。

对诸如此类的传闻我当然嗤之以鼻，无非是边城绝塞的迷信愚昧。每次议论这类传闻，总想给它一个合理主义的解释。比如捡婆姨的事，你敢说不是围围知道有个投亲不着的姑娘，于是就叫她在那疙瘩候着？

学校里教俄语的霍老师是本地人，说起围围就啧啧称奇。我和他常为此抬杠。老霍说，他原先也不信，有一回特意跟朋友上围围家，存心去试一试。围围坐在炕上，看了他一眼，说道："'储搭子'里揣着四块两毛钱，八两粮票，来试我围围？""储搭子"是维吾尔族话口袋的意思。老霍自己都不清楚口袋里有多少钱钞粮票，于是当场摸出来点，竟分毫不差！老霍冲着我大声说："你怎么解释？怎么解释？他蒙对了？你也蒙给我看看！"我虽然没法解释，但坚持"唯物主义"："总而言之，你不是被蒙了就是被耍了。说不定跟你一起的朋友偷偷看过你的口袋，告诉了围围。""不可能！"老霍叫起来。谁也说服不了谁。老霍道："哪天我带你去见见围围。"

围围是上山地区公社的社员，住在靠山的戈壁上。打县城骑自行车差不多要整半天，一路又是上坡。所以尽管老霍说了几次"哪天我带你去见见围围"，这"哪天"始终是未定之天。一直到"文革"前一年，支援夏收，我和老霍一起到上山公社戈壁地割麦子。割了半个来月，完成任务，原说次日公社派拖拉机送我们回城，不料晚上来了通知，说明天拖拉机来不了，要我们多待一天。老霍来找我："围围离这儿不远，走路半个来小时，明天我带你去，去不去？"我回答得很干脆："去，为什么不去？"

第二天我们吃了早饭上路，先拐到供销社买了两包饼干。天清气爽，纤尘不染，放眼望去，戈壁空旷，村落稀疏。老霍指着一个村点："围围家就在那里。"他早打听好了。走了半个来钟点就到了。这村点总共十来户人家，都是独院。围围家院墙外立着一排钻天杨，潇洒挺拔。院门开着，望进去，一明两暗三间土坯房。一只黄狗朝我们汪汪吠了两声就呜呜个不停。屋里走出一个五十好几的妇人，朝我们点点头："来啦，进屋去。"她自己却往外走，出了院门，黄狗跟着出去了。老霍告诉我，那妇人肯定是围围的老姐，围围和姐姐住一起，全靠她照料。

我们一踏进屋，就听见咳嗽声从左边蓝布门帘里传出来，咳嗽过后是沙哑的说话声："中学的两位老师吧，进里屋来坐。"我们掀门帘进去，只见炕上坐着个人，正抽莫合烟，个头就像十三四岁的娃娃，无疑就是围围了。我感到吃惊：围围干巴起皱的脸上竟闪着一双明亮温润的大眼，像戈壁上两眼泉。简直不可思议！围围一身泛白的蓝布中山装，整整齐齐，纽扣扣到脖子根。

"坐下。"他指了指靠墙的桌凳，桌上备着烟茶。围围看着老霍说："这位霍老师四年前来过。"又看了看我说："这位老师初次见面。"老霍指着我问围围："你看这老师是哪儿人？""你是塞北，他就是江南。"老霍得意地碰了碰我胳膊。"两位老师是不是要问什么事？我马上就要上公社卫生院去。"

老霍先问："我该朝哪个方向去找对象？"老霍交三十了，别人给他介绍过几个女的都没有成功。听他这一问我忍不住嘿哧笑出了声，他也想吆驴车去捡个婆姨？这小子！围围一双大眼盯着老霍看，缓缓道："哪儿找婆姨？从你走过的路上去找，你们同过路。"这双大眼转到我脸上："这位老师有什么要问的？"我本不想问什么，只好临时扯个题目："你看我往后这辈子怎么样？""过十年再说。人要会熬，熬才能出头。"说完这几句，围围就一言不发只管抽烟。

人也见了，话也问了，我示意老霍：走吧。我们将两包饼干放桌上，起身告辞。围围两条腿一伸，顺炕沿挂下，两手再一撑，就跳到了地上。他个子到我胸前。他送我们出屋，迟疑了一下，又送我们出了院子，两条腿画着圈，一左一右往前围得飞快。

回的路上，我笑着提醒老霍："留点儿神，这可是走过的路啊。""要同过路的。"我们又抬起杠来。我说围围的话摆明是江湖诀。但老霍觉得迟早会应验的，回头一看就会恍然大悟。"你说，"老霍问我，"围围还没有见我们人，怎么就知道我和你是教师？"我说："我们上这儿都割了半个月麦子了，围围能不知道？猜也猜得出来。""他怎么会知道你是江南人？""我觉得这也没有什么奇怪，看人的模样我也能蒙个八九不离十！"

第二年"文革"一开始，围围就成了"牛鬼蛇神"被公社造反派揪出来游乡。据说，游乡前一天，围围就给自己糊了顶高帽。第二天造反派问他："谁告诉你今天要游乡的？"围围答道："不用人告诉我。"游乡的时候，他罗圈着腿，围着步子，走得挺利索。后来又听说，围围是口里来的逃亡地主；再后来，干脆就不再听说了。

后来，老霍告诉我，围围在"文革"中死了。老霍在"文革"中成了家，女方是小学同班同学。"围围说我的对象在我走过的路上，跟我同过路，真说着了。"老霍感慨万千。这一回我没有跟他抬杠，我想起了围围说的"过十年再说"。"文革"不正是十年？而且总算熬过来了。难道围围那双不可思议的大眼睛真能遍观过去未来，洞悉天人幽明？我实在不愿意相信。

海尔妮莎

这些年来，每次回新疆总要打听海尔妮莎。我问过努尔尕孜：有没有海尔妮莎的消息？努尔尕孜两手一摊：嫁人了，走了，去了哪个地方，说不上。我想见海尔妮莎，想当面说一声谢谢，这一声"谢谢"在我心头等候了四十年了。

一九六二年，我刚到奇台，先分在小学教师进修学校。进修学校没有自己的地盘，就一间办公室，安顿在民族小学内。民族小学连校长、主任加起来八个人，四个是女教师，其中三个是二十左右的秧哥（姑娘），一色丽姝，让人吃惊，维吾尔族姑娘都这么漂亮！而且有一种迷人的娇羞和矜持。海尔妮莎就是三个中的一个：皮肤润如酥白如雪，粉红脸蛋，两条弯弯的眉毛用黛绿连在一起，一双乌溜溜的大眼。后来我知道她是新疆十三个少数民族中的乌孜别克族人。第二年我调到了中学，过了一年，海尔妮莎也调到了中学，中学有个民族班。校园里碰到彼此一笑点头。

"文革"开始，我属于"横扫"之列，在批斗中讨生活。接下来是起伏不定的武斗、打派仗，在东躲西藏中偷生。那是一九六八年五月，一天傍晚，传来消息，说第二天有革命行动要到学校来抓"牛鬼蛇神"，消息很可靠，我正在考虑找个地方躲一躲。就在这当口,妻突然提了旅行袋找到学校出现在我面前!她几个月没有我消息,到处武斗,我是死是活都不知道,于是花两天时间,从石河子工二师医院赶来。来得真不是时候!躲哪儿去呢?有个老师说,刚在学校里见到海尔妮莎,她还没有回家,我去问问她。我正觉得这是多此一问时,海尔妮莎却跟了这位老师来了。海尔妮莎说:走,你们跟着我走吧,保持距离。

夜色朦胧,街上只有三两人影,突然能听到一声枪响,将夜打个窟窿。海尔妮莎在前走,我提着旅行袋和妻跟在海尔妮莎后面,保持两公尺的距离。海尔妮莎家顺着皇渠沿往里走,那儿住的都是少数民族。进大门,静悄悄的,穿过庭院,跨上房廊,两大间房,中间隔着过道。海尔妮莎细声说:你们等一等,我跟妈妈说一声。她进了右侧房间。远处传来突突突机枪的声音。海尔妮莎出来,引我们进左侧的房间,擦火柴,点油灯,那会儿居民家里还没电。房间很大,还是地板房,收拾得干干净净。海尔妮莎从柜子里取出被褥,在地板上铺好,又端来水,问我们要不要洗洗。这一夜睡得很香,梦里没有枪声。

第二天醒来,已是阳光灿烂,妻打量了一下房间,说,这是海尔妮莎的房间。我们蹲在房廊上,像维吾尔族人一样洗脸:用水壶倒水,手掌接水,敷到脸上,揉搓一阵,再用毛巾轻轻擦干。庭院中央,木栏护着一丛月季,枝头缀着十来朵粉艳娇羞的花。海尔妮莎的妈妈已经准备好了奶茶、馕。海尔妮莎说她妈妈不会讲汉话。

我们彼此点头笑笑。

海尔妮莎带我们看了屋后的菜园，漫步在一片葱绿中。她告诉我们现在就她和妈妈两个人住这儿。"我家成分不好，是牧主。"她说。脸上挂着笑，带着一丝凄婉和无奈。

海尔妮莎上学校打探消息回来，并无革命行动，风声也小了。妻说，那我们走吧，别给海尔妮莎添麻烦了！海尔妮莎说，不急，明天再看看。第三天下午她从学校回来，说不像会有事了。我们决定走。那你们晚上走，海尔妮莎说，我不留你们了。我的朋友来告诉我了，你们早晨在菜园里散步的时候，有人在房顶上看见了，他们疑心了。

那天晚上我们告别海尔妮莎出门，匆匆间连谢谢都没有顾上说。在暮色中回到学校，次日清早我就和妻一起乘车上乌鲁木齐。想不到从此就再没有见到海尔妮莎。四十年了，只要"谢谢"这两个字没有出口，心里就不会安宁。

阿合曼提江

打开电脑，桌面背景是擎天烈日，浩渺沙漠。这是七年前我回新疆拍下的照片。新疆十七年，我工作的县城就挨近沙漠。打我第一次坐到沙漠边沿，就感到亲切。我喜欢它赤裸裸的坦荡，无拘无束的荒凉；喜欢它的沉默，"沉默"和"不"一样，是自信和力量；我还喜欢握一把暖融融的沙在手里揉捏，感受它的细腻坚爽，再让它像细水一样流出指缝……"文革"挨批斗的时候，在口号声中，我就会想起沙漠。

看着桌面，想起新疆，想起了我在新疆结识的第一个维吾尔族人——阿合曼提江。一九六二年冬，我被分到奇台县小学教师进修学校，没有宿舍，一去就睡办公室。第二天清早，我才起床叠好被子，拉开一条门缝透透气，眨眼间一个人已推门而入。是个维吾尔族人，快六十了吧，穿一身蓝布棉衣裤，花白髭须上沾着霜，脸冻得红扑扑，一双灰蓝的眼睛闪着淡淡的忧伤。他看着我眯眯笑，也不说话，就去捅开炉子加上煤，炉子烘烘抽起来了。我站一旁看着，不知说什么好。他又拿起水桶出门，我跟了出去，学校边上就是一条湍急的渠，飘着雾气，水很清。他蹲下身提起一桶水，我上去接，他不给，我握住提梁不放。"你能拿动？"他会说汉话！我笑了："拿得动。"他松了手。回到办公室,他舀满一余子水,插进炉子,火苗蹿出了炉口。他看了看周围,又按了按我的被子,说:"我叫阿合曼提江。"转身走了。

办公室总共四个人,一个主任,连我三个教师,一个女的姓严。我问严老师:清早有个维吾尔族人来捅炉子,又提水烧水,谁啊?她说,他叫阿合曼提江,阿老师是县上资格最老的维吾尔族老师,现在年纪大了,不教书了,就让他来这儿了。阿合曼提江的工作多半是打杂跑腿。要买什么东西了,主任交给他几个钱:"阿合曼提江,跑一趟,去买瓶胶水。"阿合曼提江买了胶水回来,主任说:"你上哪儿谝串(土话:闲聊)去了?这么久,等着用呢!"阿合曼提江站一旁低声解释了几句,说他的腿不好,走不快。

偶尔也会有公事交给阿合曼提江办,有什么通知,或者什么规章条例需要从汉文译成维吾尔文,下发到各公社的维吾尔族小学,这就用得上阿合曼提江了。他就戴上老花眼镜一丝不苟地译,他能读简单的汉文,复杂一点儿的就有些费劲,要有人念给他听,做些解释。他怯于问人,但我喜欢坐他边上做他的助手,闻着他身上淡淡的奶酪的气息,看着他从右到左写出一串串漂亮的维吾尔族文字。一次,工作告一段落,他撕一条纸,在上面清清楚楚地写下我姓名的维吾尔文拼法,这也成了我以后不少书上的签名。

日子久了我和阿合曼提江倒成了忘年交,虽然可谈的话题不多,但就像两个走在沙漠上的旅人,不说话也是伙伴。和阿合曼提江在一起我无须设防,在他灰蓝的眼睛里没有别人眼睛里对"摘帽右派"的那种怜悯、警惕和幸灾乐祸,有的只是不知从何而来的也许仅是属于岁月的淡淡的忧伤。阿合曼提江跟我讲了不少维吾尔族人的习俗,他告诉我每年夏天他要到吐鲁番做沙疗,把腿埋在晒得滚烫的沙坑里,治腿病。他问我的家乡,家里有些什么人,问我有没有"秧哥"……他喜欢把我的手握在他的大手里,他的手很厚。谈到无话可谈了,手还一直握着。

这年冬天我调到中学,接踵而来的是十年"文革"。"文革"过后,我听说阿合曼提江还工作呢,在县图书馆看管阅览室。我去了,图书馆是新修的,阅览室还不小。进门,就见阿合曼提江正对大门坐在借阅杂志的柜台后。我一走去,他就握住了我的手,也不说话。他看起来倒也不显苍老。"身体好着呢?"我问。"腿更加不行了。"他笑眯眯地看着我,依旧的灰蓝的眼睛。我们一时找不到也不想找话说,无声胜有声,只是四只手握在一起,他揉捏我的手,我揉捏他的手,暖融融的。

努尔尕孜

我在新疆待了十七年,但不会说维吾尔语。也就知道几个词:雅克西(好)、皮加克(刀子)、巴郎(小伙)、秧哥(姑娘)、袷袢(维吾尔族人穿的对襟长袍)、皮牙子(洋葱)等等。北疆汉族人比维吾尔族人多,汉族人会说维吾尔语的不多,但有点文化的住城里的维吾尔族人多半能说些汉语,即使半吊子,也能听懂。"你,抓下秧哥子没有?"那是说,你找到了对象没有?

我教书的那所中学二十来个班,只有两三个民族班,其余都是汉族班。也有民族学生上汉族班的,我教过的班上就有一个,叫吐尔逊,长得壮实,一脸憨厚。有一回交作业本,封皮上写了"襈老师"三个字。我把他叫住:有这字吗?吐尔逊傻了两秒钟,说:"我字典上查的,xuān 就这么写啊。"我递给他一本《新华字典》,他翻了一阵:"老师看,就这个字,不是念 xuān?解释就是'姓'。"我还真不认识有这么个古里古怪瞪着大眼的字。"对,你没有错。不过我姓的不是这个襈,是宣传的宣。"吐尔逊露出一排白牙憨厚地笑了。这个"襈"字是吐尔逊教我的,我这辈子就在纽约碰上过一个姓襈的人。

好像是一九六四年,刮来了一股风:汉族干部要学维吾尔语。

于是全校汉族教师每周一次由民族教研组组长努尔尕孜教大家。只是字母都没有学全就偃旗息鼓了。

　　努尔尕孜是哈萨克族，人黑瘦，八字浓眉下一双眼睛黑溜溜煤精一般，那时候也就是三十上下。"文革"中他没有挨整，也没有整人。"文革"后期我一度和他是邻居，门口见了面总要聊聊，他说话好用手比画，拍拍你肩膀，哈哈大笑，还能在舌尖上突一声射出一梭口水，射一米远。跟他聊天，就像在草原上徜徉，他身上有股子草原的气息。而且你不必设防，他不会去汇报，不会在哪次会上站起来揭发你。努尔尕孜跟我讲了不少哈萨克人的习俗，他们的毡房，他们的草场，他们的马和骆驼，奶疙瘩和酸奶子……努尔尕孜的太太长得很端正，白白的圆脸，微胖，眼珠子带点儿黄。她大概不会说汉话，见面朝你笑笑。一九七九年我离开新疆，调回江南，行前和努尔尕孜道别，他左手拍着我肩膀，右手紧握我的手，说道：新疆，以后还来不来？来，我说。他没有笑。

　　二十来年后，我回国，去了新疆。绕着天山转了个大圈，最后到了我当年工作的奇台县。那天中午定下在饭店和当年的各路朋友，好些是外地赶来的，欢宴叙旧。奇台城不大，但也有了出租车、公交车。老友老陈陪我去买了一堆准备饭后吃的葡萄、西瓜、甜瓜，正搭公交回饭店。车过东门，突然路边有人在喊：Professor（维吾尔语老师一词也这么发音）宣！挥着手跟着车在大步走，黑黑瘦瘦，是努尔尕孜！我头探出窗，朝他喊：上饭店来！

努尔尕孜六十多了,但模样没有大变,依然黑瘦,八字浓眉下一双黑溜溜的眼睛,他从来剃平头,看去稍有些花白而已。我又看见了久违而熟悉的笑。饭席快结束的时候他坐到我身边来,一边吃葡萄一边告诉我,他的太太已过世,"她病了好些年,瘫痪了,我一直照顾她,吃饭,大小便,洗澡,她很重,我要把她抱起来。我,对得起她,你说是不是?我现在身体很好,啥病也没有,两个孩子都在外工作。我现在又抓了个女的,不在奇台,就要结婚了,我今年就要搬走了。"他握着我的手,拍着我的肩,笑了,像草原一样开朗的笑。

洋芋情

超市里最便宜的蔬菜要数洋芋和胡萝卜，而且一年四季不断档。洋芋是我们家的常客，一个星期总有一两顿早餐吃洋芋玉米糊。一锅玉米糊，像金色池塘，洋芋离离如白石点茧其中。有时候家里来了客人，请吃饭，缺个素菜，就炒洋芋丝：洋芋切成细丝，配两个青辣椒也切作细丝，炒成，滴上几滴花椒油，端到桌上，清清白白，窈窈窕窕，带着原野上飘来的细细的香。

洋芋，小时候我们都叫它洋山芋，个儿也就是乒乓球、鸡蛋大小。也许江南水土不宜，农村很少种，菜场上也难得见。后来到北京上学，听人说土豆，不知何所指，后来才明白，原来就是洋山芋！于是我也跟着称土豆。出学校到新疆，那是一九六二年，听一个经常出差的人说，一九六〇年前后，火车停靠兰新铁路沿线，随处可见逃荒饥民，有的小姑娘衣不蔽体跪在站台上，求人带她到新疆，要不就饿死了。那几年四川、甘肃、河南不少灾民都往新疆流，人们给了他们一个带歧视的专有名称"盲流"，字典上的解释是"指盲目流入某地的人（多指从农村流入城市的）"。新疆接纳了他们，这多亏新疆的洋芋。

洋芋，学名马铃薯，原产南美秘鲁—玻利维亚的安第斯山地区，十六世纪西班牙人把马铃薯引种到欧洲，十七世纪末成为爱尔兰的主要粮食作物。到十八世纪末，已是欧洲大陆国家（尤其德国）和英格兰西部的主要作物，并且继续向东西两半球扩展。一八四五年和一八四六年欧洲爆发马铃薯晚疫病，爱尔兰的马铃薯收成遭灭顶之灾，接踵而来的是大饥荒，近百万人饿死，数百万移民逃来美洲，这也是美国爱尔兰移民很多的原因。马铃薯书写了一页历史。

我到新疆，发现新疆人不把马铃薯叫土豆，而是叫洋芋。于是我也叫洋芋，直到如今，即使在北京，我还是叫洋芋。一九六二年，饥荒算是过了，但仍觉吃不饱。好在街上有洋芋卖，两毛五一公斤，买上一小袋，堆墙角，夜里捡几个放水里一煮，冬天，屋子里有洋炉，火是现成的。皮裂纹了，也就熟了。撕了皮，慢慢吃，一边翻着书，在油灯下；只觉得，人生在世，有书有洋芋，又得此宁静，夫复何求？

我教书所在的奇台产的洋芋远近闻名。学校自己也种，"文革"中都是我们"牛鬼蛇神"的活儿，从开沟下种、浇灌到挖土收成。一九七二年我从牛棚解放，妻从石河子调到奇台，算是有了个家，有了家就不能再吃食堂了，要自己做饭，柴米油盐酱醋茶好办，难的是菜。十月，初雪一过，就要准备储存够半年吃的冬菜：洋芋、白菜、胡萝卜、大葱。洋芋为主。学校联系生产队拉来洋芋，分售教师。我们两口不下一百公斤，运入菜窖。三捆大葱撂小厨房顶上让它冻成翡翠棒。白菜不好储存，除非腌制酸菜，所以买得不多，十棵够了，胡萝卜四五公斤，全数下窖。这就是一冬的菜，要吃到来年五六月。洋芋几乎每天都吃，倒也没有听谁说吃出厌烦来。如今和妻进超市买菜，品类纷呈，反倒有不知买什么好的感觉。可见选择多也不见得好。

　　每天吃洋芋，就吃出了花样。新疆当地人能从洋芋拾掇出不少佳肴来。我最难忘的是拔丝洋芋和洋芋丸子。在新疆我也学做过拔丝洋芋，统统失败，掌握不好窍门；只一次勉强拔出像样的丝来，那是碰上的。洋芋丸子花色很多，有的做成杏儿模样，一式滚圆，上到桌面都以为是搓的南瓜糯米团子，咬下去才知道是洋芋丸子，中间还包着豆沙。油炸洋芋丸子已经不稀罕了，有一回在奇台进修学校牛主任家里，牛主任一定让留下吃洋芋丸子汤，他婆姨（老婆）笑眯眯地动手做了，不到二十分钟，一大碗洋芋丸子粉条汤端来了。丸子比桂圆稍大，圆圆的，包着透明神秘的薄膜，里面是洋芋肉末葱末，清清爽爽，味道鲜美。就此念念不忘。来美国以后，我试着做过，关键是外面包的薄膜，我想一定是裹的菱粉之类的，然而没有成功，入汤就散了。

　　新疆十七年，每天都和洋芋打交道，洋芋可说是我的患难之交。有道是患难之交不可忘。

初为人师

我的教师生涯始于一九六三年十月,进奇台中学,教初二语文,把原来中师毕业的语文老师顶掉。我接手教的第一篇课文是普希金的诗:《西伯利亚矿坑深处》。那时课本上居然还有普希金的诗,说"居然",是因为现在课本上鲁迅的文章"竟然"都在删除之列了。

第一次上讲台还是有点儿紧张,上课铃一响,走进教室,踏上讲台,班长喊"起立——坐下",下面五十双黑眼睛枪口一样对着你,我只能"英勇就义",从前排到后排扫了一眼,和枪口对峙了几秒钟。我突然觉得有些滑稽,忍不住哑然失笑,这一下好,全班腾起了笑声。于是我转向黑板,写了个"宣"字:我姓宣。下面传来了惊叹——他们还从来没有听说过有姓宣的。事后有老教师跟我说:你不能对学生随便笑,这样学生以后就不怕你了。我对这位老教师笑了。她不知道我最怕别人怕我,自然,也不想怕别人。

这是我和学生的见面第一课。奇台中学语文教研室还有个薛宗正老师,北大历史系五九届毕业的,比我早三年。薛是个人才,"文革"后去了新疆社科院历史研究所,现在是国内研究突厥史、西域史的权威。他与学生的见面第一课是,进教室一语不发,背转身在黑板上大书七个字"北大五年薛宗正",然后转过身来。我可以想见当时老薛的神态,眯着眼,带点儿微笑。当时北大本科是五年制。老薛一九五七年反右中被定为"中右",相当于"内定右派",于是到"西域"来了。老薛有股天生的傲气,说回来,他有本钱傲。

我想起了沈从文。沈从文首次上中国公学的讲台,教室里坐满学生,那么多双眼睛盯着他,沈从文涨红了脸,一时失语,只好在黑板上写五个字:"请等五分钟。"据胡适的弟子,当时中国公学学生罗尔纲回忆说:"沈从文只读过小学,是胡适把他安排上大学讲座的。选他课的有二十多人,但当他第一天上课时,教室却坐满人,他在讲台站了十多分钟,说不出话来。突然他惊叫一声说:'见你们人多,要哭了!'"沈从文内向,可爱,无怪他在生命的终点,会对汪曾祺、林斤澜说:"我对这个世界没什么好说的。"

周作人不会讲课,只会低头念讲稿,声音细小。梁实秋说,坐第一排的人也听不清楚。季镇淮先生在西南联大是闻一多的学生。季先生说,闻一多先生进课堂讲课前,会摸出香烟盒对着同学让烟:"哪位要吸烟?"林语堂在东吴大学给新生上课,带一大包花生进教室和学生边吃边聊,说:"花生又叫长生果,诸君第一天上课,请吃我的长生果,祝诸君长生不老!"

季先生给我们教了一年先秦文学史,他讲课时话音缓慢,声音像是负重的苦力使劲从喉管的悬崖上向上攀登爬出口腔,喘一口气。季先生给我们讲了不少训诂的知识。二〇一五年回国在书柜里还翻出了王念孙的《读书杂志》、皮锡瑞的《经学历史》，那都是当年买的。

前些年吴小如先生去世，当年教我们的这些老师，于是一个都不剩了。一代学人走了，这时代，不可能再有了。我突然想起甘世福先生，高高的个子，他教过我们几节语音学的课，至今记忆犹新。他讲鼻音，在课堂上唱窦尔敦盗御马，这是要用鼻音唱的，"将酒宴摆置在分金亭上"，声音洪亮，唱得令人陶醉。据说甘先生留学欧洲的时候，上丹麦去，他不通丹麦话，事先买了本丹麦的语法书，火车上看，到下火车，能说丹麦话了。一九五八年反右结束，接着来了双反运动（反浪费、反保守），要求人人贴大字报投入运动。甘世福贴了张反浪费的大字报，说学校某某地方电线杆上有盏路灯白天黑夜二十四小时亮着，这是浪费。很幽默，结果反遭批评，干扰大方向了。这个运动很快在学生中成了"拔白旗"运动，在教师中演变成了"批判资产阶级反动学术权威"的运动了，又是一番惊心动魄——这就是不断革命，历史在"作"。

同一间办公室

一

一九六二年大学毕业，我和两位同窗分到新疆，三人结伴西行，他们留在乌鲁木齐，我分到昌吉州，再下到奇台县，在奇台小学教师进修学校待了一年，第二年调到奇台一中。

昌吉州下辖八个县，沿天山北麓从东到西：木垒、奇台、吉木萨尔（唐代北庭都护府所在地）、阜康（天池所在）、米泉、昌吉、呼图壁、玛纳斯。八个县中仅昌吉中学、奇台一中是有高中的完全中学，其余六个县都只有初中，学生上高中要到昌吉、奇台。奇台是新疆的粮仓，有文化底蕴，从清到民国奇台一直是内地走西口通往新疆的数一数二的商贸大镇，尤其是晋商。新疆流传着一句话，"金奇台，银绥来（玛纳斯）"，其富庶可见。

奇台中学的前身是山西会馆，正对校门的大办公室原先就是山西会馆的大殿，后来隔成五间办公室充作五个教研室。语文教研室在大殿最右侧，仿佛一间"偏殿"。

我进中学时，语文教研室总共九名教师。教研组长是张国诚。

张国诚一九五七年哈尔滨师院专科三年毕业，高考时本可进北大，结果阴错阳差留在东北老家了，老张每谈起此事，终不免回首恨依依。老张聪明，悟性高，也许欠深刻，但特别善于将自己的见解恰到好处、条理分明、抑扬顿挫地表达出来，给人鲜明印象。老张为人持重正派，从不咋呼。穿着总是很整洁，就是一件穿了多年的旧衣服，照样能穿出派头；注重仪态风度，不经意的举手投足，从椅子上站起来时两手轻按腹部的动作，连胳膊肘的角度都让人觉得是经过造型设计，可以搬上舞台。即使咳嗽也能咳出旁人所无的优雅，掏出叠得方方正正的手帕，轻轻按在唇上，声音带点儿沙，有秋的伤感。于是有人说，老张一辈子都在舞台上。其实谁不在舞台上？看你演什么角色。老张演的是正派。

张国诚老家在东北长春，与长春电影制片厂相去不远，打小耳濡目染，谈起演员，如数家珍；谈起表演，头头是道。每次看了电影，办公室里总会议论一番，老张对演员的演技观察入微，众人都忽略的细节，他注意到了。一九六五年一中师生排演话剧《红岩》，全县演出，轰动一时，张是灵魂人物，既是总导演，又是主角，演许云峰。

"文革"初，老张也被揪出来过，主要是家庭成分不好：伪官吏。办公室里成分不好的都被贴了大字报挨了批斗。"文革"后，老张入了党，后来到昌吉一所大专学院当院长。二〇〇二年夏我回国到新疆，在昌吉和他叙谈多次，老张已退休，华颠白发，垂垂老矣，但言谈举止风度依旧。后来听学生说,老张小儿子一度因为什么事被公安局拘留,老张每天光天化日下提了饭盒去送饭。学生说:"张老师是爱面子的,怎么受得了?昌吉地方学生那么多,发个话,找个学生,宽宽捞出来了。"别人也许早这么做了,但老张不会。在奇台时,有一回老张家宰了头羊,竟然上税务局缴纳屠宰税,大家都笑他。是有这档子杂税,但从没人去交过,税务局也从没管过,哪还自己找上门去交!

二

走进"偏殿",最先引人注目的是墙上贴的一纸小楷,很醒目。凑近看,写的是黄山谷的《清平乐》:"春归何处?寂寞无行路。若有人知春去处,唤取归来同住。春无踪迹谁知?除非问取黄鹂。百啭无人能解,因风飞过蔷薇。"娟秀的灵飞经小楷,署名是杨节华。"古庙"里问春归何处,看黄鹂飞过蔷薇?对,这不是古庙,这是语文教研室的办公室了。当时安排给我的办公桌在南窗之左,坐在南窗之右的就是杨节华,教研室副组长,主要负责初中语文教学,也是办公室里唯一的女性。

杨节华夫妻俩是一九五二年从上海"援疆"来奇台的,先生姓王,在县财政局工作,都说是"铁算盘",算盘打得好。杨在上海中文专科学校毕业,一九五二年进疆时三十二岁,一九六四年我见她时四十三岁，身材高挑，戴副眼镜，过一阵就要抬手扶一扶眼镜腿。听人说，她初来时，夏天，穿着布拉吉，艳丽时髦，走到街上，这位中学女教师是一道风景。但我见她时衣着很朴素，很随便，有时候甚至有些不修边幅。前些年我回新疆，和薛宗正聊起，薛记得有一回我说杨节华"徐娘半老，风韵犹存"，杨拿了本书就朝我劈来，但我已毫无印象。

　　我和杨节华是苏沪同乡，在塞外实在难得。杨常跟我聊一些江南旧事，江南的街市、江南的风俗、江南的园林、江南的小吃、江南的服饰……有一次突然跟我说起早年江南都市女性的流行发型，什么S头、横S头，这些"头"我只是小时候有所耳食，但不知究竟，杨节华就画在纸上给我看。又有一回，她说她想啊想，终于破解了吴语里发音为"熬少"（"赶快"的意思）的词语应该是"火速"的一音之转。她能哼三四十年代的流行歌曲，电影《西厢记》里周璇唱的"拷红"、《古塔奇案》里龚秋霞唱的"秋水伊人"……她身上始终摇曳着那年月江南知识女性的余韵。有天我们上街碰上，一起回来，路上，她悄悄问我：中国古时候有没有现在这样的户籍制度？能不能自由流动？像现在，户口、粮食关系把人控制得死死的，绑在一个地方，动不了。我说，不清楚，我想只要不是依附的、卖身的，像《红楼梦》里的家生子，人身还是自由的吧，就是卖身也可以赎。解放前可以随便迁徙，她说。话也就到此，谁都知道这是禁忌的话题。我们默默地走回学校。

杨节华请我上她家吃过一顿饭，王先生一表人才，但很少言语，就是说话也是低声下气，很压抑。后来听人说他是国民党员，有历史问题。我想一九五二年的"援疆"恐怕和这有关，当年不少有"历史问题"的人就被以"援疆"的名目打发到新疆来了。杨节华于是就跟着先生一起西出阳关。她日日忆江南，只是"春归何处？寂寞无行路"。

"文革"中，我是奇台中学天字第一号的"牛鬼蛇神"，早早被揪出来，看管起来了。有天傍晚，我见杨节华竟然也被专政队的人带来，呵斥着让她写交代。后来她在学校上初三的女儿小曼风风火火赶来了，杨让她女儿去弄两包香烟来，被子也带来，估计回不去了。这是我第一次见她抽烟。一口接一口，不停地咳。还好，总算关了一两夜之后把她放回去了。

一九七九年我离开新疆以后，大概不久杨节华也退休了，后来到广东三水和女儿一起。女儿癌症去世，她又回到新疆，后来在新疆去世。如果她活着，该是九十四岁。春归何处？终于没有回到江南。这怨谁呢？

三

办公室里年龄最长的是邓老师。我在办公室和他初次见面时，估计眼前这位戴着暗红边框眼镜的老师也就四十出头，瞧他，个子不高，长得瘦小，苍白的脸上没有皱纹，不见髭须，嘴唇上方只稀稀淡淡的一些汗毛。后来才知道我低估了十来岁。这位老师告诉我，他姓邓，单名一个荃，"寄意寒星荃不察"，他念了这么一句，嘴角带着凝滞的微笑看着我，目光炯炯，眼神却是"思入风云变态中"的空旷，很难解读，欢迎？疑虑？不安？茫然？这是邓老师给我的第一印象。

奇台中学建于五十年代初，开始还没有高中，教师不是中等师范就是高中毕业。一九五二年上海来的杨节华是首位大学中文专科毕业的语文教师，一九五七年，语文教研室来了张国诚。一九五八年，反右以后了，薛宗正来了，北大历史系本科毕业，我的校友学长。邓荃是一九六一年进奇台中学的。一九六二年语文教研室又来了四位，分别来自北师大、华东师大、杭州大学、曲阜师院，把原来高中、中师毕业的教师顶出去了。一九六四年我到奇台中学，顶走了教研室最后一位高中毕业的教师。其他教研室也都在这两年中大换血。

邓荃原是广州军区给部队干部上课的文化教员，湖南湘潭人。一九六一年，五十出头了，从部队转业而不思归故里，自愿到边疆，用当时的话来说，是到党最需要的地方去，革命觉悟高。邓荃二十年代在湖南长沙师范念书时与宋希濂、吕骥（音乐家，曾是中国音乐家协会主席）都是同窗，和吕骥还有联系。邓荃参加过四十年代符定一《联绵字典》（专收古代双音词汇的工具书）的编纂工作，旧学根底应该不错，也学过英语，能看书。

邓荃教初中语文，对工作可谓极端负责，他改过的作文本上红批缤纷，甚至亲自捉刀，为文章重写一节或补上一段"啊……啊"的歌颂抒情。他让我看过，要我提意见，我只能吟两句诗"落红不是无情物，化作春泥更护花"，耍滑头一滑了之。课余，不是学生找邓老师，常是他去找学生辅导，有的学生见邓老师来了就躲起来。邓老师教的班的语文考试成绩往往是最好的，他批得松，还有说他复习时给学生列出重点。这在老师之间造成一些不快，尤其教平行班的老师间。我听过邓荃的课，凡是课文上有歌颂党的地方，他都会声情并茂地朗诵，用沾点儿湖南口音的普通话，啊……啊……目光炯炯地望着学生。这时候我就低下头去，我没有勇气看。

那时候教师轮流值日，轮值的要提前来打扫办公室，到开水房灌两暖瓶水，如果是冬天的话还有一件大事：生洋炉。轮值名单就贴在门侧。但常常是等你赶来，邓荃早捷足先登，地也扫了，水也打了，桌也抹了，要是冬天，炉子也生了，你来晚了！日子一久，其他教研室的老师议论纷纷：语文组不像话，邓老师这么大年纪了，让他每天来打扫！于是教研室开会时专门提请邓老师不要李代桃僵，按轮值表行事。不行，邓荃还是每天来，轮值老师只能起大早赶在邓荃前头，不料像张良遇上了黄石公，你早我更早，黄石公已经在桥上了。最后想出一着棋：换门锁，一把钥匙按轮值名单每天移交。这也就行通了没几天，有天轮到我值日，才起床，邓荃已如晨鸟在窗外轻声叫唤了：问你要钥匙。再后来邓荃上街配了把钥匙。邓荃就有这种"锲而不舍，金石可镂"的精神。听邓荃的太太邓奶奶说，邓荃常是下班回来躺倒床上动弹不得。他们没有孩子，邓荃过继了弟弟的儿女在身边，管得很严。

"文革"中，在一次批判我的会上，邓荃慷慨激昂念了批判稿，最后声嘶力竭喊了两句口号。次日，在校园里迎面遇到他，周围没人，他茫然地看着我，放慢脚步，擦身而过的瞬间，突然咕噜了句不着边际的话：宣老师，你课上得好。但不久邓荃也被"革命的扫把"扫到了，说他是叛徒，要他交代历史问题。邓荃年轻时参加过共青团，一九二七年蒋介石清党，邓荃就脱离了共青团，后来加入过"三青团"，这就是他"叛徒"的全部历史。几十年来这历史一直压着他，成了他的原罪，他生活在恐惧中，从此谨小慎微，夹着尾巴做人，年过半百到新疆，勤奋工作，听党的话，为人民服务……这样的人我见过很多很多，真想为他们大哭一场。一九七九年我离开新疆时，邓荃将一套线装的《随园诗话》给我留作纪念，现在就在我客厅的书架上。我给了他一本英文版的惠特曼《草叶集》，邓荃提起过他年轻时爱读《草叶集》。

邓荃退休后住在甘河子他儿子那里，后来回到湘潭老家。前些年去世，终年九十七岁。

四

当年奇台中学教师中有三个"右派",语文教研室占两个:我和刘策。刘策长我十岁,原籍东北,杭州长大。一九五五年考入华东师大中文系为调干生,一九五七年遭阳谋之厄,劳动两年,再返校就读,一九六二年毕业,"发配新疆"。

我问过刘策,一九五七年究竟犯了什么天条?主要两条,刘策说,一,我说过党委书记管各级党团组织都管不过来,其他,各系各科的事应该由校长来管,党政分开。这就成了反对党的领导。二,有一次和几个同学到长江大堤玩,对面望去就是崇明岛了。见一个小女孩在大堤上挑野菜,我问女孩儿:挑野菜为什么?女孩儿说:粮食不够吃。我就说了句"这怎么搞的,会粮食不够吃?",就这句话成了反对粮食统购统销政策。就这两条,再加上家庭出身不好,我父亲解放前当过警察局长,解放后镇反判十年,死在劳改队了。

刘策个儿不高,平头圆脸,眼睛不大,但目光有威势。他不在意边幅,胡髭几天不刮,拉拉碴碴,远看是东北胡子的凶悍,近看却是江南游子的颓唐。批作业累了,歇歇了,就靠着椅背眯起眼抽烟,神思汗漫,会突然唱几句诗:"四月南风大麦黄,枣花未落桐叶长。青山朝别暮还见,嘶马出门思旧乡……"这是唐朝李颀的诗《送陈章甫》,刘策唱得苍楚动情,是什么触动了他,但从来不往下唱,就唱这四句。一九六四年我到奇台中学时刘策已三十四岁,没有成家,也不找对象,只一个妹妹在杭州,一个弟弟在湖州。

刘策教课认真,平时不苟言笑,学生对他都有几分敬畏,在他跟前不敢嬉皮笑脸。他不喜欢学生在作文里过甚其辞的形容,"啊……啊……"的抒情,不喜欢作文内容虚构。在这一点上我们争论过,我赞成学生虚构,这是培养想象力,但刘策认为这是培养学生说假话,他对说假话深恶痛绝。朴实求真,这是他的人生态度。

在办公室这些教师中,真正可以无所顾忌说说话甚至胡言乱语的也就是刘策。和刘策谈天说地、评论时政无须设防,不必担心汇报、打小报告、运动来了"拍案而起"揭发。他总是提醒我:平时说话注意,有些话只能关起门来说,言者无心、听者有意。但刘策再怎么沉默如金,"文革"初还是难逃一劫,偏偏又揭发不出上得了纲的反动言行,不料根据无产阶级的推理这正证明了他罪行的严重:阶级敌人阴险狡猾,善于伪装,把自己包裹得严严实实,一定要撕掉他的画皮!于是开批斗会,呼口号。不过最后只能不了了之。

刘策在"文革"中终于成了家,对象是早先奇台中学初中毕业的学生。后来学校盖了一排家属宿舍,我们两家贴邻而居。夜里一闪身我就进了他家。刘策好夜读鲁迅,吸着烟,于静夜中凝思。我们常谈到深夜,说一些只能关起门来说的话;有时我们说啊说,会突然停下来,侧耳谛听暗夜中历史的马蹄声。

我一九七九年离开新疆，十年后到美国。后来听说刘策当过奇台县政协主席。同一间办公室的人，现在也只是和刘策保持着联系，一个月至少一次电话。

五

我刚到奇台不久，进修学校的严老师就跟我说起：中学有个薛宗正，也是你们北大的，学生都说薛老师课教得好……她突然笑了，也不知她笑什么，我也不便问。就在严老师笑过以后的半个来月，一个酷寒紧绷的下午，进修学校办公室直腾腾推门而入闯进个人，头上歪扣着帽子，帽耳扑扇，脚蹬及膝毡统，身穿敞襟皮袄，看起来像是吆大车的。好在严老师他们已招呼他薛老师。薛老师走到我办公桌前说道：你就是宣树铮？北大来的？中文系？我叫薛宗正，北大历史系的。说话时，嘴上露一丝笑，一双眼睛在镜片后面直勾勾瞄着我，要把我里外看个透掂出我的斤量似的。我赶紧站起来，虽然被他"直勾勾"得不自在，但毕竟在大西北遇上一位燕园校友，不亚于他乡遇故知。谈了一会儿，都忘了谈什么了，后来薛宗正说要看看我带来的书。我的书都放在靠墙的玻璃卷柜里，任君浏览。薛宗正的目光在书脊上来回扫了几遍，这些书总算毫无愧色地挺住了。随后薛就噔噔噔出门踏雪而去。

一年以后，我调入奇台中学语文教研室，和老薛比邻而坐，椅子上一旋身，就可以和他交头接耳。老薛博闻强记，学问根底深厚，是北大邓广铭教授的高足。据说他进教室上第一堂课时，先在黑板上大书"北大五年薛宗正"七个字，顾盼自如。老北大人常有这号自负，虽然货真价实，却容易遭忌。老薛，你说他什么都可以，不修边幅、不通世故、白专道路……他都不太在乎，唯独在学问上他是要较真的，要与人比出个高下，但光明正大，别人比他强，不怀妒意，他比别人强，决不谦虚。一九八九年出国前我回新疆，和老薛叙旧，他就提起在奇台时我们之间的几次"较量"，结果各有所长，不分胜负，虽说已成笑谈，依然念念不忘。当初他到进修学校"直勾勾"来看我和我的书，其实是探探虚实：来者是不是他对手？我到中学后，听说了他的不少趣闻：冬天生炉子，居然把引火木柴搁在煤上头；冬天起床解手，怕冷，就尿在毡统里；早晨匆匆忙忙赶进教室上课，转身板书，学生发现薛老师领子里耷拉出半只袜子，再看下面，一只鞋里竟是光光赤脚，于是哄堂大笑。我问老薛有没有这事，才知道是无聊同事无中生有添油加醋编来消遣"书呆子"的。但有一件事老薛说是真的：冬天穿了棉裤外出，一条腿越走越冷，凄寒入骨，怎么回事？原来这条腿伸到了棉裤和罩裤的夹层中了。我想严老师说起"中学有个薛宗正"时突然发笑，恐怕与这类"消遣"有关。

老薛山东济南人，蹭着武二郎的秉性，倔强，不能忍受冤屈。"文革"初，工作组掌权时，他也被揪出来批斗。一次批斗会上他就是不承认"罪名",一股宁死不屈的劲儿。这叫气焰嚣张,还了得!于是一伙学生押着他游校园,戴了纸糊高帽,挂上牌子,敲着簸箕,还要他一路上喊"薛宗正是××××分子"。他却喊:"薛宗正刚直不阿!"学生按着他的头,一路小跑,穿过大操场,进教师家属院……我很佩服他,但我做不到,好汉不吃眼前亏。

"文革"末梢,一九七二年以后,我恢复上课了,薛宗正调到了新建的"奇台师范",但还住在中学,我们常有来往。有天,那是夏天,他来找我,说有些书想卖掉,《晋书》《后汉书》《三国志》,问我要不要。他说,以后这些书都没用了。我真不相信读了半辈子书的人,会对书丧失信心。我都买下了。这些书的精装硬皮已被红卫兵撕掉,但书页不缺。这年冬天,我读完了《晋书》,现在这书就在客厅书架上,我把它带到了美国。前些年老薛传我一份他十来年前写的四万多字的回忆录《往事如烟》,这才知道他父亲曾是山东历城县长,抗战开始自招人马和日寇打,最高军衔是陆军少将,后来战斗失利,到重庆改任文职官员,解放后死在狱中。薛宗正的成分是国民党旧官吏,一九五七年反右薛宗正被定为中右,有了这两条,"北大五年薛宗正"一九五八年到天山脚下也就不奇怪了。

薛宗正后来调入新疆社科院历史研究所,职衔为研究员,古代史研究室主任,享受国务院特殊津贴,是国内数得上的研究西域史的权威。他自许他的厚厚一册《北庭历史文化研究》将是他的传世之作。有一年，四月二十二日，老薛突然来了份电邮："老宣，你生活在民主国家的华人圈里，问候你。"有些深奥，我至今还没有完全读懂。

六

六十年代讲究阶级成分。办公室九个人，反动家庭出身、有历史问题的占六个，工人、贫下中农家庭出身的占三个。平时相处无恙，但"文革"一来，那就上阶级斗争战场了，立马界限分明。六大于三，这就是说语文教研室还是资产阶级修正主义阵地。结果六个人无一幸免，程度不同地都挨了批斗。

那三个人都是一九六二年分到中学的，其中王仁康和我曾经在一间宿舍住过。王是宁波鄞县人，贫下中农子弟，杭州大学中文系毕业。一个宁波人和一个苏州人住在一起，有道是"宁和苏州人吵架，不和宁波人说话"，但我们处得很好，有共同语言，又都是身在塞北的江南人，多了一份近乎。我听他讲过宁波话，果然砾石一般，硬邦邦，消化不了。王仁康心灵手巧，多才多艺，音乐、绘画、手工、排演节目、设计报头都拿得出手，让人羡慕。但也有让人瞠怪之处，有一回他从校外城墙根捡回一个混着泥土的骷髅，先用水浸泡，再洗得雪白，白得瘆人，夜里坐在煤油灯下仔细观察，嘴角挂着微笑，像个科学怪人。后来他未婚妻从老家来，一个长得很端庄的村姑,来了就登记结婚了,几乎没有任何仪式,只是黄昏时分,家属院"新房"外拼几张桌子,大家祝贺一下,嗑嗑向日葵子,吃点杏干葡萄干。住了一阵新娘子就回老家去了。

一九六六年"文革"开始,工作组进校,组长是部队上连指导员,住进王仁康家,见王仁康每天夜里学毛选,大加表扬。打那以后我们有"阶级分野"了,再没有讲过一句话,我已是"阶级敌人",路上相遇只做不见。七十年代他调回老家。后来有传言说他精神有些问题,但始终没有确切消息。我倒是挺想念他的。

孙士哲,一九六二年合肥师院中文系毕业。安徽人。个子不高,我听过他的课,在黑板上方板书时一条腿好往上吊,模样有点儿滑稽。他常聊一些家乡农村的事。他讲,三年大饥荒时,农民把余粮藏起来了,生产队派人挨家挨户去搜,他妈也去搜了,把农民藏起的活命粮都搜走了。我问他:你家藏了没有?藏了。也搜走了?没有。为什么?老孙笑了:埋在水缸底下呢。孙士哲的课上得一般,他真正喜欢的是写小说,写剧本,想当作家。大概学生听说了孙老师写小说,有一回学生拿了一本康式昭写的长篇小说《大学春秋》问:"孙老师,都说是你写的,是吧?"老孙意味深长,笑而不答。

孙士哲在办公室里有些孤单,没有一个谈得来的朋友,他觉得别人有些瞧不起他;"合肥师院"出身,门第似乎低了点儿,他有点儿自卑。"文革"来了,贫下中农出身,这比什么都硬。他批起人来横眉立目，也算是扬眉吐气，一种补偿。我至今还能感觉到那天晚上，满天星斗，那已是七十年代了，从家属院出来穿过大操场，和他同路，他搭在我肩上的那只软软的手，像是女人的手，他推心置腹地告诉我他的心愿，他想写小说……可惜我们还是没有做成朋友。听说他后来到了哈密，从政了。

三个人里还有一个是王遇福，福建福安人，一九六二年北师大中文系毕业。矮个子，长得有些猥琐，但话音洪亮。冬天穿一件蓝色棉大衣，一口钟，几乎罩到脚面。他说他是个孤儿，幸亏遇上了共产党，所以他取名"遇福"，每次忆苦，总要讲他的"遇福"。"孤儿遇福"成了他的政治资本。他一到奇台中学就获重用，当上了民兵营长，安排他教高中毕业班，当班主任。但他给我的最深印象是几乎每天都要找班长到办公室来汇报工作，班长是个姓王的女学生，美女，一动不动站在他办公桌前，看他盯着自己无休无止地唠叨。王的课教得并不好，我代过他班上的课，结果学生想换老师，不要他教，后来这也成了我的罪状。

王有政治优越感，原先大家对他敬而远之，但没有大矛盾。"文革"一来，他马上与六个人保持距离，进办公室也不睬，觑得人如无物，批判的时候上纲上线，声色俱厉。后来他当了专政队长，箍了红袖章走起路来虎虎生风，上街进奇台老头商店（店员都是老头），指指袖章对老头们说：我是奇台中学专政队长。可老头们只当没听见。我们关牛棚的时候，他每天来巡察，训话。入夜，又从外面把牛棚门扣死。

　　林彪事件以后,"文革"已是强弩之末。专政队没了,王遇福也失落了,每天枯寂地坐在窗前,用透明纸把一册《花谱》上的花一幅幅描下来。一九七三年(?)终于设法调回福建去了。大家谈起他,总好说小人得志,然而我想,小人所以能得志,也是时代造成的。

我的中学学生

一

我要写的几个学生已不在人世,回忆死去的学生并写成文字,别是一番滋味。

一九六六年我教高二两个班的语文,张勋谟是二班的语文课代表。那年我二十七岁,张勋谟应该十七岁,个儿不高,乌溜溜的眼睛,一张孩子脸。每次校园里迎面相逢,他就乌溜溜看你一眼,送上诡谲的微笑——几分腼腆几分顽皮,不由你不回他一笑。我请他当课代表,当然不是受他微笑的蛊惑,而是他语文好,做事也尽职。张勋谟的作文与众不同,力求写出新意,写出自己,稚气自然难免,甚至还有点儿苔藓似的晦涩,但他在用心写,在探索。我觉得他是块料,毕竟才十七岁。他偶尔也会拿一些作文以外的文章给我看,问一些一般同学不会问的有关文学的问题。你给他讲,他乌溜溜地看定你,收敛起往常诡谲的笑,微蹙着眉。

一九六六年春,"文革"来了,工作组进校,我很快成了"黑帮"。在那段日子里,我和谁都不说话,因为没有谁敢和我说话。

在批斗会上，头低得累了，也得抬一抬，往往在这一抬头之间，我扫视了会场。有两次扫到张勋谟，他低下了头。

工作组一九六六年冬撤出学校，批斗暂停，我们就以戴罪之身听凭运动后期发落。当时学校跟社会上一样，两派对立，争斗不断，紧一阵，松一阵，不少学生干脆不来学校了。我们几个戴罪者，日常到学校菜地干干活，也没有人盯着。平时也有学生来随便聊聊，张勋谟偶尔也来，一个人，问一些遥远的文学、历史的问题，他大概在读这方面的书。依然是用乌溜溜的眼睛看定你，早先的微笑只浅浅地抿在唇上，稚气少了。

我最后一次见张勋谟是一九六七年春，飘榆钱儿的季节，在校园里撞上，他递给我一篇文章，就说了句"我写的，×老师给看一下"，转身走了。五月中，县里形势突然紧张，甲派调农民开拖拉机进城抓人，我在名单上，抓到农村关押批斗，差点儿葬身戈壁。六月初回来，新疆武斗的传言日盛一日，七月底，我逃回苏州老家，一直到一九六八年元月局势平定才回到冰封雪冻的新疆。乌鲁木齐班车到奇台已近黄昏，进校门，一眼看到正对校门的十字小径的中心，原来是花坛，现在涌出个坟头，盖着白雪，竖着墓碑。跑上前一看，墓碑上刻的是：张勋谟。

事情是学生告诉我的。一九六七年十二月，学校食堂伙食告急，根本吃不到肉了。阜康的学生（天池就在阜康，阜康那时没有高中，念高中要到奇台）提出到阜康食品公司去搞点肉。于是开了辆卡车，去了几个同学。阜康离奇台一百二十公里光景，沙土路面，开车要四个来小时。阜康回来的路上遭到了另一派开枪伏击，也有说对方扔了手榴弹，冬天，路面冰雪板结，车翻了，同去的同学都跳了车，张勋谟却被车厢板卡住了脖子，喘不出气，又挣扎不出来。同学喊"有人压车下了"，想上去救，但对方还是打枪。等枪静下来，冲上去一看，人已经死了。遗体拉回奇台，都冻硬了。学生都哭了。后来决定就葬在校园里，入殓的时候，同学们给他胸前别了不少毛泽东像章。张勋谟是吉木萨尔人，父亲还是中华民国国大代表，下葬的时候据说就他哥哥一声不响来，一声不响走。我没有张勋谟的照片，这些年多次回新疆，也没人再提起他。我想我以后恐怕也不会再提起他，但会一直记得他。

张勋谟的墓"文革"后期迁出了校园。现在进校门迎面是一座高大的毛泽东塑像。

二

我想起了田学兴。田学兴和张勋谟同在高二年级但不同班，张勋谟二班，田学兴一班。田学兴不是个规规矩矩听话的学生，有点儿吊儿郎当，什么都不在乎，冬天穿着黑条绒棉袄，敞着领子，冒一股"匪气"。同学给了他个外号：田虎子。田虎子平时爱讲大实话，那年月说实话犯忌，说轻一点儿是思想落后，重一点儿是思想反动。但他学习好，起码语文，尤其作文，在班上属拔尖的。文章生动率真，清新流畅，不落俗套。有几次我把他的作文当范文念给全班听，他坐在下面竟红着脸不好意思起来。下来我问他：脸红什么？他笑了：不习惯表扬。他笑起来眼睛一眯，很温柔。这样的学生有的老师摇头，但我喜欢，不仅仅因为他作文好。

"文革"初工作组时期，田学兴差一步就被当作"右派"学生揪出来，当时高三已经揪了两个。正在这当口，全国各地开始轰轰烈烈造工作组反动路线的反了。学校批斗暂停，工作组按兵不动，等上级部署。有天田学兴找到我，给我看了几份北京的传单，说：什么工作组，反动路线，整人！不靠神仙皇帝，咱自己起来解放自己。他去找工作组的人辩论，把他们痛骂了一顿。

学校停了两年课，一九六八年，"最高指示"来了：知识青年上山下乡接受贫下中农再教育。原先的学生陆陆续续都走了。田虎子参军去了。再见到他该是一九七四年前后了，他穿着军大衣闯进家来，我大吃一惊。我们谈了很久。他说他一直在打听我的情况，想来看我，就是没有机会。这次是逮了个出差的机会。他眯起眼睛温柔地笑了。他讲了参军的经过，部队的生活，说到他现在是连长时，不好意思地摆了摆头。还是以前的田学兴。

自那次见面以后，就此不通音讯。而我也在岁月中挪，一九七九年调回苏州，一九八九年移民美国。直到二十世纪末，有天上午，来了个电话，自报姓名田学兴。我问：你在哪儿啊？纽约。纽学校的事，听起来声音很遥远，很遥远，仿佛我跟他都是生活在遥远的人。

回美国不到一个月，来了电话：田虎子走了，淋巴癌。

三

尹兆福是我到奇台中学教的第一个班的学生，那是个初二班。踏进教室，班长喊"起立"，我一眼扫去，后排站着个"美哉少年"。对了对座位表，他叫尹兆福。尹兆福圆脸，五官端正几无可挑剔，浓眉下一双明亮的眼睛，灵魂就趴在这窗口天真善良坦率诚实地望着这世界，望着你，望得你心生愧怍。尹兆福学习认真，成绩也好，从不惹是生非，可谓温文尔雅。而且特有礼貌，你跟他说话，如果他坐着，就一定会站起来，街头碰上，他准会停下给你鞠躬。看得出，从小家教很严。后来我知道，他出身不好，父亲是国民党军队的医官。

"文革"批斗中，我有一条罪状是出于反动阶级本性，偏心家庭出身不好的同学。我承认我同情他们，他们没有错，却要他们年纪轻轻就背这么个家庭出身的包袱！我多次把尹兆福叫进办公室面批作文，在学习上多给他一份"偏心"。

但我也就初二教了尹兆福一年。一九六六年他读高一，暑假以后马上升高二了，"文革"来了。有天上午我在办公室写交代材料，校园里传来一阵阵口号声，听不真切，也不在意；脚步声、口号声到了窗外了，才听清一声声在喊着我的名字：×××滚出来！……我就出去了。外面二十来个学生，有男有女，"地主资产阶级孝子贤孙×××老实交代！"喊口号的是尹兆福，嗓音洪亮，脸上几乎没有表情。我看着他，还是个大孩子，只是长高了不少。他看了我一眼就转过身去脸朝学生继续领着喊口号。我静静地听他们喊，喊了十来声后，尹兆福领着他们走了。我当然知道，这都是工作组布置的，老战术。

工作组被撵走后，在漫长的打派仗的日子里，几乎见不到尹兆福，也许回家待着了。待到造反派学生成立毛泽东思想宣传队，看到尹兆福也在里头，他嗓音浑厚，歌唱得好。后来听说尹兆福和同在宣传队的段翠兰好。段翠兰"文革"开始才是初二的学生吧，娇小玲珑，活泼开朗，小雀儿似的，笑起来酒窝盈盈，声音甜脆。再后来听说他们结婚了，一个是"翠禽小小"，一个是白杨伟岸，从外形到性格反差明显，却生活得很美满。

二〇〇〇年，我从海外回到离别了二十一年的新疆，心里揣着张盼着见上一面的人的名单，其中就有尹兆福、段翠兰。到了一问，呆了——尹兆福已经不在了，段翠兰得了肺癌，才动手术！

在乌鲁木齐一家大饭店里，二十来个学生和我，围坐一张特大圆桌，学生都是五十左右的人了，碰着杯，喝着欢乐而又感伤的酒。段翠兰来了，她四十好多，却还保留着几分清新稚气，看不出病态。她笑嘻嘻跟我说：尹兆福在时常提起你，我们听说你去了美国，那又怎么，你忘得了新疆吗？这儿有你那么多学生，你一定会回来的，总能见上。可谁想得到，他匆匆走了！她眼里闪着薄薄的泪光，嘴角的笑意有点儿僵。尹兆福一直在报社工作，那天突然发心脏病，赶送医院，已经晚了。她用手抹去眼角的泪水。

　　吃完饭，大家到一旁的小厅喝茶聊天。有人带头唱起歌来，于是你一首、我一首地唱。段翠兰说她也唱一首，同学劝她别唱，肺部才动过手术，身上还裹着绷带呢。但她执意要唱，声音脆亮，响遏秋星。大家屏息而听，我为她担心，几个女同学忍不住眼泪都出来了。聚会快告一段落时，段翠兰的女儿来接她回去。段翠兰告诉我，尹兆福和她还有个儿子。女儿二十出头，很文静。"这就是你爸爸常提起的宣老师。"段翠兰说。她女儿看着我，笑嘻嘻叫了一声，她的眼睛像她爸爸。临别，我跟段翠兰说：保重身体，两年后我来新疆看你。段翠兰浅浅一笑：那就两年后再见。

　　然而不到一年，段翠兰走了。

还乡之路

一九七二年尼克松访华以后中美可以通信了。承哥从美国一封信写到苏州临顿桥堍，父亲竟然收到了。

一

一九四七年，承哥离家去台湾时，门牌是临顿路365号，"文革"中，临顿路更名前进路，门牌成了前进路565号，好在"临顿桥"千年不变，信寄到了。接着，承哥和窝在天山脚下的我也联系上了。学校里喊喊喳喳传开了，有的教师见了我善意一笑，也有几个目光更冷。一九七二年还在"文化大革命"中，但红卫兵上山下乡了，学校复课闹革命了，尽管四顾疮痍满目，毕竟疾风暴雨的高潮已过，虽说上面正你死我活斗得白热，可老百姓只是等着看结局。

尼克松都来了，谈虎色变的"海外关系"一转身成了宠物。一时间，人们疯传着华侨回国探亲的大小奇闻。有个王小毛，下乡知青，正在割麦子呢，突然一辆汽车开到地头，把他接了送上飞机到北京，外国爷爷回来了。在北京住宾馆，席梦思睡不惯，王小毛在地毯上才睡踏实。有人羡慕：我怎么没有摊上个亲戚在海外？也有人跟我说：你可以叫你哥回来一趟。我说，他觉得可以回来自会回来的。

一九七三年，承哥寄来的信里夹了张一百美元的私人支票，要我以后每年回苏州看看父亲，车票钱他寄给我。当时我的月工资是六十八元，一张乌鲁木齐到苏州的往返车票好像五十来元。这张支票把我难住了，哪儿去兑现？只能找人民银行试试。人民银行从来没见过美国支票，更没有外汇业务，也被难住了。最后行长说，支票我们先收下，转给自治区总行，你等着，有了结果我们会通知你的。一个多月以后，银行通知我去，办成了，结算给我二百多人民币。按说要扣六元左右手续费，但银行说免了，他们做了这笔新鲜"业务"，似乎很高兴。

一九七四年春，承哥来信说，他问了中国大使馆，说可以给签证。他准备七八月间回次国，要我们在苏州等他。快交七月时，又来信说来回机票已订好，告诉了日期。七八月份正是学校暑假，但每年暑假照例要下戈壁参加半个来月夏收，回来还会有半个多月政治学习，有事不能参加要请假，假是很难请的。我就拿了承哥的信请假，没有二话，准了。宣传文教部门的官找我去交代了注意事项，比如见了你哥什么该说什么不该说。

同时给了我一封信，要我到乌鲁木齐以后到自治区宣传部，交上这封信。

妻也在医院请了假，七月初，我们带了两岁多的女儿上路。到乌鲁木齐住朋友家，朋友帮着托人买火车票。我带了信到宣传部。我不知道接见我的是谁，中年人，我交上信，他拆开看了信，扫了我一眼，然后交代我，一定要注意什么可以讲什么不可以讲，这是纪律。我唯唯而听。临了，他问我还有什么问题。我说，我想带两斤葡萄干送我哥，可是哪儿都没有卖的。他点点头，写了张条子交给我：带上字条去自治区供销合作总社。前后不到半个小时，没见他露一丝笑，也没有握手。两斤葡萄干，茶色的，难得有几颗绿的，但总算是市面上买不到的葡萄干。

回到苏州，上海、南京、郑州、福州的姐姐先后都来了，说说笑笑家里很热闹，父亲这年七十七岁，身体还很健朗。兄弟姊妹正扳着指头数日子，过三天就到了，谁上虹桥机场接机也已安排妥当。突然收到承哥来信，拆开一看，信上说，中国大使馆临时通知他签证延后，暂时回不来了。大使馆通知的复印件也一并寄来了。复印件上自然不会说原因，于是大家猜测，只能归诸微妙的政治形势。真是一盆冷水。当时评法批儒热火朝天，谁不知道"儒"之所指？屋漏在上，知之在下。

父亲对承哥之没有回来，也没有表现出多失望。不回来也好，国内局势还不稳，父亲说。

二

　　一九七四年赶回江南扑了空，承哥没能回来，有点失落，但很快就纾解了。其实乌鲁木齐一上火车，我就疑惑过：不会变生不测吧？果然。乱世翻覆，凡事别先往好处想。好在见了父亲和姐姐们，我和福州小姐姐都十来年没有见面了。"吊影分为千里雁，辞根散作九秋蓬"，这是我们兄弟姐妹的宿命。在苏州相聚了一些日子，就又雁飞蓬飘了，就留下父亲一人，和一个照顾生活的阿姨。我和妻带了女儿到四川乐山，把女儿交给外婆家才回新疆。

　　一年以后，承哥来信说可以回了，他已拿到签证（中美一九七九年建交，这之前中美签证都由中国驻加拿大使馆代办），预订了飞香港的往返机票。到香港后，再乘火车到广州，然后再搭机飞上海，再火车回苏州，再再再，归途曲折。信上说，广州到上海的航班时间他到时会发电报到临顿桥的。于是跟一年前一样，我们兄弟姐妹又纷纷如千里雁，赶回苏州老家，坐等电报。到我们推算下来应该来电报的第三天，坐不住了，从上午开始，索性轮流站门口等。

　　下午三点多，电报终于来了。拆开一看，傻了，航班在上一天下午就到虹桥机场了。电报是前天发的，电程两天。用的是"静电"？我说。小姐姐说，这算快的了。一家人茫茫然束手无策，赶去虹桥？马后炮。只能以不变应万变了。话是这么说，心总不定。我和妻说，走，去临顿桥头站站，说不定承哥自己来了呢。

还真这么巧！我们刚跨出门，就见一辆三轮车由北而来，上了临顿桥面，车上竖一口箱子，横一个塞得鼓鼓的大行李袋，坐车的人穿着有些另类，指着桥堍对三轮车夫说：到了，就这儿，就这儿。妻看了两眼，转身进门就喊：来了来了，到门口了！承哥一进门，抓住父亲的胳膊，叫一声"好爹爹"，就呜呜哭了。承哥和父亲抱了一下，父亲喃喃说：都好好的，不哭，不哭。父亲眼眶也红了。是年父亲八十岁，承哥四十四岁。分开二十八年，一见面，×姐×妹承哥都认出来了。

大家坐在外间闲聊，承哥拿出不少照片给看，太太的、孩子的、全家的，还有他的住宅，他的实验室……大家指指点点，嘻嘻哈哈。父亲对几个小孩子的照片看得最仔细。承哥说他在香港待了一天，买东西。广州的飞机是昨天傍晚到上海的，在国际饭店住了一夜，今天中午到上海火车站，托运行李，坐车回来。苏州出站，叫辆三轮车，一说临顿桥就知道了。

突然门被推开，闯进个人来，穿着民警制服，派出所户籍警。国外回来的？承哥给他看了护照。他就坐在一旁一声不响听我们聊天。听了半天，我们谈的都是家事。他对承哥说，你要去住旅馆，不能住家里。为什么？回来探亲，自己的家不能住？来回讲了半天。最后，制服说，这样，你明天到苏州市公安局走一趟，看怎么说。他终于起身走了。承哥还有些奇怪：派出所这么快就知道我回来了！郑州姐姐说：当然了，居民报上去了。那也不能招呼都不打推门而入。大姐说了:这是中国,不是美国。

吃完晚饭,一家人在灯下琐琐屑屑地聊,二十五瓦的灯和蜡烛也差不多,叫人想起"夜阑更秉烛,相对如梦寐",更增添了几分温馨。父亲交代了几句先去睡了。承哥打开大行李袋说,我也不知道你们喜欢什么,你们自己分,大姐负责。我说了声"分赃开始",承哥笑了,大姐斥道:勿瞎三话四。

墙外就是临顿桥下的小河道,过往的船碰击石驳岸,窗子瑟瑟颤动。隔河对面楼窗上,一张白白的脸一直俯瞰着、倾听着我们二十五瓦灯下的光和影、声和笑。这是隔河近邻,曾经是一家银匠店的老板,"三反""五反"时吞金自尽,但救过来了,从此几乎不和人交往,很少见他出门,常常倚窗凝望。我轻轻说,银匠店老板一直在楼窗上朝我们望呢,他看到我们一家团团圆圆,心里一定很凄凉。姐姐们都悄声了。一看表,也该是睡觉的时候了。承哥匆忙了一天也该休息了。

次日,我陪承哥到公安局。好像进衙门一样,问了一通,终于允许报临时户口住家里,但规定不能随意到外地,出苏州的范围就得报告派出所。阶级斗争的弦绷得很紧。

三

承哥回国的头两天,除了我陪他上了趟公安局,都在家聊天。

听承哥聊美国，从美国的超市、电影、电视、迪士尼、汽车、学校、医院、黑人、印第安人聊到黄石公园、凶宅鬼屋……也第一次看到了美钞和护照是什么样的。对骂了几十年的美帝国主义，总算有了一个印象。

我们回忆往事，几乎不谈眼前的"文化革命"，不谈二十五年来折腾来折腾去的一连串政治运动，绕开它，离远一点儿。有一回小姐姐指着我跟承哥说：他是"右派"分子，所以毕业了被发配到新疆。承哥望望我没有吭声。我白了小姐姐一眼。你白我干什么？小姐姐说。不过，她接着跟我说，我发现"右派"还是比较有思想的，高兴了吧？

第三天起，我陪承哥一个个园林转，至于虎丘、寒山寺，那是必去的。最后大家上灵岩山。父亲也去了，走走停停，终于登上山顶。父亲用拐杖指着山下大片绿地，说：那就是以前乐园公墓的地方，"文化革命"中墓碑砸了坟头平了，地下的棺材不知还在不在，在，也找不到了。母亲当年就葬在乐园公墓，下葬的时候，承哥他们已去了台湾。父亲一定要上山，就是想亲手指给承哥看看母亲的坟茔故地，然而已是一片伤心。

全家人还去了一天无锡。鼋头渚、蠡园，承哥来过，算是旧地重游，"江山如有待，花柳更无私"。随处可见的"文革"标语和毛主席语录在湖光山色中掩映。下午，正准备回苏州的时候，警察找上来了，看了承哥护照，把我们都带到了跟前的派出所。一个大概是所长的人跟承哥说:你不可以到无锡来,出了苏州的管辖范围,你只能在苏州走动。我们说,我们现在就回苏州,不在无锡过夜。所长说,出苏州就不行。我们赶紧认了糊涂:以为当天来回就行,现在知道了。所长给苏州打了个电话,教育了几句,总算网开一面,放我们回了。

一九七五年,归国华侨还很少,从穿着打扮往往一眼就能看出。像承哥这模样:戴了副变色蛤蟆镜,穿着蓝底白菱纹T恤,那时国内还没见过T恤,拎着"Minolta"相机,加上他走路那潇洒劲儿,身上还散发淡淡的香气。这样另类,逃得过警察的眼睛?不招上来才怪。

承哥没有去过北京,由我和妻陪他一起去,走之前先到公安局说明行程,到北京我和承哥住华侨饭店,妻晚上住到亲戚家。承哥到北京除了观光,还要找个人:中科院微生物研究所的李先生。李先生早年在美国做研究工作,五十年代中,说是和妻子争吵了几句,冲动之下,抛妻别子,孑然一身回大陆工作,从此断了联系。

此番承哥回国,李在美国的几个好朋友托承哥带信给李,告诉他,他妻子没有再婚,独立把两个儿子抚养成人,都大学毕业工作了。承哥要和李见上一面,我就给微生物研究所拨了电话。找谁?电话里问。

找李××先生,我说。你是谁?我说,有个美国来的教授要找李××先生。我们这里没有这个人。电话挂了。没有这个人还问"你是谁",肯定有这人,只是不让见面。我不应该说什么美国教授的,不能说个别的?真笨!和承哥商量下来决定给李写封信,把房间的电话号码告诉他,明晚等他电话。电话准时来了,约定次日早九点他来华侨饭店。

九点,李来了,穿蓝色中山装,戴眼镜,文质彬彬一个书生。承哥把信给他,读罢,泪花盈盈。他似乎有些不相信房间,坐阳台上谈吧,李说。坐到了阳台上。李看看我,有些迟疑。承哥说:他是我弟弟,北大"右派"。李这才松了口气絮絮地谈,谈他的经历,说到孩子,眼泪又出来了,他说对不起他们。至于自己的工作,他说一半时间在农村劳动,谈不上搞研究。他想回美国,让承哥告诉他朋友,看有没有法子可想。五十年代的海归,不堪回首。承哥也说了自己的经历,说到老家在苏州,现在就老父亲一个人在那儿,我弟弟又一直在新疆教书。李说,新疆调回来啊。我说,新疆不会放的。李对承哥说:你回美国就给邓小平写封信,要求把弟弟调回苏州照顾父亲。现在都是邓小平在管事,写信管用的。

我们在北京、长城、定陵、故宫、天坛、颐和园……玩了四五天,重返苏州。最后全家到杭州,住在湖滨一家饭店,承哥和父亲睡一个房间。承哥就由杭州到上海返美。临别,他跟我说,回去我就给邓小平写信。

四

承哥回美国，我回新疆。不久，承哥来信，说是给邓小平的信已寄出，派不派用场就不知道了。在我，就当没这回事儿。尤其是接下来反击"右倾翻案风"，一九七六年元月周恩来去世，四月五日天安门事件，七日邓小平再次下台，还好我跟谁都没有提起过信的事。没有想到一九七九年初能从天山脚下回到太湖边上，还多亏了这封信。

前些日子，我给芝加哥坦弟打电话，坦弟说是一九四九年暑假他和承哥一起去台湾的，临走前夜，父亲在洗脚，把坦弟叫到跟前，说明天你就要动身去台湾了，交代了几句，到那边要听大哥大嫂的话，等等，坦弟就记得这些。我笑了：一九四九年四月二十七日共产党军队就开进苏州了，怎么走啊？电话那头也笑了：真的？那我就记不清了。我又给承哥打电话，承哥记得：一九四八年十二月二十四日，圣诞前一天坐中兴轮到的基隆。一九四八年，坦弟六岁。坦弟从小体弱，都说台湾气候好，按父亲的意思，坦弟去住上几个月调养调养再回来。想不到国民党兵败如山倒，就此回不来了。坦弟在台师大读物理化学，毕业后来美留学。一九七三年我们开始通信，当时他在佛罗里达州立大学教书，一九七四年就到了芝加哥阿冈国家研究所。

承哥第二次回国是在"文革"结束后的一九七九年，我们刚从新疆调回苏州不久。承哥带回一台二十英寸日立彩电，这是大哥让他带回来的，那会儿都还没见过彩电，家里有一台九英寸孔雀牌黑白电视就不得了了。一九八〇年初，一个冬夜，屋里没暖气，没炉子，冷飕飕的，父亲一个人凑在电视机前看京剧，我在里间灯下看书。电视没声音了，却听不到父亲的动静。我出去，见父亲头歪在藤椅上昏过去了。慌忙把妻从床上叫起来，一起把父亲扶到床上躺下，妻赶忙把父亲的假牙从嘴里挖出来，衣服上有咖啡色的呕吐物，妻说是血。忙了小半夜，父亲醒过来了。次日，妻从医院里拿回药品给父亲输液，同时叩出胸部积水，又做胸穿，抽出近二百毫升淡红的水。妻说，可能肺癌，化验下来再说吧。我当天就给姐姐们和承哥、坦弟发了信，并让承哥转告台湾大哥。

几天以后，化验结果出来，谢天谢地，没有找到癌细胞。但姐姐们都已陆续到家，坦弟也请好假，买好票，马上要飞回来了，也是大哥让他回来见父亲最后一面的。我们弄了辆面包车到虹桥机场接机。坦弟出站，凭脸型我们马上认出来了，叫一声坦弟，他也就知道了，但他对这几个姐姐毫无印象，要从头认起。回到家，首先上楼看父亲。我们跟父亲说，坦弟从美国回来看你了。坦弟站在床前，微笑着叫了声"好爹爹"。后来小姐姐说他：承哥回来拉着好爹爹的手臂哭了，你呢，笑嘻嘻的。父亲谈起这事，说，坦弟走的时候毕竟小，什么也不记得了。坦弟说，这之前我都不知道父亲是什么模样。第二天，借了辆手推车，上面固定一张大藤椅，坦弟从楼上背着父亲下楼，出门，大家一起把父亲安顿到藤椅上，左右扶持，推父亲到医院做胸透。透视结论是早年胸膜炎复发。胸膜炎，大家也就放心了。

坦弟住在家里，让他最尴尬的是上马桶，马桶还就放在床头；还有每天早晨要站到后门外石台上，对着滔滔河水，临流刷牙。家里不能洗澡，父亲让我带他到混堂去洗，一大屋赤身裸体的人，几方大汤池，不习惯。坦弟要理发，我们街对面就是理发店，一个小姑娘给理的。

父亲可以起床了，大家扶着下楼，在临顿桥上照了相。

坦弟回来也就是两个礼拜，玩了苏州园林，一起去了灵岩山，去了无锡、宜兴、南京，我和小姐姐一起陪他上北京游览，期间煤炭部邀请他去做了次演讲。回美国前，我陪坦弟一起到公安局去了一趟，这是刚到的时候派出所交代的。公安局的人很客气，还聊了几句。公安局出来，我问坦弟，国内怎么样？他说，很落后，怎么三十年了，还这样子！

门

一九七九年二月,正天寒地冻,我和妻带着两个孩子告别新疆奇台,调回江南故里。学校派了唯一的一辆卡车送我们到乌鲁木齐。被褥衣物打了几个大包,零碎杂物塞旅行袋,劫后余灰的书籍勉强装了一箱。还有两口书橱、一只写字台,都是白木,这是托人在林场买了松木,解成板,赶着请木匠做出来的,还顾不上油漆,那时候市面上很难买到家具。汽车在结成冰板的闪光路面上颠簸前行。我们一家四口,围巾裹头,穿得鼓鼓囊囊,背靠软乎乎的大包,书橱正好挡风。我望着天山雪野,默默道别。人生就是一部书,十七年青春岁月是一卷,已经翻过去了,接下来一卷又是什么呢?只能走着瞧,走在生不逢辰的时代的翻云覆雨中,这是可想而知的,我从没有过高期望。坐一旁的妻突然问我:你知道我在想什么?我愣住了。妻等不及我回答,自己说了:我在想——门,我们以后家里的门一定要结实。她在想以后家里的门,一个多么卑微的愿望!在新疆这几年,我们的家就没有过一扇像样的门,这一直是妻的心病:提心吊胆,没有安全感。我说:当然,要一扇结实的门!

六十年代末,学生都上山下乡了,校园里萧条凄冷,我们这些揪出来的"牛鬼蛇神"就等运动后期处理,暂时也没有难为你,有一个自在身。严冬,妻请了配偶间两年一次的探亲假,从塔城那地儿冰雪兼程路上两天到奇台来看我。来了没地方住,临时找了间小办公室,搭一张板床,烧起洋炉,就是家了。办公室的门武斗时被砸偏了框架,关不上了。于是找了块大黑板封住门洞,再用两张课桌后面顶着。门外青幽幽寒光积雪,零下三十摄氏度。冰冷彻骨的寒气嘘嘘叫着从黑板缝往里钻。只能生旺炉子,炉筒子都烧红了,火抽得呼呼响,但还是不能"烧出炉中一片春"。当"呼呼"声不敌"嘘嘘"声时,哈出的气在被头上结成了霜,得赶紧起来添煤。妻提心吊胆,门外稍有响动,就侧耳谛听,黑板一有响动,气都不敢出。她怕有人推门,这门经不起推。熬到天亮,妻说:房子最要紧的是门。

一九七二年春,妻调到奇台,学校在一处老四合院里给了一间八平方米的小屋,这是我们第一个家,有一扇可以关上的矮小的木门。只是关的时候要往上抬起才能入门框,像是扶老太太上轿一样。门上半部是木格子,糊着报纸,门里只有一橛三寸长的小木闩,拨拉进门框的槽里,就算关上了。刚搬进去时,妻将这门摆弄来摆弄去,一次又一次扶"老太太"上轿下轿。后来又摆弄小木闩,最后说,我们在门里再钉个插销吧,小门闩顶什么事?于是安了个插销。然而门上的报纸经常会生出几个洞来,好在望进来有一道火墙挡着,我们的床就在火墙后面。不能刮风,一刮风,"老太太"的骨架子就摇得咯咯响。八平方米虽然小,但关起门来毕竟还是一方自己的天地。然而"文革"期间,白天在家还不能扶"老太太"上轿,门不能关,起码要露一条缝,免得有人怀疑:大天白日关紧门,干什么事见不得人?

四合院住了两年,我们的家又搬到操场北边一溜土坯屋里,里外两间,以半截布帘隔开。门却像个穿邋遢长衫的大烟鬼,门板极薄,乌不溜秋,开关之际,哈欠连连,啊呜——啊呜——

一年后再次搬家,两间新盖的土坯房,门漆成天蓝,中间镶一方玻璃,弹簧锁,看起来像个穿制服的干部。妻说,总算有一扇像样的门了。但不到半年,漆就起皮了,门上的镶板已经缩了尺寸,之间缝隙可以塞进一本杂志,只能用纸糊住。不久,邻居家两个孩子在门口玩,大的将小的一推,撞到门上,门板咔嚓断裂,孩子滚进屋来。妻叹道:门还是不结实!

我们现在住的公寓房差不多是二十年前买的,妻说当初她一眼就看上这儿的门,结实。

江南韵

小学毕业那年暑假,父亲找人介绍了一位姓郭的先生给我补习国文。郭先生是一所补习学校的国文教师,单身一人住在学校里,说好每天下午两点至四点我上门求教,为期一月,束脩五元。

学校在一条小巷里,原是旧家大宅,巷口是一家茶馆。第一天我提早赶去,只见大门敞开,门厅里坐一位老汉,像是门房,晃着蒲扇在哼《空城计》。我说我是来补习的,找郭先生。老汉将我从头看到脚,大概琢磨我是不是"司马发来的兵",后来蒲扇一挥:"进去吧,郭先生在办公室里。"我闯进"空城",绕屏门,越天井,登大厅,大厅右侧的厢房上钉着牌子:"办公室"。

郭先生三十光景,白面书生。他问了我一些情况后,从抽屉翻出一份油印讲义,算是教材,上面是三则古代寓言:《鹬蚌相争》《狐假虎威》《东郭先生》。郭先生逐句解释,我咬着牙不让自己打哈欠。钟敲三下,郭先生不讲了,我想该休息一阵子了。不料郭先生却说道:"今天就到这里。"我吞吞吐吐道:"不是两点到四点吗?"他看着我,像在斟酌什么,随后说:"你,听过书吗——说书,评弹?""听过。""我带你听书去。"我也开始斟酌了,万一父亲知道了怎么办?可是父亲怎么会知道呢?于是我点了头。郭先生牵起我的手就往外走，过门厅时，老汉直了直身子说："郭先生听书去啊？"我被牵到巷口茶馆，见茶馆门口挂着牌子，下午有两档书，大书（评话）是《英烈传》，小书（评弹）是《玉蜻蜓》，两点一刻开书，票价七分。郭先生跟茶馆的人很熟，点点头就进去了。

书场里方桌长凳，人坐了八九成，郭先生牵着我找两个空位坐下，堂倌送来一壶茶，两只茶盅。这时书台上醒木"啪"一响，说大书的先生道一声"明日请早"，兀自下台走了。跟着《玉蜻蜓》上场，男女双档，男的中年，女的不过二十上下，身材苗条，穿一身月白短袖旗袍，素素净净，如一弯新月。照例女的先唱一曲开篇，然后书归正传。四点一刻散场，我直接回家。父亲问我："先生教得怎么样？"我回答得很干脆："当然好。"

第二天，郭先生一见我就问："昨天，《玉蜻蜓》听懂没有？"我说："听当然听得懂，就是不知到底讲的什么故事。""坐下，我给你讲。"于是郭先生介绍全本《玉蜻蜓》，申贵升如何，三师太又如何，徐元宰又如何如何，又是庵堂认母，又是厅堂夺子，等等。到他讲完，我取出讲义，昨天《东郭先生》一则还没解释完，狼已出得口袋，东郭先生正性命交关呢！谁知郭先生一点儿不急，又问我："昨天的开篇能听懂多少？"我说："只听出一句，好像是'双双月下渡长江'。"郭先生笑了："这是有名的开篇《杜十娘》。"他一边说一边拉开抽屉摸出一本《弹词开篇集锦》，一翻就翻到了《杜十娘》。郭先生把书摊在桌上，用笔点着字念给我听："窈窕风流杜十娘，自怜身落在平康，落花无主随风舞，飞絮飘零泪数行……"后来索性讲解起来："窈窕"作何解，"平康"何所指，为何说"落花无主""飞絮飘零"，讲完也就三点了。"走，"他站起来，把集锦交到我手上，"带着。"我心领神会，小书童似的跟着他出了校门。这天那"一弯新月"换了一身粉红旗袍，艳得如一片绯云，唱的开篇是《秋思》，咿咿呀呀，呜呜嗯嗯，要不是那册集锦，我一个字都听不懂。郭先生在我耳畔轻声说："她唱的是祁调，祁莲芳。"

第三天，讲完《东郭先生》，郭先生又取出一篇讲义《冯谖客孟尝君》，说道："明天就讲这篇。现在我给你讲讲昨天的《秋思》。"照例三点整出校门。以后竟天天如此，先讲一节讲义，跑跑龙套，然后讲评弹。郭先生先后介绍了《描金凤》《珍珠塔》。原本他还要介绍《白蛇传》《三笑》，我得意地告诉他，许仙白娘娘、唐伯虎点秋香这些故事，我在念小学前就知道了。另外，郭先生讲了评弹的"说、噱、弹、唱"。三点一到，师生默契，赶赴茶馆。那"一弯新月"每天换一身行头，五日一循环。她常变换着唱各种曲调，这时郭先生就会凑近我耳朵一一指点，这是薛调，这是严调、蒋调、俞调、徐调……半个多月下来，《集锦》上的一些开篇我竟然能背出来，甚至能偷偷在心里哼上几句。有一天散场后，郭先生和几个熟人闲聊，我站一旁听。聊着聊着一位竟哼起了《宝玉夜探》："隆冬寒露结成冰，月色朦胧欲断魂……"我脱口而出："不对！是'月色迷蒙欲断魂'。"大家朝我看，"这小朋友还是小书迷，小行家，看不出！"郭先生高兴地摸着我的头："是我学生，他懂不少，很聪明。'欲断魂'下边是什么？"我不假思索："一阵阵朔风透入骨，乌洞洞大观园里冷清清……"这天，我几乎是飘回家的。

一个月匆匆而去，最后一天我按父亲的嘱咐谢了郭先生。郭先生连连摇头："惭愧，就没有讲几篇文章。"我突然想安慰他几句："你教我懂得了评弹。"郭先生认真起来："这倒也是。不懂评弹就不能算地道的苏州人。你现在知道了，唱起来多优美，真正的江南韵，而且是江南第一韵！"他轻拍桌子哼着"丁格隆地冬，德勒隆里格隆地冬"，后来索性唱起了《杜十娘》："窈窕风流杜十娘……"我也跟着他轻轻唱起来："她自赎身躯离火坑，双双月下渡长江，那十娘偶尔把清歌发，呖呖莺声倒别有腔……"叫人回肠荡气，唱到最后"青楼女子遭欺辱，她一片浪花入渺茫，悔煞李生薄情郎"，两个人已唱得脸红耳赤。这天，郭先生带我最后听了一回书。书场出来，郭先生拍拍我肩膀说："好好学习，以后有机会再一起听书。"然而，这机会再也没有出现过。第二年，郭先生所在的那所学校撤销了，郭先生也不知调往何处，从此相失于世途，看来命里注定只有一个月的师生缘。但四十多年来，我对评弹的爱好始终不衰。我得感谢郭先生，是他，让我懂得了江南韵，成了个"地道的苏州人"——虽然我知道现在的苏州人已没有多少喜爱这江南韵了，所以对自己之是否"地道"也怀疑起来。

街市唱吟

一位久居纽约年届古稀的北京人说他想北京。我随便问，你最想北京的什么？声音，他说，打小听在耳朵里的声音。卖硬面饽饽老汉的叫卖声，苍凉啊！夏日里卖凉粉敲"冰盏"的声音，那清悠！还有卖羊头肉的，磨刀剪的，剃头的……现在都听不到了。

竟宵春雨，虽然高卧纽约公寓大楼，还是想起了陆游的名句："小楼一夜听春雨，深巷明朝卖杏花。"陆游写的是杭州，我想的是家乡苏州。深巷寂寞，清韵袅袅，卖花声无疑是叫卖声中最脱俗的。只是我没有听过卖杏花是怎样唱的，儿时常听到的是"阿要（要不要）买栀子花白兰花"的吟唱，吴侬软语与花香融为一体。入夏，村姑农妇，三角包头，束腰束裙，挽着篾篮进城，栀子花、白兰花静卧篮中，轻轻覆着沾湿的布巾，倒像是美人春睡。白兰花往往穿在拧股分叉的细铁丝上，配成组，少则两朵，姐妹花，多则十二金钗，密密一排。女眷们好买了佩在襟前纽门上，明媚鲜妍，暗香浮动。也有用麦秆编成一指长的玲珑乖巧的笼子，放进两朵白兰花，金屋藏娇，揣在口袋里，清芬浥人。稠人广众，空气污浊，摸出来一亲芳泽，精神为之一爽。栀子花可用线串成圆镯，戴腕上，像一串玉铃铛，颤动生香，"阿要买栀子花白兰花"，第一个"花"字，晴丝袅袅,荡得很长,第二个"花"字,只在嗓子眼里道一声万福,羞于出口。这一声声浅吟轻唱铺出一条细软香径。

除了沿街唱卖的栀子花白兰花,还有卖玫瑰花的。但买主并非用来寄情示爱,而是自家制作玫瑰酱。卖玫瑰花的农妇不走大街好徘徊深巷夹弄。每到炎炎夏日,寂定慵懒的午后,远远就传来了"玫瑰花、玫瑰花"的叫卖声,如叹息,如梦呓。叫卖玫瑰无须大声,因为跟着花香袭来,先是淡雅,渐趋浓郁,终于热香扑人,仿佛一头埋进了女人的怀中。玫瑰花盛在筲箕篾篮里,也有松松地打在包袱里,以朵论价,买上百朵,放石臼中细细捣烂,装入瓷罐或玻璃瓶,加几个乌梅,白糖腌渍,密封,秋后就成了地道的玫瑰酱。

叫卖声中也有激越高亢的,比如卖煮熟菱角的,夏秋之际背着木桶,厉声疾呼于大街小巷。他们提着秤杆、小篮,一路匆匆快步:"沙角菱""和尚菱""热乌菱"。沙角菱有四角,和尚菱圆秃,乌菱最大,乌沉厚壳,长一对弯弯羊角。菱贩吆喝起来,总是声嘶力竭,脖子上青筋梗起。三个音节中只有一个音节高声拉腔,主峰突起,余下的两个音节一蹭而过,于是听起来成了:沙——,尚——,乌——。沙哑的、脆亮的、尖厉的、厚沉的,前街后巷遥相呼应。当年听到菱贩吆喝叫卖,总感到心惊胆战,仿佛有什么灾祸袭来,而他们是惶惶奔走一路报信的。

如果说,叫卖菱角声叫出了岁月的煎迫、人生的仓促,那么秋冬之际的卖白果则唱出了人生悠闲随缘的一面。秋去冬来,霜风凄紧，每到暮色深凝，街头巷尾就传来了响铃声，伴着悠悠吟唱："烫手炉来热白果，香是香来糯是糯，三分洋钿买两颗，要吃白果就来数。"白果摊好停在路灯柱下，借一片光。摊主守着我们称之为风炉的红泥小火炉，风炉上坐着编制精细的铁丝小笼，网眼匀称，状如茶壶，有手柄。白果放笼里烤，炭火舞青逗红，铁丝笼上方系几枚响铃，颠簸的时候亢令亢令响，宛如古道西风瘦马行。待到闻到甜糯的香气，听到轻微的爆裂，也就烤熟了。烤熟的白果装入狭长的棉口袋里，有人买再往外数，还发烫呢。"烫手炉来热白果……"所有卖白果的唱的都是同样的调，同样的词。

小时候常听一则笑话，说是一个主人吩咐新来的乡下佣人上街买豆腐花，佣人出门上街转了一圈回来了，两手空空，回主人道：街上卖豆腐花的都喊"完"了。主人又好气又好笑。我们听了总是哈哈笑，卖豆腐花从来只吆喝一个字"完"。喊的时候按住一侧耳朵，声音出自深谷，盘旋而上，及至登峰造极，又即刻悬崖撒手归于寂灭。

叫卖也有自制新词自度曲的。当年我家附近沿街夹道的菜场上每天早晨总可见到一老一少亻丁而行。老的是瞎子，一手扶着男孩的肩，一手拿个小铁匣，脖子上套个布袋垂在当胸。老汉朝天眨着白眼，唱"疳积药饼，杜打油灰，阿要买刨花——"，发声嘹亮，回肠荡气。十三个字板眼有度徐疾有致，要唱上一分钟。只要瞎老汉一唱，黄钟一声，菜场上的市声就成了瓦釜之音。疳积药饼，治小儿黄瘦积食，装在老汉胸前布袋里。"杜打"意为"自制"，杜打油灰都在小铁匣里，灰白泛绿的小圆饼。白生生的刨花薄薄的一长条一长条挂在小竹竿上，男孩执着，如招魂幡一般。刨花是从树材上一片片刨下来的，究竟什么树，前些年问过几位家乡耆老也都是含糊其词。刨花浸出的水黏滑如油，女人们用来梳头抹发，乌光青亮。有道是"苏州人的头，扬州人的脚"，刨花功不可没。

还有一类走街串巷的声音叫人难以忘怀，那出自收破烂杂物人之口。这些人晃悠一副担子，见那家掩着门留着缝，就上前去唱上几句："锡箔灰换铜钿""鸡毛换草纸""破布头换长生果"……别看一句才几个字音，经嗓子舌面的揉搓，就像拉面一样拉成了婉转的曲调。鸡毛与草纸，破布头与长生果，贫贱夫妻配了对，相沿成例，还拆不开。

这几年回国，从纽约楼宇下来走进苏州寥寥无几未经改造依然旧观的小巷，但没有了感觉。

直到有天在街上迎面碰到一位农村老妇，手里托着铝饭盒，里面竟是白兰花。我有点儿愣。老妇人说："阿要买几朵？便宜点，一角钱一朵。"我说买四朵，给了她一元，老妇人给了我四朵，摸索着找我钱。我说："卖栀子花白兰花以前都是唱的。"老妇人说："现在唱给谁听啊？"说着竟哼起来："阿要买栀子花、白兰花！"还是我童年时听惯的声音，我立时眼泪都涌了上来。"不要找了。"我转身就走。"一声何满子，双泪落君前"，想起了这两句诗。

上学的路

一

人活在世上，从小到老，要走数不清的路，最难忘的也许只有一条。对我来说，就是从小学到中学的上学之路。从临顿桥头的家出来顺着临顿路往南走三百来米，右首就是善耕桥，过桥是谢衙前，一条巷子，我的小学、中学都在谢衙前这条巷子里。小学加中学，整整十二年，一年上学以八个月计，一天来回四趟，五岁到十七岁，整整走了11520趟。如今这三百米街道两旁的商家都沉入了历史沧海，好在这沧海已汇入我脑海。

八岁，小学三年级时候，我就自己上学了。出家门，大人总会大声叮嘱：路上不要"看野眼"！"看野眼"，就是荡悠悠一路东看西看不好好走，但叮嘱归叮嘱，荡还是免不了。上初中后，听不到叮嘱的话了。放学后，一路回家，高兴的话，可以一路"看野眼"。善耕桥下来，路对面左首第一家是糖坊，做麦芽糖的作坊。我曾站在门口看光着上身的师傅打糖。刚熬出的麦芽糖是半透明的黄色，需要调甩搅打，就像面需要和一样。打糖全凭两根一尺长的擀杖，一根插入圆孔固定住,师傅手执另一根,一大坨黄色麦芽糖就在两根擀杖间不停地搅动,直搅到黄色里泛出了乳白色。于是一边搅一边拉,颜色愈来愈白了,拉展也不坠落,师傅可以将麦芽糖拉展成一条一米长的"白围巾"再飞甩回固定的擀杖。在两根杖之间不断地拉、甩、拉、甩,节奏明快,啪,啪,声音脆亮。师傅臂上的肌肉像鱼一样游动。我一直紧张地盯着看。师傅突然朝我笑了笑:要舍得力气,功到自然成。师傅将这一大坨洁白温柔的麦芽糖像新娘一样放到撒了白粉的案板上,摊成一长条,铺上一绺玫瑰芯,再搓合,用剪子剪成一个个"小元宝",滚上芝麻,这就成了我小时候最大众化、平民化的糖果——"五香来白糖",一分钱一块。师傅将剪剩的一疙瘩递给我:尝尝。我尴尬地转身走了,父亲不允许我们随便吃别人给的东西。调甩搅打麦芽糖这情景我一辈子忘不掉。直到今天,有时写完一篇文章,就会想起打麦芽糖,文字也一样。

糖坊北隔壁是当铺。高高的门墙,墙上一个顶天立地的"当"字。我大着胆子进去了,那是六年级时候。当铺没什么好看的,高柜台,踮脚举手才勉强触及台沿。正好有人来当东西,柜台上伙计唱"当头",唱得别有声韵,好听!后来我跟同学说了,一起去了一次,就想听唱当头,但等了一阵没有当户上门。到我进初中,那是一九五一年,当铺就没了,改成了国营粮店。家里买米是我的差事,面粉口袋,一次二十斤,肩上扛回来。我现在还记得,那会儿上白粳一斤一毛四分钱,一直是这价钱。

再往北，是几家住户，我高中一个同学就住这儿。再过去是一家五金店，五十年代初盘给一个姓孙的常熟人，这家的孩子孙士麟也是我高中的同学，好朋友，人很腼腆，一口"我俚"（我们）、"倷笃"（你们）的常熟话，外号软鼻子，他的鼻尖部位没有骨头，可以压平。一九五六年公私合营，他家盘下的店，不用说，也就被公家"合"过去了。这一年，高中毕业，我们这些同学天南地北四散上大学去了。二十一世纪初，我回国，知道孙士麟已退休，回常熟老家了。我们几个老同学一起到常熟去看他。他请我们上饭店吃了顿饭，再到曾家花园喝茶叙旧，人依然腼腆。这才听孙士麟说，他父亲倒霉，档案里有一份"特嫌"材料，是当年管档案的人把同名同姓的旁人的材料错塞到他父亲的档案袋里了。背了几十年黑锅，半辈子压抑，自己还不知道为什么！自然孙士麟不可能不受影响。

五金店过来，有一条小弄堂，进去是几户人家的后门。都叫这地方"观音阁"，想来早年有这么个"阁"。现在弄口是一家刻章子的小店，其实店都谈不上，就一间小屋（不知是不是阁的后身？）一扇开着的窗子，刻章子的，一个四十来岁的中年人，脸朝外坐窗下刻。那年月"密码还没有出世"，银行取汇款，签名不作数，只相信印鉴。人都得有章子，刻章子的生意很好。我此生第一枚图章，就是请他刻的，那还是上初中的时候。

二

临顿桥在城东北，离拙政园不远。从城东的娄门、城北的齐门上城来的乡下人，要走过临顿桥，踏上临顿路，才感到真正进了市区。我上学的四百多米街道，两边商家林立，除了已经提起过的糖坊、当铺、五金店、观音阁的刻字店这几家，还有茶馆、南货铺、米行、烟纸店、香烛店、纸伞店、箍桶店、铜锣锡器店、茶叶店、染坊、照相馆、布店、丝绵店、丝经店、文具店、袜店、眼镜店、两家钟表店、三家糖果店、水果店、肉铺子、野味店、大饼油条店、糕团店、三家馄饨面馆、两家中药铺、一家西药店，以及牙医诊所、自行车行、理发店、老虎灶、煤球店……临顿桥附近，不在我上学路上，还有酱园店、剪刀店、纸张店、豆腐作坊、铁匠铺，甚至纸扎店。近乡农民有什么生活必需，要添置什么东西，到临顿桥这市口几乎应有尽有。

话说观音阁过来就是一家棺材铺。店堂开阔，右半边停着好几口厚实的棺材，黑的、红的，往里还有摞着的。每次走过，身上一冷，望进去，异样地静，不敢多看。当年同学中有好些"切口"，比如"头颅"叫"六斤四两"，"棺材"叫"四长两短"。棺材铺老板的儿子是我小学同学，姓蒋，静穆老成。同学玩啊闹的，他只是悄没声息站一旁看，像是看着另一个红尘世界。不知谁说了句：他不知道在想什么？有人道：他在想你们最后都要进四长两短。棺材铺后来据说也公私合营了,听人说笑话:"资方留一长,余下三长两短归国家!"静悄悄的棺材铺隔壁,是绘声绘色的染坊,也是双门面大店堂,右侧有两个方形染池。在店门口往里看,听到齿轮嘎嘎滚动的声音,染好的丝绸布匹出染池了,我就赶紧回家走:染坊要放水了。回到家,站在后门河桥上,朝南望去,河水已染成各种颜色,有时苹果绿,有时玫瑰红,有时天蓝,有时杏黄……正静悄悄流淌而来,飘散出郁郁的化学味儿,到我们家后河头,拐个弯,从临顿桥下奔东出城——最后归入运河。那时候还没有"污染"这词,沿河人家都知道下午四点了,染坊要放水了,洗洗涮涮要避开这段时间,很少抱怨,也想不出有什么理由什么权利可以抱怨,只是不声不响耐着性子等这色水流过。

　　染坊过来,有煤球店、馄饨店、理发店……我上小学的时候,女的时兴烫发,放学路上,理发店前总要停下来看一眼,一个个女的头上罩了个圆筒,很新奇,也有点儿怕人。到我进初中,已经无人烫发,那是资产阶级。理发店往前走,有家钟表店。父亲有块西门子怀表在这家钟表店洗过,叫我去取回来的。一九七九年我回到苏州,父亲把怀表给我:你留下吧。我没经心随便一放,被儿子拿去玩了,终于玩不见了。至今悔恨,父亲是给我留作纪念的!

　　挨着钟表店,连着有两家糖果店——王人和、祥丰泰,一听这名字就知道是中式传统的。店门前搁着好几个竹匾,盛着长生果(带壳花生)、果肉(花生米)、炒沙豆、兰花豆、慈姑片、枇杷梗、炒小毛栗等，都是一包一包包好了的，很便宜。长生果一定要用当年家家户户用作卫生纸的粗草纸来包，也不知有什么讲究。要说糖，就是粽子糖、酥糖、芝麻糖、寸金糖、花生糖、松子糖……没有奶油糖。有中式蜜饯，有话梅、甘草橄榄、甜萝卜条……有芝麻饼、雪饼、苔脆饼、云片糕、杏仁酥、糕饼等。两家店各有长处，说是祥丰泰糕点好，王人和糖果小吃好，尤其是长生果。抗战胜利后，一九四六年，就在这两家糖果店的街对面，突然开出了一家小糖果店，夫妻店，夫妻俩都是知识分子模样，江南口音，男的高挺儒雅，女的圆脸白嫩，不笑也有一双酒窝。他们专卖西式糖果：卖奶油糖、留兰香糖、巧克力糖，卖棒糖、泡泡糖，卖芒果干、葡萄干，卖面包、饼干，甚至美国军用午餐肉罐头……王人和、祥丰泰在路东侧，小糖果店在西侧，各做各的生意，但年轻人、学生都喜欢上这家小糖果店。

三

　　临顿路东侧桥堍第一家，是龙泉茶馆。三开间门面，进深开阔，最里面还有书场。楼梯盘旋而上，楼上茶座，十来张方桌，落落大方，一长溜玻璃窗沿河拐到临街，轩敞亮堂。初中读了《水浒传》，我看着"龙泉"，就想起"狮子楼"。

　　临顿桥西第一家，也是三开间门面，和龙泉隔街相望，是我们家一九三八年从吴江迁苏州后开设的腌腊店乾大亨。一九四七年乾大亨"亨"不下去了，最后辗转把两开间门面租给了一家开西药房的，楼上楼下留一半自用。我就住在乾大亨楼上。于是我知道了临顿桥头的作息，最早醒来的是龙泉。如果是夏天，半夜三点就听到卸门板的声音，楼上灯亮了，窗开了。有水车在石子路面上咕隆咕隆颠过。四点不到喝早茶的就陆陆续续来了，彼此打招呼，说话很响。又传来吱扭吱扭的扁担声，菜农挑担进城了，甜糯的女人的声音，自称"奴，奴"。鸿喜在拉风箱了，鸿喜是龙泉门首左侧卖生煎馒头、蟹壳黄、芝麻烧饼小店的小伙计，也是我童年的朋友。老板叫金生，脸上有稀松的麻点，蟹壳黄做得很好。

天说亮就亮，熙熙攘攘。从乾大亨楼窗可以清楚望见对面龙泉茶馆的动静：茶客的各种神态，堂倌阿二提了铫子走来走去续水，托了盘卖香烟的，扎了篮卖香瓜子、五香豆、花生米、豆腐干的，还有拿着二胡带了小姑娘卖唱的……茶客要一客生煎馒头，堂倌阿二就嘶开嗓门向楼下一声吆喝"生煎一客"，鸿喜朝楼梯口回一声"有"，装好盘子，拿一副竹筷，噔噔噔上了楼。苏州人讲究喝早茶，中午一过就难得有茶客上门了，晚上不卖茶，路灯亮就打烊。

龙泉门首右侧，是肉铺。说是肉铺，其实也就是安一副砧墩卖肉，每天卖两扇肉，不到中午，也就卖完了。老板金大块头，白白胖胖，大头大耳，总是笑嘻嘻的，有人当面说他奸笑，他听了还是笑笑。一九五二年开展"五反"运动，矛头指向资本家、工商业者。

临顿桥对面天泰布店老板平门外跳梅春桥自杀了，临顿桥北坤银匠店老板服毒自杀没有死成。有天我从原先住的深宅大院的备弄出来，走过大厅，见金大块头孤零零坐在大厅中央一只小凳子上。他招招手让我近前，说："帮个忙去弄杯水我喝。"我回家倒了杯水送去。看他喝完，拿了杯子就走。后来听说，他也是偷税漏税这档子事，让他坐大厅里，不交代不准离开。金大块头肥，不知能"诈"出多少油。

龙泉往南是黄万泰烟纸店，卖香烟、水烟、旱烟以及卫生纸（粗草纸、细草纸），搓纸捻用的纸（好像叫同心纸？），夏天买蚊香一类东西也在这里。店门口常坐一个老头，抽着比胳臂长的旱烟管，狗都不敢近前。黄万泰隔壁是庆太米行，一九四九年初，苏北有不少难民流离到苏州，临顿桥面上常能见到。庆太米行门前买米要排队，人挤人，身上粉笔编号。后来米行就关门了。

挨着庆太是同仁寿中药铺，街斜对面是另一家中药铺震元堂，两家中药铺隔街对峙，店面都一个样，两层楼高一堵墙，两扇玻璃门推进推出，店堂高爽，夏日阴凉，四周没有窗，采光靠天窗，这氛围带点儿黎明前黄昏后的肃穆。震元堂和乾大亨挨着，小时候我们常溜进去，我喜欢中药散发的气息，和亢令亢令舂药的声音，还在店堂的方砖地上"跳房子"。

乾大亨成了西药房，老板姓华，华先生、华太太、两个胖嘟嘟的儿子，一个像自家人的年轻店员。临顿路上以前没有像样的西药房，华先生的生意应该是可以的。那是一九五五年夏，我从学校回来，快到临顿桥了，见华先生反铐着手从药房出来，身后跟着两个公安。华太太流着眼泪六神无主。后来知道，说是华先生私下买卖青霉素，这可是国家管制药物。华先生的结局怎么样，我不知道，总得劳改几年吧。第二年，一九五六年，敲锣打鼓进入社会主义，也不知道华先生这西药房是怎么处置的。总而言之成了国营的了。

四

　　震元堂中药铺南隔壁是协昌南货店，两开间门面。笆斗、团扁从店堂里排到门口，盛着南北干货：胡桃栗子、桂圆莲心、红枣白果、紫菜香菇、木耳金针菜、笋干香椿头……每次从南货店门前走过，闻到的气息很阳刚，在中药铺里，闻到的是阴柔。当年买红糖、白糖，都要上南货店，半斤、一斤，不装袋，都用纸包，包得像一长方厚厚的砖，扎上绳子，晃悠悠拎回家，不会散。父亲说，到南货店学生意，一上来先要学包。

　　南货店过去是野味店，卖野鸡、野兔之类卤菜，一个小门面，门口挂着一只像是被枪打死的羽毛斑斓的野鸡。野味店隔壁是万象照相馆，才半个门面大，进去靠壁一个楼梯上去，楼上拍照，狭长一间。我十四岁初中毕业照就是这里拍的，一寸小照，现在还在，两颗眼珠黑溜溜的有些紧张。那年我身高一米四一。我姐姐她们也在万象拍过一些照。头天拍了照,万象第二天就给看洗出来的样片,所有样片放盒子里搁进门的小桌上,自己找到了随意取走,照得不好可以重照。万象过去是一家布店:都叫它王仁康,也不知是店名还是老板的名字。再过去是一家丝经店,我从没有进去过,只知道是卖刺绣用品,主要是各色丝线的。小门面,虽然每天来回走过,很少看到顾客上门,不起眼,望进去,常是一老一少两个女的,不知是母女还是婆媳。有天早晨背了书包上学堂,丝经店外面零零落落围了一圈人,店门稀开半扇。奇了,出什么事了?我走进零零落落的人群,于是听到了窸窸窣窣的议论和叹息:店主人上吊自杀了!为了什么?偷税漏税?家庭纠纷?我自顾上学去了。放学回来,店门紧闭。后来,这儿成了机器织袜的小工厂,每次走过,就听到咔嗒咔嗒摇袜子的声音。丝经店过去就是小糖果店了,再往南,是阿毛家,夫妻两口子,一个小女儿。他们每天早晨在门口摆个菜摊,阿毛应该还干些拉板车之类的杂活,在街坊上打打零工。我记得母亲过世的时候,父亲就请他来帮个人手。

再过去是李祥发铜锡店,制作经销日用铜锡器皿,早年锅、壶、盆、罐、铫、勺等不少都是铜锡(主要是铜)做的,我小时候家里还用铜脸盆,舀水的勺也是铜的。后来钢精(铝)制品崛起,铜锡店面临淘汰出局,李祥发终于在五十年代公私合营的大潮中沉没。再往南去,有豆制品店、新天成糕团店、老虎灶⋯⋯老虎灶烧砻糠,砻糠由船运来,篾席围起,砻糠堆得很高,船一遇震荡,砻糠就泻落水中，河面上金光闪闪。当年没有自来水，老虎灶用水靠水船从城外取来，相对洁净。

上学的路上还有两家大店：箍桶店和纸伞店。只要有时间，总要停下来看上一会儿。看桶是怎么箍起来的，看伞的竹骨是怎么撑起来的，黑的线绳原来是头发摇出来的，一条条纸用桐油刷到竹骨上，一遍又一遍刷，然后晾在门前，伞店的店面比左右店家往里缩进两米左右，门前显得很宽。伞店往前，是一家文具店，再过去是大饼油条店，这就到了善耕桥埭了。

从临顿桥到善耕桥这三百来米上学路上主要是商店，商家一般另有居所安置家眷，多半在小巷深处，小家碧玉也就藏在小巷深处了。王人和糖果店的女儿和姐姐是同学，我见过，皮肤白皙，细眉小眼，就像古代仕女画上下来的，太古典了。这三百米路上的美女首推草根出身的阿毛的女儿，粗服乱头，国色天香。一九七九年我从新疆回到苏州，在这三百米路上见过一次，已是端庄妩媚珠光宝气的富贵少妇。

临顿路是一九八九年我出国以后改造拆阔的，路西沿河的房子拆了个精光，路东的旧房子拆了以后建起几乎一个式样的门面房，死死板板。这几年回国，我不止一次打出租过临顿桥，车行不到两分钟，还来不及看，已过了善耕桥。曾经走了十二年的路，一闪而过。好在路活在记忆中，车子在记忆的路上是走不到尽头的，因为记忆就是历史。

临顿桥

二〇一二年在苏州,外甥女咪咪两口子从泉州来。咪咪正热心于为娘家编家谱,对我父亲一九三七年从吴江到苏州,在临顿桥头购屋开店感兴趣。在闲聊中问起:苏州的地名都有几分历史可考,唯独这"临顿"怎么回事,像个洋名?我告诉她,早年我也这么困惑过,后来一查书发现这"临顿"竟是货真价实的国粹,可以上溯到春秋吴越时代。范成大《吴郡志》上说:"临顿,吴时馆名……吴王亲征夷人,顿军憩歇,宴设军士,因此置桥。"

如果范成大所言不虚,临顿桥的历史就有两千多年了。在宋《平江图》石刻上临顿桥刻作拱桥状,但这仅仅是用来标示桥梁的符号,至于宋的时候临顿桥究竟什么模样就无人知晓了。我只知道我从小见到的临顿桥是洋灰平桥,两侧桥栏高可及腰,桥栏正中有一人半高的灯柱。后来听人说,在洋灰桥之前临顿桥是拱桥。

我六七岁的时候,翻抽屉,翻出几块比麻将牌稍大的木牌,小窟窿里穿着红线,可以挂脖子上,木牌上写着"石桥石和尚,自造自身当……"大人说,我小时候脖子上就挂过。再一问才知道,说是修桥打桥桩要摄取小孩灵魂桩才打得下去。重修临顿桥时我三岁,小灵魂正好派用场!好在凡事都有禳解之术,那就是挂上这小木牌，表明修桥与我不相干，别找上门来。我三岁，那就是一九四二年，临顿桥重建于一九四二年，正是日伪时期。这就对上了：临顿桥两侧桥栏上各镶有一方长两尺有余、宽一尺不足刻着"临顿桥"三个字的黑碑，字写得很好，落款是"李士群"。李士群是日伪汉奸，一九四二年兼任过江苏省主席，当年日伪江苏省政府就设在苏州。一九七九年我从新疆回苏州，临顿桥上李士群的题字和名字还在，不禁哑然失笑，"文化大革命"毁了那么多珍贵碑刻、名人题词，而汉奸李士群竟安然无恙留了下来。

一九三七年父亲买的房子，就在临顿桥南堍，临顿路西侧，屋后是南西北三条河道交汇的一片水面，比两个篮球场大，这水向东沿着我家北墙的石驳岸，穿过临顿桥洞流往城外。坐在房子里间西窗下望出去就是明晃晃的水面，舞台一般，戏码不断：早晨，飘来郁郁的臭，农民进城装粪的粪船上场，敞着，快齐船舷了，船晃，粪水也晃，啪嗒啪嗒，溢出船舷，一缕淡黄，濡染入水。粪船过后，临河人家菜照洗，米照淘。每天下午四点光景，是染坊放水的时候，从南边河道流来，整条河或黄，或红，或蓝，或赭，或绿，甚至一片五色斑斓，流进"篮球场"，向东一拐流出城去。老虎灶上堆得高高的砻糠船来了，撞上石驳岸，砻糠滑坡，河面上铺了一层黄金屑。平时船来船往，有到这片水面来罱河泥作肥料的，有吆喝着鸬鹚来捕鱼的，如果是夏天，有摇着小船沿河叫卖西瓜的，唱着梦悠悠的调子"阿要买西瓜啊……"。

临顿桥下的河道也就四米左右宽，只能单船过，所以要从桥下过的船，船家就得人立船头，手握竹篙，朝着桥洞喊去："来船松摇！"让来船慢点儿摇。对面有船就得呼应。一般是近桥的船先过。有时候堵船，就得排着等，吵架也是常有的事。这又是一台戏，看客挤在桥栏边，低头弯腰看着下面。有道是"苏州人欢喜轧闹猛"（凑热闹），也确实。看客们一般都很投入，好管闲事，有的劝架，有的主持公道，有的当起"交通警"指挥船只。有一回，一条船的船身宽了点儿，被一侧驳岸上一块朝外凸的石头卡住，过不去了。船上的三个男人脱了衣服，好在水不深，赤膊短裤跳到水里，憋红了脸拼命想抬起船的一侧，好让船侧着过，可是不行，力道不够。桥上的看客七嘴八舌出点子，给他们打气。一个看客见后面有好几条船在等着过，就朝那几条船喊道：你们下来几个人，帮一把，要不你们的船也动不了！那几条船上当真也赤膊短裤下来三个男人，过来一起抬，看客们唷唷地喊着号子，我也跟着喊，船的一侧终于抬起来了，船过了。

这都是临顿桥留给我的童年记忆。一九五六年我离开临顿桥北上读书，毕业了又去新疆，再回到临顿桥是一九七九年。我们的房间在楼上，北墙下就是河。有天夜里，我还在灯下，突然听到窗外传来一声"来船松摇"，真有恍若隔世的感觉。一九八九年我移民来美国，五年后回去，临顿桥已经不在了。路阔了，桥没了。

东北街

临顿路从南到北一条直线终结在临顿桥，与东西向的东北街丁字相交，东北街一路往东，直通娄门。说丁字路口，也许不太确，因为丁字路口往西十来米就是北通齐门的齐门路。仿佛临顿路到东北街后往西一摆腰肢接上了齐门路，丁字也就扭成了"十"字。这路口地势险要，五十年代初肃反，夜里大逮捕，解放军就在丁字路口架设了机枪。

东北街上坐北朝南对着临顿桥，有三家店铺。正中一家是新德源面店，新德源的各色包子——鲜肉的，豆沙、玫瑰、薄荷的，很有名。店门口朝外高高立一个砧墩，师傅站那里剁肉馅，双刀下如骤雨，声如擂鼓。眼前就是临顿桥，师傅就像扼守要冲抵御来犯之敌的将军。我每次看师傅剁肉，就很激动——那还是我上小学的时候。新德源老板娘是个街坊人物，高挑丰满，随意装束而见风韵，里外进出都她在招呼，老板响动不大。有两个女儿，小女儿妙人儿一个，后来听说拜徐云志为先生学评弹了。

新德源西是敦号酱园，三开间大门面，店堂往里是作场，露天大院里大缸小缸排列成阵。小时候常上敦号买东西。家里烧鱼，"去，拷两分钱料酒去！"酱萝卜条摊在巴掌大的荷叶上，两分钱一份，吃粥最好，清脆爽口，乳腐三分钱一块；酱油、醋都现拷，伙计用勺子从缸坛里舀给你，以勺子大小计价，不称斤两。东西很便宜，但家家日子过得清苦，霞姐新苏师范毕业，教书，月薪三十元，那是一九五一年。

新德源东是天泰布店，规模不小，娄齐门外农家进城买布料、棉絮，最先光顾的就是天泰。天泰隔壁悠长的备弄进去，有近百米深。我们租了最后一进，第五进，作居家用。我小时候，临顿桥头乾大亨楼上和这备弄深深处都住过。天泰的少东家结婚成亲，租了第三进的楼厢作新房。新婚之夜，弄堂里的孩子都去闹新房，要喜糖；大人们去看新娘子，都说苏州新嫂嫂漂亮，白嫩的脸上不笑也露一对酒窝。好像没过多久，新嫂嫂就戴了孝：公公在"三反"运动中投河死了。

弄堂东隔壁是典当，老板姓杨，他儿子和我们年龄相当，都认识。典当有多进深，不知道，但它和拙政园西部相邻，铁栅栏窗子外就是拙政园的"别有洞天"。典当有一个更楼，说是夜里有打更守夜的。我只隐隐约约在夜里听到过一次敲梆的声音，姑婆说这是典当敲更。鼎革以后，典当业没落，典当成了邮局。

典当过去是张家祠堂，小时候见过一次祭祖大典，人不少，望进去大厅里烛火辉煌，但平时都关着门。一九四九年苏州解放，祠堂成了军队驻所，五十年代门外一度挂出"苏南专员公署"的牌子。"文革"年代，原先的祠堂又成了托儿所。

张家祠堂过去，有两个石库门洞，望进去静悄悄，深幽幽，莫测高深。再往东就是盐公堂。盐自古以来一直是官营专卖，到国民党时候还有盐务局。盐公堂也就是盐务"衙门"了，虽说已名存实亡，但还都这么叫，连他们的孩子在街坊嘴里也成了"盐公堂的大女儿""盐公堂的小儿子"。四十年代后期，大暑天，盐公堂的主人病重不治，临终绵笃时，病榻从内室移到"公堂"一侧。一家人围着病榻呼唤，店外街坊众目睽睽朝里观望。直到公堂里哭声大爆发，围观的人才叹息着散去。

盐公堂往东是伤科郎中唐祥麟诊所，进门左拐一个天井，正对大厅。我初中时大腿根淋巴肿大，走路都有点瘸了，大姐带我去看唐祥麟。我坐在大厅中央的太师交椅上，裤子褪下，唐祥麟起两个手指在肿大的淋巴上按了按，说了两个字音"ru e"，最后一张膏药，真灵，三天就消肿了。后来我问过好些人，包括医生，"ru e"是什么意思？都摇头。直到过了大半辈子，有一回又想起了"ru e"，突然心头一亮：会不会是"乳蛾"？把肿大的淋巴比作乳蛾？

如今，从敦号到唐祥麟这一溜东北街都消化在贝聿铭设计的苏州博物馆了。

东北街南面临河，所以坐南朝北的房子没有进深，大多住的小户人家，往往中间一隔，前后两间，至多三间，屋后河桥（石级）下探水面。不像坐北朝南之多深宅大院。

耦园

如今回国，除非陪外地来的朋友，我已不进拙政园、留园这些名闻遐迩的园林了。一是太熟悉了，早已没了"寺忆曾游处，桥怜再渡时"的感觉；二是游人如鲫，逛集市一般，漫步园林要的是清幽，才能细品。但耦园是个例外。

出国前，我在S大学时，中午在学校食堂用餐，然后坐在办公室翻翻书报，小憩。大楼里静悄悄的，不料烦恼就蛰伏在这静悄悄中，会无端掩上心头。坐不安了，于是就下楼，骑十来分钟自行车上耦园。耦园在鲜为人知的小新桥巷，隐在一溜黑粉墙内，门前小河流水，郎情妾意，比肩相随。一角钱门票就进去了，游人原本寥寥，中午时分，几乎空寂，可以独酌清幽。

过门厅，右拐入小园，墙阴细竹，小径花草，你能闻到晴雯、莺儿的气息，仿佛她们刚从月洞门进去。你跟着进去，亭台楼阁、假山池塘，景致尽在眼底。耳边再不闻喧嚣市声，而是鸟鸣蝉唱。我顺着回廊先到"无俗韵轩"（陶渊明的诗：少无适俗韵，性本爱丘山），看何绍基所书对联："园林到日酒初熟，庭户开时月正圆。""无俗韵轩"又叫"枕波轩"，另有一副醒目的砖刻对联："耦园住佳偶，城曲筑诗城。""耦"通"偶"，耦园是取夫妻偕隐的意思。苏州的文人园林多半是士大夫致仕失意后的栖隐之地。耦园当初的主人是清咸丰年间湖州人沈秉成,沈官至安徽巡抚、两江总督(两江指江苏、安徽、江西三省之地),光绪初被劾去官。沈秉成工书能文,夫人严永华工诗善书,宦海浮沉一辈子,终于可以优游林下了。

顺回廊往北,过藤花舫,就到了园中主建筑"城曲草堂",两侧的对联是"卧石听涛,满衫松色;开门看雨,一片蕉声"。草堂陈设简朴,堂右侧是一清简小书斋"还砚斋",有联道:"闲中觅伴书为上,身外无求睡最安。"草堂屏门后有木楼梯可上,走去咯咯响,微微发颤。楼上是茶室,中午休息,一个女营业员正坐柜台里打毛衣。从楼窗下望,正是累累崛起的黄石假山,黄石假山不同于其他园林的太湖石假山。苍润的太湖石洞窍灵透,神雕鬼凿,千奇百怪,叠成假山,如浪花涌起;浅赭的黄石沉实厚重,棱角分明,叠成假山,如岗峦、如城堡。前者是智,后者是仁。

楼上一间东厢,题为"双照楼"。窗外是开阔的外城河,水光明瑟,舟船如画,隔岸绿荫高楼,是丝绸工学院,如今已并入S大学。凭眺之际,想起了"江南游子,把吴钩看了,栏杆拍遍,无人会,登临意";想起了"梳洗罢,独倚望江楼,过尽千帆皆不是,斜晖脉脉水悠悠,肠断白蘋洲";想起了"登兹楼以四望兮,聊暇日以销忧"……临了怀着微醺的惆怅转身出来,那女的自管在打毛衣,我自管咯咯咯下楼。

出草堂，盘旋登黄石假山，假山南是一泓水池"受月池"。池南有水榭，名"山水间"。园的东南隅是"听橹楼"，陆游有诗句道"卧听满江柔橹声"，楼名该由此而来。

坐坐转转，一个钟头就过去了。从耦园出来，心头的烦恼也已洗却。就这样，在Ｓ大学的最后两年里差不多每个月要上耦园两次，但冬天例外，除非下雪。

二〇〇七年回国，我独自去了耦园，依然幽静，只遇见二十来个游客。我在"双照楼"上泡了杯茶，眺望楼前流水，和远处矗起的一片片新住宅，什么也没有想，就坐了半个来小时。

周家花园

二〇〇七年十月,在苏州见到周全,周全送了我一本画册,收的全是捐赠给苏州博物馆的周瘦鹃生前收藏的国画珍品。周全是周瘦鹃的小女儿,像她这样气质娴静温婉细腻的女性当今之世已属凤毛麟角,即使在苏州这样的地方。周全尚未成家,多少年来热心人想给她介绍,但竟很难找到一个配得上她的男性。周全告诉我,为争取出这本画册费了不少周折。对博物馆来说,出这么本画册竟成了旷费时日勉为其难的事。周全指着封面上那幅画说,这是明朝周臣的画,唐寅、仇英都跟他学过画。周臣的画本属珍稀,这幅画现在估价在千万元以上。"文革"抄家,周瘦鹃所藏书画文物被一扫而空。"文革"结束,抄家物资按政策要归还,却始终不见归还,看样子也不会归还了,无奈之下就捐赠了。究竟抄走了多少画,我们也不清楚,当时就给了张奖状,奖励了两万元。周全说。

周瘦鹃是中国近现代通俗文学中举足轻重的人物,早年翻译《欧美名家短篇小说丛刊》,深受鲁迅称赏;张爱玲成名作《沉香屑:第一炉香》《沉香屑:第二炉香》就是得周瘦鹃赏识而刊登在周主编的《紫罗兰》小说杂志上的,张爱玲也由此闯入文坛。周瘦鹃以写唯情伤感的言情小说为主,是所谓"鸳鸯蝴蝶派"的代表作家。

"三十六鸳鸯同命鸟，一双蝴蝶可怜虫"，"郎是地球侬似月，卿作香车我作轮"，固然无深义可言，但供消闲娱乐的通俗小说也是文学一翼，自有它存在的必然和价值。

一九六二年春，周瘦鹃到北京出席全国政协会议，毛泽东召见了他，"做了半小时亲切的谈话"，毛要周继续写作，并赐以烟。周舍不得抽，纳入口袋，回到苏州，将纸烟和也是毛泽东赏赐的芒果供在周家花园爱莲堂上。

周瘦鹃的家，都称之为周家花园，在一条小巷中，巷名王常河头，有些怪。周瘦鹃是园艺盆景大师，"文革"前周恩来夫妇、朱德夫妇，其他政要叶剑英、陈毅、刘伯承、董必武、李先念、陆定一，还有班禅等，都是来周家花园观赏盆景的贵宾。周瘦鹃说制作盆景必须"胸有丘壑，腹有诗书"，他可谓一样不缺。

差不多近十年前，一个雨天，周全带我到她家去过一次。盆景早没有了，周全说，声音如雨丝一般，"文革"中造反队来了卡车，将盆景统统搬走，也有的砸了，现在一些园林里的盆景不少就是周家花园的原物。我们撑着伞在园中转了一圈，周全一路指点给我看，这是白皮松、这是鸟不宿……还有一个小池塘。园中花草树木繁茂，但我竟想起了姜白石"废池乔木"的话。周全说，园子要时时收拾，苦于没有时间。后来走到一口井边，周全告诉我："爸爸就是投这口井走的。"井栏圈很小，周全似乎知道我的疑问，说："爸爸那时又瘦又小。""是哪天?"我问。

"一九六八年八月二十一日,那年爸爸七十三岁,我十二岁。"

舞殇

我当年上的中学,男女分班,男、女生之间极少交往。一九五五年春,全国掀起扫盲运动,学校决定我们高二年级同学下乡扫盲十天。高二总共两个班,甲班女生,乙班男生。下乡扫盲,要求带文娱节目,活跃农村文化生活。这由甲班一位擅长文娱的女生小妍负责,小妍能歌善舞,一口标准国语全校无人能及,长得白净细嫩,眉清目秀,只是脸上散着淡淡的雀斑,散得恰到好处,没有破相,反倒增加了妩媚。

小妍觉得光带些现成节目下乡分量不够,决定排一组四男四女的集体舞《种田忙》。这天小妍在楼道里截住我,说我已被点入四男之列。我说我不会跳舞。她说可以学啊,你和小芳配一档最合适了。小芳是甲班最娇小漂亮的女生,乙班男生私下公认的"公主"。

我对小妍说:"跳不好别怪我啊。""不会的。"

下乡前的一个礼拜中,几乎每天排练,小妍既是舞者,又是教练。所谓《种田忙》,无非是用舞蹈模仿农村的四季劳作。播种、插秧、割稻……对我来说,这些动作跟广播体操差不多。至于走位,那就像下象棋,炮二平五,马七进八,记住就是了。几天下来,居然掺和其中能参差起舞了。四男四女虽说成双配对,但只有推磨的动作要两个人拉起手表演，小芳的手小小的，柔柔的，凉凉的。

我们去的地方叫向街乡，离城郊狮子山不远。正是江南春风骀荡烟光薄润的季节，农家屋舍沿着一条小河浜俨然成列，门前桃红柳绿。乡里腾出了新盖库房的楼层给我们住。我们白天分小组带了扫盲读物送字上门，对象多半是守着绷架刺绣、围着锅台做饭的村姑农妇。晚上再集中教青壮男子，但来的人不多，不少时间花在挨家挨户的动员上了。

演出定在回校前夕，地点是平时村民开会的大厅。大厅靠后有一道照墙，两侧拐入是门洞，往里是天井、办公室。挨着照墙是一米来高、半间教室大的木台，平时是开会用的主席台，如今就是舞台了。演出的前两天，我们上台彩排了一遍，台吱扭吱扭响，墙都有些颤。这台不会塌吧？我们问。干部说，笃定，演十八罗汉斗悟空都行！

演出那天晚上，大厅里闹闹嚷嚷，老少妇孺，人还真不少，自带小凳，早早来坐下了。那会儿农村还没有电灯，台前挂两盏汽灯，照得明晃耀眼。办公室成了后台化妆室，我们跳舞的八个人一律毛衣、蓝裤、球鞋。《种田忙》是压轴节目，演出一开始，小妍就催我们上妆，脸上总得抹些油彩啊。女生自有天赋，对着镜子一会儿就脸似芙蓉了。男生却不知如何下手。小妍说，女生帮男生上妆。我的脸就交给了小芳。我们面对面，她脸上妆很淡，没有满园春色万紫千红的喧闹，只有早春透着嫩寒的清新。我没勇气盯着她看，尤其她那一剪秋水的眼神。我干脆合上眼，感受着她花瓣似的手盈盈地贴上我脸颊，将一片清柔酥润轻轻揉进我肌肤，我闻到一股恍惚从天外飘来的梅香。

台上传来了二胡独奏《彩云追月》，下面就轮到压轴戏了。我们踩着凳子走对角线舞上场，我和小芳是第一对。舞跳得很顺，正合农民的口味，每换一个动作，台下就一片嗡嗡，这是播种！这是插秧！这是垄地！……我们越跳越起劲，台上飞尘蓬蓬，台板吱扭作响。我们从春跳入夏，从夏跳进秋，秋收割稻了，弯下腰，右手执"镰"，左手抓"稻"，八双脚跳起跳落，浑然一体。突然间，轰一声响，上半截照墙震塌了，砖块砸落。幸好我们都在台口"收割"，免了一劫。霎时台上灰土弥漫，台下有哇哇叫的，有哈哈笑的。好几个声音冲着我们喊：快下来！快下来！我们就纷纷从台上往下跳，跳下台就往后跑，跑入天井，一个个喘着粗气，喘着喘着，大笑起来。我和小芳几乎同时发现彼此手拉着手，我们是拉着手跳下台的，于是悄悄地松开。这是我这辈子第一次也是独一无二的一次上台跳舞，中途夭折的舞。

回到学校，十天扫盲成了课余的笑谈。小芳自然常遇见，有时候在楼道里或在校园里迎面相逢，彼此总默默相视，不笑也不言语，始终没讲过一句话。高中毕业，她没有参加高考，考试那几天正好病了。从此再没有她的消息了，她们班上的同学也不知道。

童年的恐惧

我小时候没有玩具,一直到十二岁,忽然有了一把玩具枪,但是留在我记忆里的却是恐惧。说"忽然有",是因为已记不清是哪来的,家里是不会买的,多半是哪个亲戚送的。一把弹仓是个大圆盘的"冲锋枪",当时苏联电影里常见到。木头做的,那年月还没塑料,枪管和圆盘漆成黑色,枪柄土黄,做工粗糙,但对十二岁的孩子来说,却开启了一个想象的天地。我端着枪在园子里、弄堂里跑着,嘴里呱呱呱叫着,我冒着枪林弹雨在冲锋陷阵呢!

那是一九五一年,土改刚结束,我们家成分是地主,吴江的地、鱼池都给政府了。父亲从吴江回到苏州家里,说了一句话:跟吴江再没关系了。此后三十多年,到去世,父亲再没有踏上吴江一步。但自打我们家划地主成分以后,一个户籍警,徐同志,就经常上门来。从来不敲门,推门直入,从客堂穿过吃饭间,这两间都是方砖地,闯入我们叫"地板间"的内室,总算楼上一般不去。见了人,也不打招呼,冷着脸点点头;到处看,好像家里藏着什么秘密,桌子上偶尔有一封信,他就会拿起来看看邮票,看看是哪儿寄来的,他一定知道我家有人在台湾。我怕徐同志冷冷的脸,那双细缝眼盯着你看一眼,能让你从头冷到脚。见他进来,我就会掩出门去。但有一回我端着冲锋枪满头大汗回家，家里静悄悄的，徐同志一身制服，正在巡察，我一下子僵住了。他过来，要从我手里拿过枪去，我把枪藏到身后，不给。大姐说话了：给徐同志看看啊，又不会要你的，这么小气？我给了徐同志，他拿在手里转来转去看，问我：你拿了枪要打谁啊？蒋匪帮，我说。他把枪还给我，走了。我突然感到莫名的恐惧，人生第一次。我不玩枪了，大姐索性把枪藏起来了，也许塞进了灶膛，从此再也没有出现过。这把枪是我童年时仅有的玩具，伴了我也就一个月。徐同志后来走了，来了个赵同志，总是笑嘻嘻的。都说徐同志被撤了，他隐瞒家庭成分，他家本是苏北的大地主。

一九五二年我读初二，我们三四个同学把各自的书合到一起，成立了一个"小小图书馆"，图书馆设在小朱家，书加起来也就三百来本。其中有十来本三十二开本道林纸的人物相册，记不起是哪家出版社出的了，薄薄的，一本介绍一个人物，有罗斯福、斯大林、墨索里尼、希特勒、丘吉尔、孙中山、蒋介石等，当然不光是政治人物。我借了一本"蒋介石"，后来被另一个同学借去看了……再后来，一天，班主任叶老师把我叫进了办公室。叶老师从抽屉里拿出"蒋介石"："你们在传看什么书？蒋介石！这书是不是你手里传出去的？"我承认。但我害怕，嗓子都干哑了。那时候镇反运动还没收场，不会把我们当成反革命吧？叶老师告诉我，这书是洪泽小学的校长交到学校来的。你看看这影响！叶老师看着我，目光严厉,但不凶狠。结果"蒋介石"被没收,我要写一份检讨书。这是我此生写的第一份检讨。写检讨的事,我跟谁都没有说,无论同学还是家里。后来听说洪泽小学的女校长是潜伏特务,被抓起来了。再后来,"文革"后我已回到苏州了,又听人说起,当年洪泽小学的校长是地下党员。

考字

中学时代，我们一伙同学少年不知出于什么心理总喜欢逮住机会考先生几个字，尤其是教文史的先生——那会儿都管老师叫"先生"。同学少年中有一位外号叫"字典"的，认得不少稀奇古怪的字。他大名顾梅野，总爱把"梅"写作"槑"，"野"写成"埜"。他有个笔记本，上面题四个字："槑埜劄记"。我们开始都把"劄"念作"答"。"字典""嘿"一笑："劄"就是"札"，"劄记"即"札记"是也。我们焉能不叹服！高中教历史的是位矮矮胖胖姓高的老先生，圆脸两侧各有一片冻疮疤，艳若东海日出西山夕照。高老先生有三十来年教龄。本来这样的老先生不该去考他，但"字典"要露一手，"瞧我的！"于是趁高老先生讲完一节课将走未走之际，抢上前去，用粉笔在讲桌上写了"荤粥"两个字，问道："高先生，我在一本历史书上读到这两个字，是喝的一种粥？荤的，加了鸡鸭鱼肉？"高老先生哈哈一笑：这两个字念"熏育"。他转身在黑板上写下"獯鬻"两字，"夏曰獯鬻，周曰猃狁，汉曰匈奴。荤粥即獯鬻，也就是匈奴"。"字典"朝我们竖了竖大拇指。

然而后来高先生竟被光绪绊了一跤：近代史课本上引了几句章太炎《驳康有为论革命书》上的话——"载湉小丑，未辨菽麦……"

高先生琅琅大声，击节而念，却将"渹"念成了"刮"。他这一"刮"，我也就跟着从中学"刮"到了大学。直到读杜牧的诗"白鹭烟分光的的，微涟风定翠渹渹"，才恍然知道"刮"错了，应该念半边的"恬"。

中学时的几个国文先生大多是老先生。他们能背李杜的诗、韩柳的文，但对外国的东西知之甚少。初三时候，有一位同学问老先生："法国的大仲马和小仲马是什么关系？"先生眼慢慢一闭头缓缓一摇："知道这些大马小马有什么用？"转身款款走了。高二开始教我们语文的毕先生，虽说也有五十上下了，但读了不少苏联小说，从《钢铁是怎样炼成的》《青年近卫军》读到《虹》《远离莫斯科的地方》《静静的顿河》，再将这些小说零敲碎打地贩到课堂上。"字典"用"钖荼壶"三个字考过毕先生。毕先生当时盯了"字典"一眼，目光凌厉。"你是来考我？"毕先生说，"这三个字念作'阳图捆'。钖是马额头上的装饰；荼，如火如荼，总该知道；壶是宫里的小路。你记这些死了的字有什么用?！""字典""嘿嘿"而退。在毕先生手里，我纠正了不少自以为念对其实一直念错的字。比如"鞑靼"的"靼"以前一直错念作"旦"，"虚与委蛇"的"蛇"原来应该念"夷"，"哽咽"的"咽"是一字多音，要念"夜"……但毕先生曾把癫痫的"痫"（念"闲"）读成了"间"，把荨麻的"荨"（念"前"）读成了"寻"。

高二下学期期中，班上转来一个新同学，点名册上临时补上了他的名字：陈祎。几乎所有先生第一次点到这名字时都栽了，把"祎"念成"伟"。语文课了，我们都怀着小人之心等毕先生念错。不料毕先生根本没有点到这个名字，大家面面相觑。陈祎坐不住了："怎么没有点我？"毕先生道："你叫什么名字？""我叫陈祎（念'一'）。""新来的吧？噢，名字在这儿呢，点漏了。"下课后，"字典"说，毕先生这手厉害！这手我也学了，在新疆教书时，开学第一天点名，名册上有一个名字叫"崔瓛"，我事先看过名册，没有在意，想这"瓛"应该跟"讞""巇"一样念"燕"的音。等真点到突然踌躇了，慌忙一跃而过。点完名，假兮兮问道："还有谁没点到？"有学生举手了。"什么名字？""崔瓛。""再说一遍。""崔瓛。""瓛"字竟然念"环"！

逝者如师

早起一杯茶,独坐书桌前。窗外阳光灿烂,没有一丝云彩。隔着玻璃,纱窗上一动不动停着一只小蜜蜂。不远,拉瓜迪亚机场升空的一架飞机,银光闪亮,正画着弧度划过长空。

一天开始了,电话铃也响了。打头号码716,水牛城(Buffalo)来的。男子的声音,带着苏州的韵味:我是范××。范兄!六十年前苏州三中的校友,他比我低一级,当年在学校里,我们都叫他范大头。凡大头,有傻,有聪明,范大头属于后者。一九五六年我毕业离校,一九七九年回苏州,进苏大。当时范兄是三中教导主任,见面就熟了。范兄女儿在水牛城,退休后两边走。我告诉他,今年我八月十八回国。他说,他九月初回国,正好国内见面。他告诉我,十一月初,三中要举行一百多少周年校庆,这次校庆不准备请什么上级领导,主要请校友,是校友的聚会。这好啊,我说,可惜我等不到十一月了,我的回程机票是十月二十五日。范兄说,校友可以写写文章纪念,他自己就写了一篇回忆王家桢老师的文章。他说,你也可以写写……试试看,我说。电话挂断。

小蜜蜂依然一动不动停在纱窗上。我盯着蜜蜂,一边回忆六十年前的中学老师,一个一个名字写在纸上,竟然有名有姓写出了三十三个,包括实验室、图书馆、教导处的老师,还有工友。至少百分之八九十的老师都在上头了,我自己都吃惊。

一

范兄的父亲范佳士就是当年三中教师。在三中所有教师中,范先生(当时很少称老师,都叫先生)是特别引人注目的一位:光头,黑须美髯,戴一副玳瑁边圆框眼镜,镜片后双目清澈。范先生好穿长袍,五十年代穿长袍的人已经不多了,但先生中间还有,尤其是稍上一点儿年纪的。教我们初二语文的曹履吉先生穿袍子,冬天呢的,夏天纺绸;教美术的陈仲夔先生也穿袍子。别看范先生黑须美髯,其实也就五十光景。范先生会吟古诗,写古诗,教的课却是英语,念起课文来潇洒流畅,声音爽脆。我们跟着他念,如痴如醉。有一回他说,你们知道英语里最长的词有多少字母组成的?我们怎么会知道!范先生说:有四十六个字母!说罢就拿起粉笔在黑板上流水潺潺写了出来。范先生还爱好体育,常在沙坑边和同学一起跳高,学生都围着看。范先生撩起袍子腰间打个结,跨越式跳,要是碰下竹竿,就脱掉袍子,里面白衫白裤,再跳。范先生天真可爱,有几分吴门才子的倜傥。

范兄说他写了一篇回忆王家桢先生的文章。王家桢先生个子不高,身材瘦削,平头,好穿中山装,冷静刚毅,不苟言笑,给你的感觉是，他从头到脚一身正气。王先生有个习惯姿势：弯着左胳膊贴胸放松，左手腕关节同时放松下垂，整个一条胳膊，从臂弯到手腕看起来脱了臼一样。我们经常学他这个姿势，确实很舒服。王家桢先生教我们化学，课教得好，一汪清水，条理分明。课堂提问时，一只手指着你：恁说阿对咯（你说对不对）？恁说说看（你说说看）。这"恁"（念 nèn）解作"你"，当是常熟一带的方言。抗战时期，王先生去了大后方，一九四一年日军大轰炸，王家桢先生劫后余生，亲身经历了重庆较场口大隧道惨案，那次惨案，死伤近五千人。有一次上课，讲到一半，王先生突然嗓子哑了，只见嘴动，出不来声，他看了看大家，出了教室。我们都静静地坐着，教室里从来没有过的肃穆，过了一阵他回来，声音哑哑的，把课讲完。还有一次也是，中途失声，他出了教室，这次没有回来，教务处派人来通知：这节课改为自习。王先生有肺病，八年抗战的艰苦岁月中得的。

我是一九五六年三中毕业的。王家桢先生后来当了三中校长。再次见到王先生是我从新疆回苏州以后了，应该是一九八〇年。这时王家桢先生已经退休。老同学老朱（一九五七年交大"右派"）打听到王先生的住址约了我前去探望。王先生住在一条小巷的一幢老房子的楼上。楼上就一个大房间，房间里就他一个人，静静坐在藤椅里，看起来有些凄凉，在岁月的风化中露出衰老和疲惫，但脸上刚毅如故。从一九五六年到一九八〇年，整整四分之一世纪，我们都经历了什么？我们把历史置之脑后，不谈往事，彼此只是说说各自目前的工作和境况。半个钟头就告别了。王家桢先生对我来说始终是个敬畏的谜。

小蜜蜂还在纱窗上，我敲敲玻璃，还是不动。

二

我中学的老师，恐怕都已成了逝者。他们大多生于清末民初，那个年代的知识分子，身上都有几分儒雅气，能写一笔漂亮字。不像现在的教授、博导们写出来的字往往东倒西歪扶不上墙，叫人摇头。这些年回国和中学老同学闲聊，每每谈起叶先生的一笔字，感慨系之。当年叶凤池先生教我们初一语文，下课了，我们都舍不得擦黑板，总要围在黑板前观赏一阵，临摹几个字。我现在有些字的写法都是当年从叶先生那里学来的。

叶先生白皙英俊，一表人才，只微有口吃。平时说话、讲课，以至朗读课文都感觉不出来；但只要一紧张一着急就难免期期艾艾，厉害起来，腮帮子泛红。初一语文课本上有一篇魏巍的《谁是最可爱的人》，那正是一九五一年朝鲜战争时候。叶先生念课文，上面写到美国鬼子用刺刀插入妇女的"阴户"。叶先生读到"阴户"的时候，全班都低下了头，偷偷地你看我我看你，好在我们是男中，班上没有女生。叶先生念完课文，学生老顾站起来问道："阴户"是什么意思？有人哧哧笑了。叶先生开始结巴了：你，你，你真不懂？老顾说：懂了我也不问了。有人咯咯地笑了。叶先生期期艾艾了：你你，我，我都……说不出口了，你别……别，别问了好不好？老顾"拎勿清"，还是问：是不是太阳穴？全班哄堂大笑。叶先生脸开始红了：你坐坐坐，坐下。老顾还不买账：不懂还不能问？叶先生的腮帮子成了鸡冠子了：好，我，我告诉你，是女，女人的生殖器，懂，懂了吧？教室里鸦雀无声。

五十年后回忆起这段往事，我们把老顾好好奚落了一顿，老顾只是嘿嘿傻笑。你是真不懂还是装不懂？大家问他。这有什么装的，老顾说。（顺便说一句，前几年我在网上查了《谁是最可爱的人》这篇文章，竟然没有见到美国鬼子刺刀插阴户这节文字，删掉了？原来是魏巍的文学虚构！）初二，叶先生改教我们平面几何，到初三我们就不归他教了。

一九七九年，我从新疆调回苏州，打听到叶先生的地址，我就带了几盒洋烟去看望他，我知道叶先生抽烟。叶先生已经退休，住在东花桥巷，老式平房，三个小间。正是黄梅季节，更显湫隘，桌椅摸上去都带几分黏湿。我报上名，叶先生马上记起来了。叶先生应该六十多岁，但并不显得十分苍老。我讲了讲自己的经历。他告诉我他退休了，外头还代代课，挣几个钱，前一阵子到上海开了个校友会，我这才知道他是解放前圣约翰大学毕业的。最后他托我两件事，一是能不能帮忙找间房子，他儿子要结婚。二是他儿子是中学英语教师，才从外地调回来，却进不了苏州城，分在齐门外一所中学，很不方便，问我能不能帮忙找找门路把他儿子调进城来。我有些茫然，但还是答应了：试试看。我试了，托了别人，别人也跟我说：试试看，又托了别人，别人的别人也许又托了别人……结果也只是在"试试看"中苟延着奄奄一息的希望。至于婚房那就更爱莫能助了，都无人可托。此后我没有再去看过叶先生，没有想到再也见不到了。

三

　　初一教我们算术的是尤先生，一位很发噱的老先生。个子不高，小长脸，戴一副眼镜，花白头发鬈曲稀疏，衣着随便，有些不修边幅。尤先生思路敏捷、动作利索，是个"快"人，走路快，进教室一阵风，黑板写字一溜白烟，讲起话来一道流泉。每讲完一个问题，解完一道例题，眼睛微笑着望望大家，有几分踌躇满志。讲桌前照例有一把椅子，但这通常备而不用。这一天，尤先生黑板上演算了一阵，突然坐下来，出了道题：一个阿拉伯人有十七头驴，要分给三个儿子，分别得二分之一、三分之一、九分之一，你们说怎么分？大家埋头算，喊喊喳喳议论，怎么分？有人问：能不能宰了？哄堂大笑。只能静下来听尤先生讲了。尤先生一反往常，说话慢吞吞了：三兄弟没法分。这时候来了个骑驴的老人，三兄弟请老人帮忙，老人就把自己骑的驴跟十七头驴放一起，成了十八头。分吧。二分之一是九头，三分之一是六头，九分之一是二头，九、六、二加起来多少？十七！剩下一头正好归还老人。大家愣住了。也就在这时候坐在前排的同学发现，尤先生是脱鞋盘腿坐在椅子上，一只手正隔着袜子在脚丫子上又揉又搓。这发现很快传递给了大家，大家咻咻笑，尤先生只做不知，双脚落进鞋窝，从椅子上站了起来。彼此心照不宣。尤先生这个"小老头"很可爱。听他的课要集中精力，跟上他的思路，不然半道就被他甩了。这对初一的学生并不合适，但确实也锻炼了思维能力。尤先生教我们的时候是一九五二年，一九五三年学校变动，尤先生就此不见踪影。

初一教我们英文的是沈先生，沈先生早年说是出洋留过学，教我们英语的时候不下六十了。他上课主要就是带大家念课本，在课桌行间来回走着念，直到念出瞌睡来。一个调皮学生，在沈先生每次走过身边时就解掉他棉袍上一个纽襻，几趟下来，棉袍突然像旗一样飘开。大家偷偷笑，沈先生没有生气，一只手继续拿着课本念，一只手把纽襻再一个个扣起来。大家笑不出来了，静静地跟着念。到升初二时，沈先生不见人了。听消息灵通的同学说，沈先生是因为有什么历史问题被解职的，后来一度在学校门口摆个篮子卖糖果零食，每次走过我低着头不敢看，真不是滋味。

英文上到高一，高二就改俄文了。高一英文老师是王振寰，王先生英国留学，原是晏成中学的教导主任。身材魁梧，满头银发，方脸盘，年轻时候一定很英俊，老了，依然风度不减。每次上课，西装革履，冬天外面呢子大衣。一个礼拜四节英文课，除了课本，没有英语课外读物，也听不到英语广播、英语唱片，报纸上每天在骂英美帝国主义。学会了英语有什么用？里通外国？王先生是聪明人，心里很清楚，所以上课也只是敷衍，然而很认真，认真地敷衍。王先生讲话风趣幽默，英国幽默。有一回，他用英语念了一则笑话，我们听不懂，他又解释翻译给我们听。说是有夫妻俩想坐一回飞机上天，又舍不得花钱，就和飞机驾驶员商量。驾驶员说，我可以载你们天上转一圈，不要钱，但到了天上你们不能出声，出声就要钱。夫妻俩同意了。飞机在天上翻腾转圈，舱里始终静悄悄。飞机降落了，男的脸色惨白，从飞机上下来。驾驶员说，你们赢了，不过我想知道有没有哪一刻你们差一点儿大叫出声？惨白的脸说：在我太太被甩出飞机的时候，我差一点儿大叫。我们听了哈哈大笑，王先生看着我们笑，自己没有笑。高二废英语念俄语，王先生被打发到初二教生理卫生了。

四

推广普通话始于一九五五年，我念高二。这之前老师讲课都用苏州话，一九五五年的某一天，给我们上语文的毕先生进课堂突然改口说起普通话来！大家面面相觑，感到新鲜滑稽。那会儿，虽然来苏州的北方人渐渐多起来,但苏州人对弯舌头的北方话懒得理睬,舒舒服服守着自己的方言壁垒。当时我们班五十个人,只有两个同学能讲一口标准国语。推广普通话,要求语文老师学习汉语拼音用普通话讲课。毕先生的普通话读音很准,上得课堂,他是花了功夫了,只是有点儿规规矩矩的生硬。毕先生五十左右,头发花白,年轻时的清秀还留在额角眉梢。他跟我大嫂家沾一点儿亲,大嫂说他是"毕家三少爷",苏州的旧家子弟。毕先生课教得不错,字写得很漂亮。那时候两个礼拜一篇作文,毕先生用红墨水笔(毛笔)批改。那几个红毛笔字流利清俊,现在很难见到了。高一时候教语文的是王尔康先生,六十来岁了,矮胖个子,小圆脸,红鼻子,戴一副圆眼镜,镜片是蓝的,是个好好先生老夫子。字也写得好,另有一体,字体圆润内敛,修炼得不露锋芒棱角,字即是人,人即是字。

  在当年的语文老师中,毕先生比较新进,关心潮流,分析作品注意思想性,给我们介绍苏联老大哥的小说,要我们课余读西蒙诺夫的《日日夜夜》、法捷耶夫的《青年近卫军》,还有《虹》《远离莫斯科的地方》《古丽雅的道路》,等等。他没有介绍过西方作品,他不知道我们一些同学中间正在传看《简·爱》《约翰·克利斯朵夫》。那时候的语文课本,选的文章很乏味,茅盾的《林家铺子》《春蚕》,叶圣陶的《多收了三五斗》《夜》,尤其像康濯的《我的两家房东》这类文章,毕先生要求我们课前读一遍,结果没有几个人读完过。

五

中学女老师不多，教过我的女老师总共三位，其中两位盛先生是姐妹，大盛先生教音乐，小盛先生教生物。她们的父亲是牧师，盛牧师声望很高，五十年代初过世，学校门前，谢衙前巷子里，还拉了横幅悼念他。盛家就挨着三中，中间只隔一条僻静的窄巷。盛家占地有操场大小，四周围墙，我从小学到中学，上学下学都要在盛家门口过，大木门始终关着，门缝里望进去只见绿森森一个大园子，房屋隐隐约约在最里头，养着狗，可以听到狗叫，声音凶猛。我曾经幻想里面是个童话世界。

初二时候大盛先生教我们音乐，三十光景，长得白皙细气，身材苗条。已经是抗美援朝时候了，她的穿着打扮却很艳丽，穿旗袍、裙装、大衣……搽着胭脂、口红，戴着项链，一块小金表荡在手腕上，脚下一双笃笃响的高跟鞋。她本是深闺淑女，不知今世何世，生活在绿森森的园子里，而外面的世界早已红旗飘飘，"天翻地覆慨而慷"了。她弹琴教唱。不会管学生，学生吵了，她气得毫无办法。期末大考，她弹琴，让三四个同学一组，合唱，再分别打分。我一字不落地使劲唱，打分的时候，大盛先生悲悯地看着我，说：你这不是唱歌，你是在背书。叹了口气给了我个及格。大盛先生据说一直没有结婚。我不知道在以后的一系列运动中她是怎么过来的。后来听说，有一天，大盛先生在家洗澡，摔倒，脑溢血，离开了好斗的尘世，到天国安息去了。

小盛先生和她姐姐几乎没有一点儿相像：个子没有她姐姐苗条，也没有她姐姐白皙；她穿着朴素，圆脸大眼，长得很甜，笑嘻嘻的，对这世界满怀善意和热情。小盛先生教生物，讲课投入，声音响亮，讲遗传学，提到魏斯曼、摩尔根、孟德尔的名字时会用英语来念，Wiseman，Morgan，Mandel，铿锵有力，我们也都跟着这么念。到后来，苏联老大哥的米丘林出来了……有一回讲化石，小盛先生带来一块不知哪个纪的古生物化石（三叶虫？）一排一排课桌传看。传到我手里，也就是大脚趾那么一小块。我的同桌说还挺硬的，我就用手一掰，不料竟然被我掰裂了。一块变了两块，继续往下传，心里嗵嗵跳，古生物化石啊！传回到讲台，小盛先生问：谁把它掰坏了？没人吭声。小盛先生继续上课。下课了，我跟小盛先生说：化石是我掰坏的，想试试硬不硬。准备遭批评写检查了。小盛先生轻轻说：硬不硬？实验室里就这一块，毁在你手里了。以后不能这样。她拍拍我的背，浅浅一笑：记住了。我一直到今天还记着。小盛先生到四十多岁才结婚，嫁给六中的教师，前些年我又听说，她也到天国安息了。那个绿森森的园子，早已归属了三中的校园。

六

中学教过我的三个女老师,大、小两位盛先生之外,还有一位是彭先生,彭固权。我们上高中的时候新来的。年轻,三十不到,圆脸大眼,白嫩的脸上经常露着微笑,霞光一样的微笑。学生都很喜欢她。她的普通话带着苏腔,配我们胃口。她给我们讲社会发展史,人类社会发展的五个阶段,讲得有声有色,讲到最后进入共产主义大同世界,激动得"感时花溅泪"了。她不只是传授知识,也是在倾诉自己烈焰似的信仰。我这辈子,听人讲共产主义听得多了,不是说教就是人云亦云、自欺欺人。只有彭先生是掏着心在讲,她已经把共产主义作为自己毕生信仰和奋斗目标。我们听得都很感动。彭先生还讲阶级斗争,讲剩余价值,还画了图讲什么叫经济基础、上层建筑、意识形态。她好穿灰蓝的列宁装,头发齐颈,带一点儿淡淡的黄,对了,她的眼珠也泛一点儿黄。就是这个穿了列宁装的彭先生以满腔热情给了我们"马克思主义"的启蒙。她是真诚的。

我离开中学以后,听说彭先生后来当了学校领导。我再次见到她是在"文革"中。一九六八年,我趁新疆武斗正酣,逃回苏州。有一回上街,走过玄妙观,见好几个戴着黑臂章的"走资派牛鬼蛇神"正在擦洗石栏杆,红卫兵在一旁监督。我一眼就认出了里面一个中年妇女是彭先生。她认真地在擦,再用刀子刮,应该是刮贴在上面的标语残留。我远远地看，没敢过去，我自己还是个"逃犯"。我想起了彭先生当年霞光似的微笑，烈焰似的信仰。

一九八一年，我已经从新疆回到苏州，在教育学院遇见当年在三中教导处工作的蔡老师。蔡老师已经退休，风鬟雾鬓，阅尽沧桑，每次见面总要跟我回忆三中的时光，我喜欢听她蚕丝一样轻细柔韧的声音。彭老师真作孽（吴语，可怜的意思），蔡老师说，"文革"中下放到苏北农村，得了癌症，没有能好好治就走了，留下两个女儿。"文革"批斗得很厉害，说她家庭出身是地主。我说，我见过好些地主家庭出身的人，参加革命，比一般的工人农民还忠诚。蔡老师说，就是嘛。到运动来了还是不相信你。我们相对沉默。

当年政治课（课表上好像写的是"时政"）由校长（也是书记）来上。没有课本，就听校长结合国家大事讲。前后两任校长都来教过。前任姓何，后任姓王，都是北方人，江北口音，有的字音听起来很吃力。何校长在"文革"中被整得很惨，已经不在了。王校长退休后在南京，前些年已九十多岁了，在南京的中学同学每年都会去看他。

初二时候还有个教我们历史的李天心先生。这些年，老同学聊天还会提到他：好人，真是个好人。李先生原是晏成中学的负责人之一，好像早年也在国外留过学。教我们的时候大约五十岁，一身长袍，身板笔挺，规行矩步，恂恂如君子。晏成原是教会中学，归入三中，李先生属留用人员，教初中历史，一门副课，无足轻重。

他讲世界古代史，我至今唯一记得的是，他讲的古罗马"十二铜表法"。上他的课没有几个学生听的，一个教室谈不上"鼎沸"，也够得上"壶闹"了。实在闹得不行了，他就不讲了，大家才安静一阵。有一回他不讲了，下面照讲。李先生气得不行，就拿起点名板（每节课要点名，点名表夹在木板上）在桌子上猛击，木板裂成两半，李先生的手都出血了。大家这才悄悄不作声了。李先生继续讲课。现在谈起这六十来年前的往事，心里还歉疚得不行。我们上初三的时候，李先生已离开了三中。高中教历史的是高迈生，老先生，矮胖，圆圆脸，两颊上两片冻瘃瘢，淡淡的红，如海棠。高先生在苏州也有点名气，原先在苏州中学教过。八十年代大哥从台湾回来，不知怎么说起了高先生，大哥说，他当年从吴江到苏州草桥中学（现在的市一中，当年苏州最好的中学）上高中，教他历史的就是高迈生先生，那还在三十年代初。高老先生经验丰富，站到讲台上就看得出来，中外近代史都是他教的，这些史在他心里已是一本账，他的半辈子就活在这些"史"里。后来教中国现代史，基本上是党史，这就难为了老先生。

逝者如师，我心敬肃。小蜜蜂停在纱窗上还是一动不动。

夫妻

他们都不到三十岁。她是个初中教师，圆脸长辫，即使颦眉蹙额，颊上也有两个浅浅的酒窝，像是浮在水面的两朵睡莲。他本是旧家子弟，天生的书卷气，擅书法，解吟哦，但偏偏学的是数理，在师范教数学。他们组成了一个宁静的小家庭，尽管外面的世界正颠风狂雨，一个运动接一个运动。

他们有一张双人大书桌，对面而坐。书桌中央，笔筒、砚台、墨水瓶……排成一列，他说："这是我们的楚河汉界。"晚上，各据一方备课改作业。备课上有什么疑难，她就问他。学生的作文里经常出笑话，她就把本子递过河界，也让他一笑。到一定时候，她就起身冲两杯麦乳精，于是相对而饮，说些闲话，或者什么话都不说，只是彼此相顾微笑。她的酒窝在灯影下若浅若深。

他们都很细心，有条理，书桌上总是收拾得整整齐齐，彼此也从不去翻对方的东西，怕翻乱了。有个晚上，男的被同事叫去探望生病的老先生，匆匆出门，书桌的抽屉没有关拢。女的过去推上，就在推上抽屉的刹那，一眼瞧见了四五本笔记。她听到自己心跳的声音。一本本翻开来看，都是些读书笔记、备课笔记、工作笔记……但也翻出了一张夹在本子里的存折，有三千元之巨。他哪来这么多钱？为什么从来没有听他说起过？她把存折依旧夹进本子，放好，推上抽屉。她觉得心里有几分荒凉。

次日，她跟自己最好的朋友悄悄提起这件事。朋友说："你问他去啊！"她摇摇头："怎么出口呢？"朋友瞪着她："怎么出口？他是你什么人？要不，还有个办法，你把存折藏起来，他自然会来找你。"她反倒笑了："那怎么行？再说，他也不见得会来问我，我知道。"朋友叹一声："搞不清你们是怎么回事。"

她终于一声都没有吭。他们照旧各据书桌一方，改作业备课，照旧说些闲话，照旧冲麦乳精喝。只是有一回，灯下相顾，彼此发现好像有什么话正在对方唇间挣扎，于是几乎同时问："你要说什么？"结果双方一笑，于是几乎又同时问："你笑什么？"

他们侥幸地从五十年代走进六十年代，"文革"来了。这一回男的没有逃掉，出身不好，又有亲属在台湾，大字报上说他朝也盼晚也盼就盼着蒋介石反攻大陆。他被关进了牛棚。她每星期去看他一次，带一些替换衣服，带半条烟——他是在牛棚里学会抽烟的。有一回探望的时候，他悄悄跟她说："书桌抽屉的笔记本里有张三千元的存折，放好了。""哪来的钱？"她问。"十年前，托人把老家留下的一处房子卖了。""我从没有听你说过。""我是给我们的孩子存下的，一直想等有了孩子再告诉你。"她埋下了头："其实，我早知道这存款了，我……"他笑了："我知道你知道，你把存折夹错了地方。""那你为什么还不跟我说？""我一直在等你问我。""我怎么会问你呢？说你背着我藏私房钱？""你不问我，我怎么好说呢？说你偷偷翻我的东西？"她抬起头，笑了："你啊！"那两朵睡莲湿湿地闪着光。但她没有告诉他，他前脚进牛棚，后脚就来了一帮人，将他抽屉里的东西统统倒进纸箱拿走了。因为她觉得这些已无关紧要。

书肆梦回

　　下着毛毛雨，青石板街闪亮湿滑，石板上大眼小眼，水汪汪的，走起来要一步三跳。跳啊跳，青石板成了木地板，竟跳进了一家书铺，店堂开阔，架上摞的、桌上摊的、地上堆的，全是书，书雾腾腾，而且全是线装书。人不少，都在悄悄翻书，看不清脸。我找个角落，也拿了本书翻，书页上的字像蝌蚪一样在游动，滑溜溜晃眼。终于翻出一本书，上面的字像清溪卵石，清清楚楚，书名是五个大字《桐桥倚棹录》；我欣喜若狂，这可是一直想要而无从到手的书。不知道是怕别人分享喜悦呢还是想要和别人分享喜悦，我怯生生举目四顾。咦，人呢？店里的人都哪儿去了？统统不见了！不对，这哪是书铺？分明是一间空荡荡的大屋，仅四堵白墙！我毛骨悚然，出什么事了？一定出事了，快走吧！然而门呢？没有门……

　　这是我一九九五年上半年做的一个梦，我平均每年要做上一个书肆梦，只是多半醒来即忘。如今还能记起的另一个书肆梦是逛庞诺书店，提了满满一篮书，洋装洋书，一本本比砖头还重，到处找收款的地方，就是找不到，问讯，没人理睬你……直到醒来还是没有找到收款处。这些书自然留在梦里带不出来了，但胳膊的酸痛倒是带出了梦。这次的梦记得最为真切，居然连《桐桥倚棹录》的书名都记得。当时醒来后，心突突跳，想起《聊斋志异》上的情景，某个书生刚被送出灯火辉煌的厅堂华屋，回头一望，竟是白杨荒茔，那一份惊惶凄迷！怎么会做这样的梦，到底有什么来由？于是年轻时逛古书店的往事像烟一样飘来了。

上高中时偶尔读到郁达夫的小说《采石矶》，对黄仲则感起兴趣来，一心想得到一部《两当轩全集》，为此生平第一次跨进了专卖线装书的古旧书店。苏州的古旧书铺向来很有名，早年文人学者，郑振铎、俞平伯、郁达夫等人，到苏州没有不去"淘"旧书的。所谓"淘"，也许有沙里淘金的意思，运气好说不定能淘得一本昔日官宦门第、藏书世家散落民间的善本珍本。不过在我念高中的时候古旧书业已凋零，古旧书铺寥寥无几，都在苟延残喘，往往是临街一间寒酸铺面，书架贴墙而立，摞满了奄奄一息的书，写着书名的纸条像舌头一样伸出书缝，望去书架上满是舌头，怪怕人的。店主都是上了年纪的，坐在放着砚台算盘的账桌后，托一把小茶壶，像诸葛亮坐城楼，望着街景。那年月革命当道，线装书仿佛都有几分反动派的嫌疑，上门主顾也就很少。店铺白天从不开灯，如果店堂窄深一点儿，即使大天白日，望进去也暮色苍茫。我跑了第二家书店就发现了书架上格并列伸出两条《两当轩全集》的舌头。有两套，一套是大字木刻本，一套是扫叶山房的石印本。踮起脚刚够着，我正想往外抽，店主已站在背后，慢条斯理地说，"我来拿我来拿"。我指着《两当轩全集》，店主道，

"那都是古诗啊",听起来好像是在自言自语。我知道他的意思:你看得懂吗?我故意轻松地回了一句:"知道,黄仲则的诗嘛,常州人!"店主不吭声了,踩了条小板凳取下了书,又拿过鸡毛掸子到门口上上下下轻轻一掸,让它们从尘封中醒来。两套书标价都是三毛钱,两斤米的价钱。我挑了石印本,嫌木刻本纸黄,模样傻笨,字迹也模糊,那时还不懂版本是怎么回事。钱货两讫,店主用报纸将书包好,我将书夹在腋下,清瘦的黄仲则就这样被我唐突地夹回了家。

也怪,打那以后,过上一段时间,口袋里稍积了几毛钱,就忍不住会去古旧书铺淘一淘,那几乎是一种诱惑。我喜欢走进书铺的那种感觉,像是走进了另一片世界,尽管门外是阳光灿烂的街市,而这里则是星光熠熠的旷野,散发着略带霉味的暖洋洋的书香。望着满架的书,恰如望星空,一腔肃穆,挪步翻书自然也就轻手轻脚,都不敢大声咳嗽,像年节祭祖怕惊动先人一样。当时对古籍知之甚少,所以也只是漫无目的地翻,翻得多的是诗词,诸如王安石的《唐百家诗选》、元好问的《唐诗鼓吹》、周密的《绝妙好词》,最早都是在书铺里浏览的。书名古怪的也忍不住要翻翻,比如全祖望的《鲒埼亭集》,"鲒埼"?这是什么意思啊?《采石矶》中,郁达夫写到了黄仲则的密友洪亮吉,看到《洪北江诗文集》不免有一份亲切感,总得握握手寒暄几句吧!每次进书店少不了要盘桓上一两个小时,临走花上几毛钱淘一部书走。但有那么一次,翻着翻着心里突然惶恐不安起来，"空山不见人，但闻人语响"，有种孤零零陷身深山四顾寂寥的感觉。紧忙撂下书，几乎夺门而出，到得街上，眼前轰一亮，车声语声铿铿锵锵，满街哗哗流着热络的日常生活，心里这才踏实起来。

　　和古旧书店结缘，前后也就是一年光景。一九五六年，这些私营书店在社会主义改造运动中统统被关门。不过在这一年中我陆陆续续倒也淘了一些书，不知好歹的"混淘淘"而已。有的书是一时心动买下的，比如买了一部《施愚山集》，那是因为想起《聊斋志异》名篇《胭脂》里有这位施愚山学使，多亏他才断清了案，买！结果买了以后始终没有认真拜读过。买冯班的《钝吟集》，是因为看中了上面的行楷字体，刻工极佳，字又潇洒俊逸，可以用作小楷字帖。至于冯班何许人，那是以后才知道的。另外像《两般秋雨庵随笔》《寄园寄所寄》，则是看到书名别致才买的，自然价钱也便宜。这些书大多毁于"文革"，《两当轩全集》既遭凌迟，被人撕成一条一条，又受炮烙，卷了抽烟，终于灰飞烟灭。如今静卧在我纽约寓所书橱里的《日知录》《随园诗话》《吴诗集览》等线装书是残梦摇曳的劫后余生了。

　　纽约古书最多的华文书店当推华埠的东方文化书店，自然都是现在的洋装古书。有一回我偶然在一排杂书中淘到一本清人顾禄的《桐桥倚棹录》，真是天上掉下个林妹妹。那可是我在大陆托了多人都没有觅到的，而且只有令人难以相信的美金一元六角。没有想到《桐桥倚棹录》今年竟走入了我的梦境,而且改了装束,成了线装书。

书斋梦

大学毕业分配前夕,和同窗舒夷君坐在未名湖畔闲聊。那是夏日傍晚,水面风来,柳丝拂面。舒夷说这辈子他最想干的一件事,是写一部《中国散文史》。"总得留点什么在人世。"他说。我静静地望着水里的塔影。"你呢?"他问我。"我,我想以后能有一间自己的书斋。藏书不求多,三千精华足矣,朝夕与书相亲,满足了。"舒夷揶揄道:"不是在做'红袖添香夜谈书'的梦吧?""错了,是'雪夜闭门读禁书'。"

书斋梦一直萦绕心头。梦想的书斋有的在山隈水涯,门外碧水青嶂,窗前白鹭黄鹂,看书养性的绝佳所在;有的仿佛又坐落在江南旧第中,要绕回廊穿庭院才能到得梅香竹影中的书斋。

在未名湖畔与舒夷诉说梦想时,我才积了二百来本书,一个月后,这些书随我一起西出阳关。工作分配在学校。单身教师两人一室,巴掌之地,每人一床一桌一凳一书架。书架高不及肩,还得留一格放杯盘碗勺,陈书自然有限。我继续做着书斋梦,只是有了个新版本:一间土坯小屋,冬夜雪花沉沉,室外零下三十摄氏度,关起门,捅旺炉子,水壶在炉子上咝咝叫,四周静悄悄——正是读禁书的大好时机。

书斋还留在梦想中，但书在日益增多，到"文革"开始，工作组开进学校的时候，已有六七百本了。有天下午，工作组长带两名组员排闼而入。我慌忙起立让座。组长道："不坐，我们随便转转。"区区斗室，何来"转转"余地？他在转眼珠，这一转就转到我书架上。他蹙紧眉头拉起调子念书名：《西方美学史》《普希金文集》《文心雕龙》《古诗源》……突然，组长吸吸鼻子道："屋里怎么有股臭味？"我茫然，脸红了！但三位大员已扬长而去了。次日，组长在教师大会上说："昨天我们各处转了转，鼻子受罪，封资修臭气熏天！"原来如此。

半个月后，焚书风刮来了。操场上燃起一堆柴火，公私图书被一筐一筐抬来，一摞一摞抱来，再一本一本撕开了往里撂。人来人往，蜂拥蚁聚。我从自己藏书里挑了一批，让学生帮我抱到操场，往火里一抛，以示响应这革命行动。身边一位教师半真半假地说：我看你的书都可以烧掉。我一笑，悄悄往校园后面走去，登上学校的后围墙。眼前是暮色笼罩的田畴，田畴尽处是苍茫的戈壁，戈壁尽处是绵延的天山。目光攀上雪峰，与黄昏天宇相接，这才发现晚霞摛锦，一天绚丽，千姿百态的云朵舒展于湖绿橘黄绀青朱紫之间，祥和恬静。我意外地为自己梦想的书斋找到了新的处所：就在这远离下界狂乱暴戾的暮云深处。

这把火烧掉了我五分之一藏书，余下的五分之四不久也被抄走了。"文革"后调回江南，重温旧梦，三天两头跑书店，又做了几口书橱。可惜居所一直紧紧巴巴，过了六七年搬进一处深巷宅院，终于能辟出一小间作书斋。书斋在后院一侧，院中卵石铺径，绿草如绣，还有一座月季花坛，从春至秋，总有花朵颤袅枝头，娉娉婷婷，如红粉佳人，只是不解添香夜读。我的藏书已超过了未名湖畔发愿时的三千之谱。每晚，寂寂人定，和书籍相亲，犹如与古今智者接谈，心里那份满足抚平半生创楚。

莼思

二○○七年，高尔泰兄偕夫人小雨来纽约，畅谈之余，定要做东请吃饭。餐桌上尔泰摸出笔，在餐巾纸上写诗相赠："眼前风尘天涯路，梦里烟雨江南春，词客酸甜君共我，且从卮酒对新莼。"都是蹭蹬大半辈子来到这异国他乡，风尘感慨、人生况味、烟雨乡思本是息息相通的。尔泰眯着眼道："桌上并无莼菜，说卮酒新莼是表示那么点儿意思。"吃完饭出来，走没有几步路，对刚吃了哪几样菜，我已有些模糊了，倒是桌上并没有的莼菜却丝丝叶叶飘在心头。

小时候，年年"春归何处，寂寞无行路"的时候，莼菜盈盈出水袅袅上市了。夏初，也正是竹笋雄赳赳结队登场的时候，前人说莼菜"只应樱笋配"，饭桌上有一碗笋片莼菜汤，立时叫你感到水乡绿韵山野清风。叶圣陶先生早年写过一篇《藕与莼菜》，说每年莼菜当令，河埠头就停着莼菜船，都是太湖里捞来的。虽然忝为叶先生同乡，但生也晚，我没有见过这样的莼菜船。我最早见到的莼菜是菜场上盛在木桶里卖的。那时候，拉着母亲的衣角上菜场，卖莼菜的是个十六七的姑娘，桃红头绳扎辫子，小围裙上绣一枝亭亭荷花。母亲是老买主，能叫出她的名字：阿巧。阿巧从木桶里抄了两把莼菜到母亲菜篮里，出手快捷利索，要不然"质柔肤滑不留手"的莼菜是很难抄起来的。每次母亲付了钱后,阿巧总会撮起指头再捡一两条到篮子里。前些年,读清人咏采莼的词:"越娃短艇乌篷小,镜里千丝紫发。柔橹拨,绊荇带,荷钱一样青难割。波余影末,爱乍掐春纤,盛盆宛似,戢戢小鱼活。"那荡着乌篷小船的采莼越娃在想象中竟然是阿巧的模样。

辞书上说:莼具卵形飘浮叶,茎长覆以胶状物,从埋于泥中的根茎上生出。袁中郎将莼菜形容得淋漓尽致:"其枝丫如珊瑚而细,又如鹿角菜,其冻如冰,如白胶附枝叶间,清液泠泠欲滴。"煮成莼羹后,胶液附着如故,滑溜的莼菜脆韧耐嚼,真能让你嚼出满嘴春水夏风。唯其滑,舀吃时极易滑出汤匙,掉落桌面。这时用筷子是攫不起来的了,就是五指将军上阵也"滑贼"难擒。儿时吃莼菜常陷入尴尬境地,而照我们那时候的规矩,小孩子家掉落桌上的饭菜照例要设法送入嘴里而后可。有一回,终于情急生智,低下头,凑上嘴呼噜一吸,莼菜就窜入齿关,溜过舌面平原,滑入咽峡。动作自然不雅,声音亦复刺耳,到我抬起头时,饭桌上的人都朝我停箸睨视。我听父亲轻轻斥了一声:"没有吃相。"这呼噜声成了我儿时的笑柄,冬天拖鼻涕,呼噜呼噜鼻孔里出出进进,姐姐就会佯作诧异地说:"这大冷天的还有莼菜吃啊!"

后来到了北方,念书、工作,与莼菜绝了缘。偶尔和北方的朋友谈起莼菜,都摇头说没有吃过也没有见过,但又都不陌生,原来是从典故中知道的。这得上溯到一千六七百年前的两位家乡先贤:

陆机与张翰。《世说新语》上记载，王武子指着羊酪问陆机："卿江东何以敌此？"陆机答道："有千里莼羹，但未下盐豉耳。""千里"是指江苏溧阳千里湖。差不多十年前，和朋友到过溧阳，在长途汽车站外的小摊上吃过两碗馄饨。卖馄饨的大嫂端上馄饨来时，我突然想起了"千里莼"，问道："溧阳是不是有个千里湖？"大嫂瞟一眼，笑道："千里湖？没有听说过。"不料这一问一答惊动了坐在一旁长凳上眼观六路耳听八方的悠然老者。老人家凑过头来说，这千里湖，有个故事在里头。我想他大概要讲陆机的"千里莼羹"了。然而他讲的完全是另一码事。说是乾隆年间，有一回殿试，三鼎甲竟然清一色溧阳人。其时宰相姓史，出身溧阳埭头史家，他怕皇上犯疑，就编了一套称赞家乡的话：溧阳有万里长山，千里桃园，百里长沟，三荡四口七十二个半簖，漫步田头都能听到琅琅书声。乾隆爷还真到溧阳来看了，史宰相在长荡湖雇船侍驾。船到湖心，沉下锚，却照旧摇，摇啊摇，摇了半天依然四顾茫茫。乾隆问了：此湖多大？回道：千里湖。老人家讲完，我们馄饨也下了肚，笑道：你们溧阳人吃了豹子胆，把皇帝当猴儿耍。回来一翻书，才知道乾隆朝真有个溧阳人做了十几二十年宰相，名叫史诒直。想来溧阳的千里湖早消失在一千多年的陵谷沧桑之变中了。陆机以莼羹匹敌羊酪总教人觉得有些比非其类。后来读黄宗羲的《西湖采莼歌》，诗中说："昔人共夸千里莼，比之羊酪似不伦。不知当时烹法异，拣去枝叶留芳津。盐豉未下色不变，镕成一片玻璃痕。"这才恍然大悟，原来如此。黄宗羲并非想当然之辈，说话不会没有根据吧。但同时又感到怅惘：拣去枝叶，这莼羹还有什么吃头？

张翰的"莼羹鲈鱼脍"比陆机的"千里莼羹"似乎更为人所知。史书上说，张翰"纵任不拘"，时人比之阮籍，称他"江东步兵"。有一回会稽贺循洛阳赴任，途经姑苏，舣舟阊门，在船中弹琴。张翰在金阊亭上听弦音清冽，于是下船攀谈，谈得入港，就此同舟入洛，也不跟家人打个招呼。魏晋人洒脱起来无可救药。到洛阳，吃官饭，直到有一天，"因见秋风起，乃思吴中菰菜、莼羹、鲈鱼脍，曰：'人生贵得适志，何能羁宦数千里，以要名爵乎？'遂命驾而归"。来去潇洒，旷达得很。然而旷达背后从来就是无奈。张翰跟同乡顾荣吐露过衷曲："天下纷纷未已，夫有四海之名者，求退良难……"莼鲈之思正是抽身的借口，回乡也只是求保全性命于乱世。不像陆机之不能见机，到感叹"华亭鹤唳，岂可复闻乎"，已晚了。张翰这秋风感叹，给了莼菜一股浓郁的乡思情味。宋人诗里说"怀家莼客眼添昏"，思乡怀归的江南游子成了"莼客"。

人们好说"西湖莼菜"，西湖曾经是莼菜王国。明朝李流芳写过《莼羹歌》，诗中说："怪我生长居江东，不识江东莼菜美。今年四月来西湖，西湖莼生满湖水。朝朝暮暮来采莼，西湖城中无一人……"黄宗羲到西湖也感慨过："西湖游船颇不少，箫鼓肉食何纷纭。湖水自清莼自绿，更无一人来相臻。街头不见负贩家，叶老丝梗弃湖滨……"想不到杭州人竟不懂吃莼菜。李流芳家的平头奴子是做莼羹的好手，李流芳邀了几位美食家朋友一起品尝，但见"琉璃碗盛碧玉光，五味纷错生馨香"，吃客们"浅斟细嚼意未足，指点盅盘恋余馥"，可惜李流芳的平头奴子没有留下菜谱。李渔的《闲情偶寄》中倒有一份莼菜食谱："陆之蕈，水之莼，皆清虚妙物也。予尝以二物作羹，和以蟹之黄、鱼之肋，名曰'四美羹'，座客食而甘之，曰：'今而后，无下箸处矣。'"除了做羹，明人高濂《遵生八笺》上介绍了莼菜的另一吃法：凉拌。开水煮过，冷水漂过，佐以姜醋。风味可以想见。

"文革"以后，我这"莼客"告别塞北重返江南。"春归何处"时节骑上自行车转了不少菜场，没有见到莼菜踪迹。向朋友打听，对方还愣了一下，说道："你还牵挂莼菜？多少年都不打照面了！想吃，食品商场有瓶装的西湖莼菜卖。"不过，他笑笑："这封在瓶里的莼菜不吃也罢。"袁中郎说过，莼菜"半日而味变，一日而味尽，比之荔枝，尤觉娇脆"，于是也懒得去领略这瓶装西湖莼菜了。

杨梅

吃着樱桃,想起杨梅,嘴里一酸,口水流出来了。

苏州产杨梅,"东山杨梅,西山枇杷"是有名的,东山、西山是苏州郊外伸出在太湖里的洞庭东山、洞庭西山。小时候,放学回家,经过水果铺发现货板上朱匀紫圆,聚作一堆,红泪粉汗,汁水淋漓,杨梅上市了!口水就牵线而出。那是在阴历六月。杨梅吃之前,总要先放海碗里用盐水浸泡,看着一个个针尖大的气泡从杨梅里钻出,缀在肉刺上,有时还漾起黑点,那是虫。第一颗杨梅送进嘴,一口咬下去,猛一酸,挤眉弄眼,龇牙咧嘴,红红的汁水溢出了嘴角。二三十年代,乡土作家鲁彦写过一篇有名的散文《杨梅》,鲁彦称家乡的杨梅是"世上最迷人的东西",他谈到杨梅入口的那种感觉:"每一根刺平滑地在舌尖上触了过去,细腻柔软而且亲切——这好比最甜蜜的吻,使人迷醉呵。"鲁彦是浙江镇海人。

每次吃杨梅,大人们再三叮嘱,杨梅汁不要滴到身上,渍斑很难洗掉。但酸得合不拢嘴,低头不及,汁水难免猩溅衣衫。一件汗衫就染得绯红烂漫,几番洗涤,依然红晕淡淡,干脆称之为"杨梅衫"。夏夜纳凉玩对句,姐姐出句"石榴裙",我就对以"杨梅衫"。

杨梅极难储存保鲜,尤其不耐颠簸贩运。袁中郎以"果中杨梅"与"半日味变，一日而味尽，比之荔枝，尤觉娇脆"的莼菜异类作配。所以外地几乎吃不到新鲜杨梅，就是本地应市的时间也很短。我中学毕业上北京念书，也就见不到杨梅了。只是每年看到街头小摊上结结实实红红麻麻北方小妞似的山楂果，就不免想起娇娇滴滴迷迷昏昏南国闺秀似的杨梅。后来到了西北边陲，山楂也见不到了，只能每年夏初在咀嚼小不点儿酸不溜溜的沙枣，满嘴弥漫西北黄土风沙的粉涩时，冥想着哪一天能再从杨梅中咬出一片江南烟雨的滋润了。

这一天是在"文革"之后到来的，调回家乡，和阔别了二十来年的杨梅终于又见面了。有一年早早与朋友约好，杨梅时节上东山。上东山，先去紫金庵，拜访一下十八尊阅尽沧桑而无动于衷的宋塑罗汉。再转入西侧的茶轩，一方斗室，明净雅致。窗外飞翠流碧，树木葱茏，那绿像浪花一样溅入室内，瑟瑟生凉。绿树枝头娇红俏紫，那就是杨梅了。紫金庵坡下有一片供停车的小土场，农妇村姑好在此售杨梅。杨梅都盛在编得精致细巧的小竹篓里。价钱比市上便宜得多，而且新鲜，饱满停匀，红光紫亮。有一次跟两位朋友从农妇手中连小竹篓一起买了下来，绕道到太湖畔，席地而坐。眼前波光云影，湖山晴美，一颗一颗吃着杨梅，说一些水天寥廓不着边际的话。这是平生吃杨梅吃得最尽兴的一次，吃得齿软颊酸，五指如染。于是太湖洗手。朋友担心回去拉肚子，我告诉他别担心，杨梅是止泻的。

《本草纲目》上说，杨梅非但可以止呕断痢，"和五脏涤胃肠"，连杨梅核都有妙用：治脚气。《挥麈录》记载，宋徽宗时权倾一时炙手可热的童贯苦于脚气，会稽地方官王䜣裒集杨梅仁五十石以献。王䜣就此官运亨通。明朝人还为此纳闷：这五十石杨梅仁是怎么收集来的？我也曾纳闷过：这王䜣是怎么想的？区区一双脚用得上车载船运五十石杨梅仁？莫非他认定童贯阖府上下连那些三寸金莲们都染上了脚气？马屁还可以拍到脚气上！

杨梅，对我来说，不只是红红紫紫的色，酸酸甜甜的味，杨梅是吴娃越女，风雨故人。

野菜

感冒是好了，胃口还迟迟没有开张。妻问我：想吃什么？我说：随便。妻知道"随便"是个很纠缠、很难对付的词，必须速战速决。那就包馄饨，妻说，荠菜肉馄饨，清淡一点，也简单，肉末冰箱里有，你上超市买一袋冰冻荠菜、一包馄饨皮就行了。我就被"随便"到了超市，冰冻荠菜，冻得梆硬，像一块砖，砸得死人。回来，荠菜在冷水里化开，不少是老根烂叶，颜色灰暗龌龊，无青葱可言。妻拾掇了半天，丢了不少，叹道：以后不要买了。

周作人写过一篇文章，《故乡的野菜》，提到"荠菜是浙东人春天常吃的野菜"。苏浙水土习俗多有相通，荠菜也是苏南人"春天常吃的野菜"。我们小时候就把荠菜叫野菜。大概因为荠菜不是人工种出来的，而是倔强地在荒庭野地咬牙切齿自生自长的，所以称之为"野"。

小时候春头上就和姐姐带上小板凳，一只小篮，一把剪刀或者扦脚刀，到院子里搜寻野菜。野菜贴地生长，叶子齿形，形状很美，有几分像雪花。野菜往往长在干硬的地皮上，根死死咬着地皮，必须用刀尖把它从地皮里挑出来。半天时间也挑不了多少，但我们是挑着玩，挑出一棵高兴半天。菜场上偶尔也有农民挑了野菜篮子上街来卖。野菜是稀罕物,难得碰上。家宴请客,能有野菜炒胗肝、野菜冬笋炒肉丝上桌,客人们眼睛会为之一亮,你一筷,我一勺,很快就底朝天了。荠菜口感极佳,根部嚼去有一缕甘甜,不狂不腻,平和而蕴藉。

据(清)袁景澜《吴郡岁华纪丽》记载,"荠有大小数种。小者名沙荠,味甚美。大者名菥蓂,名葶苈,皆荠类,可食。"我小时候见到的江南野菜应该都是小的"沙荠"。辛弃疾晚年一度隐退江西上饶乡村,写过一首《鹧鸪天》,最后两句是:"城中桃李愁风雨,春在溪头荠菜花。"这"荠菜花"应该是大者;"三月起茎,高四五寸,开细白花,纤琐如点雪,叶细味甘,为羹有真味。"成片长在水边,不用挑,那是另一品种了。

苏东坡在《物类相感志》上记载:"三月三日,收荠菜花置灯檠上则飞蛾蚊虫不投。"据顾禄(清,苏州人)《清嘉录》上记载,荠菜花,俗呼野菜花。因谚有"三月三,蚂蚁上灶山"之语,三日,人家皆以野菜花置灶径上,以厌蚂蚁。青晨村童叫卖不绝。或妇女簪髻上,以祈清目,俗号亮眼花。《西湖游览志》上也有相仿的记载。荠菜曾经时髦过,还簪上妇女的发髻,但这时髦早随逝水杳然而去了。

想起小时候,每年野菜上市的时候,全家兄弟姐妹大致凑齐了,就会张罗包一次野菜肉馄饨,热热闹闹大家动手,我也总要挤上去包上一个两个才罢休,包不成形,不像馄饨,也就是把肉裹在皮里而已。包荠菜馄饨还有个顺口溜，大家一边包，一起唱："阿大阿二挑野菜，阿三阿四裹馄饨，阿五阿六吃馄饨，阿七阿八舔缸盆，阿九阿十哭了一黄昏。"兄弟姐妹各自对号，嘻嘻哈哈。我是属于"哭了一黄昏"档次里的，但沾沾自喜，不会少吃。

　　说起荠菜，难免连带想起金花菜、黄连头。这也可以归入野菜之列。金花菜应该就是苜蓿，黄连头指黄连的嫩头。那都是六七十年前的事了：跨入农历新年，新正首日，早晨，小姐姐就拉着我上街。街上的商铺都打烊着，远远近近，传来零星的爆竹声。行人三三两两，衣履簇新，熟人见面就打躬作揖，互道恭喜。姐姐上街是为了买金花菜、黄连头。过年这几天，村姑农妇，穿戴整齐，扤着篮子，覆着毛巾，篮子里是分别装在两个小钵里的金花菜和黄连头。平时这些村姑农妇很少上街，但新年这几天一定出来，见了人，轻轻问一声：阿要买腌金花菜黄连头？买的人还不少。她们用筷子将金花菜、黄连头夹在裁好的纸上，撒上甘草粉，一摊没几个钱。小姐姐就喜欢吃这个。她怂恿我吃黄连头，我不吃，她说你试试看，先苦，回味就甜了。后来我终于尝了一根，苦得哈舌头，等苦过以后，回甜了，那是一种温柔的羞涩的甜。小姐姐说，甜了吧，记住，苦尽自有甘来。一九七九年，我从新疆调回苏州，小姐姐从福州到苏州来，笑道：苦尽甘来了吧？我说：对我来说苦即是甘，甘即是苦。

驴话

据说家乡苏州早先观前街一带有租驴以代脚力的。春日上虎丘，雇一头驴，嘚嘚于七里山塘，水面风来，陌上花开，让你醉倒驴背。可惜我小时候街市上已不见驴踪，辘辘奔走道路的早是黄包车了。而我见到的第一头驴则是我们家弄堂出来街对面豆腐店里的小黑驴。小黑驴每天下午三四点钟就被拴在店前的电线杆上，大概是放风。这也正是我放学的时候。于是每次总要在它身边逗留一阵，有时忍不住撩拨一下：用小石子丢它的耳朵。有一回竟用捡来的竹枝攻其尾尻，没料到小黑驴张嘴掀鼻，盎盎长鸣，我吓得辟易道旁。老板娘跳出店门骂我"小赤佬"！路边一位老人说，别造孽，你欺它哑巴？前世还不跟你一样是人！我失魂落魄回到家，晚上问姑婆：驴是人变的？姑婆说，前世造孽，今世就投胎变牛羊驴马，报应！从前有个盐贩子，赶驴跑长路，嫌驴走得慢，一顿鞭子。谁知挨了打，驴反倒不走了，对着盐贩子淌两滴泪，口吐人言：我是你死去的爹！我听得目瞪口呆，从此对驴倒平添了几分敬意。每次经过时，总为它殷勤驱赶营营眼角飏之不去的苍蝇。驴的眼睛大而秀气，双眼皮、长睫毛，出自天然，非假人工。偶尔眼睛一眯，说不上秋水盈盈，起码也是夕阳迟迟。

那是三年困难时期的最后一年，我正在大学念书，要走出校门到京郊昌平锻炼两个月。十三陵往里四五十里地，村子叫黑山寨。这地名听起来月黑风高，上得《水浒传》，其实该进《西游记》：是花果山。去的时候，杏已落市，但山坡杏树上偶有遗留的红杏白杏吊在枝头，红颜寂寞，独坐妆楼，不胜哀怨。梨和胡桃都还是情窦未开的青疙瘩，穗状的栗子花如流苏璎珞，蒙茸一树。我们分小组住老乡家，每天跟他们一起出工。自己造饭，吃的是让农家大婶羡慕不已的商品粮——咖啡色的杂合面。开门青山，烧柴不愁。难的是吃菜，几乎每星期都得出山到长陵去买一次菜，往返一天。生产队将一头健壮的驴拨我们使唤，一副荆条编的驮子好装菜，驮鞍上铺棉垫好坐人。一组人轮流出山，轮到我是个阴天，包了干粮备了草帽，带一把镰刀防身。上长陵怎么走？队长说：驴识路。清早出发，那驴驮着我悠悠晃晃踏上苍翠山路。走到一段傍陡坡临深沟的山道，驴好踩边，走外侧，万一失蹄，不堪设想。我吆喝，它不理会，我使劲往里拽缰绳，它索性站定了，眼睛一眯一眯，我真怕它也来个口吐人言。毫无办法，只有服输，转而一想，驴有驴道理，岂是我辈人能参透的？随它走！我只管看我的山景。近晌午，眺见红墙黄瓦此一处彼一处掩映于苍翠之间。长陵到了，先将驴拴路边树上，取出驮子里的草料来喂。我则倚着树啃我的杂合面窝窝头。想起唐传奇中虬髯客"以肉饲驴"的豪气，于是在自己的窝窝头中似乎也嚼出了早已忘了的肉味。集市上转一圈，买妥菜，已近两点，呼吸到雨的气息了,赶紧往回走。中途飘起了雨丝,草帽扣在头上,想起陆游的诗"此身合是诗人未,细雨骑驴入剑门",惆怅得在驴背上都直不起腰来。四围的山色经雨一淋,湿绿沉沉。回到黑山寨,山寨已断黑。

没有料到一年以后命运把我抛到了毛驴之乡——新疆。据顾炎武考证,驴本产于塞外,先秦入中土,到汉司马相如《上林赋》才首次见诸文字。在新疆,骑驴随处可见,特别是身穿袷袢头戴花帽的维吾尔老汉,坐在驴屁股上腰板直挺,小毛驴特精悍,毛色油亮,有缎子的光泽,四蹄捣动,如击手鼓,风情十足。驴车更是日常运载工具,辚辚辘辘,络绎道路。而且"驴"都成群结队地走进了市井用语:吊着脸叫拉长驴脸,大声喊称作驴叫唤,风流汉子被喻为叫驴,骚情婆娘则嗤作草驴。凡是不称心不乐意的事都可以"驴"一下。有一回看露天电影,人挤人,大概是谁被人踩了,只听一声"驴叫唤":"哪个驴球瞎了驴眼,驴蹄子胡捣腾。驴日的!"一到毛驴之乡,狗得让位于驴,"狗日的"也就成了"驴日的"。不过"狗娘养的"倒没有变成"驴娘养的",而是成了"驴抬下的","抬下"的意思,你也懂。

古代笔记说部中随处可见驴踪。叫人为驴抱屈,这助人良多的驴怎么落了个"蠢"名,而且成了骂人字眼?最早遭殃的说不定是出家人,至少明人的小说里已将和尚骂作"秃驴"了。在这方面西方人不遑多让。希腊神话里迈达斯王得罪了阿波罗,阿波罗竟让他长一对驴耳,害得这位国王时空错位,像置身于二十世纪中国"文化大革命"中似的,戴一顶高帽子。在西方,涉及驴的寓言、谚语、俚语可谓一箩筐,驴始终是嘲笑的物事,非蠢即犟。其中给我印象最深的还得数十四世纪法国哲学家布里丹那则众所周知的寓言:一头驴在两堆干草间转来转去,不知先吃哪堆好,终于饿死拉倒。

前些年,在百货公司曾见一位翩翩公子陪一位靓靓淑女买鞋,女士对着两双鞋拿不定主意,不停地问男士:你说哪双好?你说嘛。男的是个聪明角色,摸出皮夹道,有什么好选的,两双都买了。女士嫣然一笑。人毕竟比驴聪明。

烟话

我从没有抽过烟。但只要有一支粉笔权充烟卷，倒也可以给烟民们示范一二：告诉他们持烟卷的姿势何者为高雅何者为伧俗，吞吐之间又如何把握，方显出悠闲气度潇洒神韵而不致落入寒酸粗鄙。这其实是我日积月累的观察心得。不料连朋友都不信："你真的一支烟都没有抽过？""没有，真没有。"朋友还是不信。于是装出忽然想起的样子："对了，我吸过一次鼻烟倒是真的。"

那可是儿时的事。我有个早年留学法国终于狼狈归来的堂叔，一字胡，穿洋装，持折扇，特别与众不同的是吸鼻烟。他每次来家，我都很兴奋，等着瞧好戏——看他掏出鼻烟壶，倒一撮在手心，用大拇指蘸了朝两个鼻孔一按，立时张嘴眨眼，脸颊牵动，一声"阿嚏"，地动山摇。堂叔的鼻烟壶光洁温润，内绘山水：枫林如火，秋水淼淼，远山依依。有一回我把洒落在桌上的鼻烟沾在手指上，躲到没人处，朝鼻孔一抹，只觉酸辣辣一股气直窜脑门，喷嚏追逐而出，眼泪鼻涕糊一脸。我平生就吸过这一次烟。据传这由利玛窦带入中土的鼻烟系药材合成，与原产南美、从吕宋传入的烟草是两码事，所以我还是"从没有抽过烟"。

我生也晚，虎门一把火已烧过一百多年了，国人吸食阿芙蓉的盛况不及见。小时候已是纸烟的世界了。然而年纪大一点的人还在抽水烟、旱烟。当年一位邻居老太太就爱跷出笋尖小脚坐在门口竹交椅上抽水烟。每次见我在远处看，就向我慢悠悠地招招手，但我不敢近前去。人都说这老太做过老鸨。老鸨为何物？我问一位老伯伯，老伯伯道："你问这做啥？鸨就是大鸟。"莫非这老太太是大鸟成精变的？所以总是畏惧三分。只有一次泼着胆走到离她三步之遥，想看看水烟袋上刻的什么花纹，原来白铜水烟袋上镂刻着一丛水仙，并有题识。晚清小说《九尾龟》中烟花女子王佩兰敲章秋谷竹杠，要他打一支十五两重的金水烟袋。不知水烟袋是否真有金子打的，我见到的自然都是铜的。如今水烟袋已很难见了，七八年前，在苏州一条小巷的一家不起眼的旧货铺里我看到过一具，与古钱碎玉、旧怀表、紫砂壶为伍，颇有些落魄的样子。

至于旱烟，城市里大概已没有人抽了，一脉如缕，也只在北方偏远的农村。抽旱烟比水烟简单，旱烟管也不比水烟袋，但烟杆的竹子，烟嘴的材料各有讲究。我上小学时，每天要走过一家南货铺，门口高凳上总坐一位老伙计，吧嗒吧嗒抽旱烟，玉石烟嘴，湘妃竹烟杆有两尺来长，点烟时要偏头伸胳膊才够着，街上游弋的野狗从不敢近前。日后我在北方农村见到的烟管往往长不盈尺，系着烟荷包别在腰间，有的竟短得像一杆钢笔。清朝纪晓岚是个烟鬼，说是有天正吞云吐雾校《四库全书》时，乾隆来了，慌忙接驾，烟锅往靴袋里一塞，结果余烬烧穿袜子，殃及皮肉。纪晓岚的烟管能塞进靴袋，当是短把。

水烟也好，旱烟也好，和纸烟一交锋都败下阵来。纸烟大概始流行于清末，光绪年间有邓潜其人填过一首《木兰花慢》咏纸烟："是情根一寸，雪茄味，吐清芬。拣钿叶张张，轻揉细铰，包裹均匀，筒分。小鬟擎出，玉搔头一缕荡轻云。恰称银娘吸取，红樱半晌温存……"看来才流行，不乏新奇感；青楼女子，红樱温存，领导时代新潮流。到宣统年间，有个署名兰陵忧患生的人，在他的《京华百二竹枝词》中写道："贫富人人抽纸烟，每天至少几铜圆，兰花潮味香无比，冷落当年万宝全。"万宝全是当年京城出售兰花潮烟（水烟丝）的字号。

六十年代初我到新疆工作，才知道还有一种叫莫合烟的。莫合烟以本地产的烟叶加工而成，所谓加工，大致是弄成颗粒状放锅里炒，炒的时候据说还要加几滴清油。莫合烟都是现卷现抽，把烟铺在纸上，卷成筒，捻住一头，竖起，再旋紧捋顺，然后用舌尖一扫，口水黏合，一支烟就成了。老烟枪们卷烟手法之神妙，令人叹为观止，卷出的烟亭亭玉立，足与纸烟媲美。我也试着卷过，但卷出来都是肥肠大肚，当首长的料。为什么烟名"莫合"，我曾问过一些人，但莫衷一是。边地男子几乎没有不抽莫合烟的，有的口袋就是烟荷包，随处撕一片纸就可以卷上一支。我当时所在的学校，男教工不下四五十，只有我和一位湖南籍老先生与烟"莫合"。平时办公室里、会场上总是烟雾弥漫，尤其到了"塞向墐户"的冬日，这些烟雾在甲乙丙丁的鼻子里进了出，出了进。抽烟的自然不以为意，反有"蓝田日暖"之感，而我辈则被熏得头昏脑涨，不时要溜出去转一转，在朔风寒气里清醒清醒。"四人帮"垮台后那个春节，家家轮番请客，我们家也不免。夜半席散，开门放烟，冉冉腾腾，如白云出岫。我和妻相顾发愣，原来彼此的头颅成了香炉，发际青烟袅袅。烟放掉了，烟臭黏壁三日不去。莫合烟有一种特殊的臭味，郁闷滞重。

我讨厌烟味，但烟斗喷出的那股香味例外。念大学时，历史研究所的聂崇岐先生给我们讲授历代官制。聂先生讲课不用备课本，有时摸出一张纸片，往往连纸片都没有，只是娓娓道来，如山风飒飒，清溪潺潺。每讲二十分钟左右，聂先生就从衣兜里摸索出烟斗和装烟丝的拉链小皮夹。一边继续讲，一边装满一斗烟丝衔到嘴里。这时候，教室里鸦雀无声，百来双眼睛盯着讲台。聂先生擦燃火柴，搁烟斗上，两颊像风箱一样翕动，吱吱有声。片刻，教室里就异香缥缈。聂先生舒舒眉头，依旧娓娓讲他的"开府仪同三司""银青光禄大夫"……

我有位朋友嗜烟如命，太太怨气冲天，最后只得对他居家抽烟进行管制。有回我上他家，朋友正在遭训斥，原来他不服管制偷偷抽烟被太座逮个正着。太座后来对我揭他老底："他头回上我家，我妈问他抽不抽烟，他假眉三道地说不抽不抽。嘿！谁知道脚心里刺上一针都往外冒烟。"这倒让我想起了我头回上妻家的一段抽烟插曲。

　　那次是所谓的毛脚女婿上门。妻家在四川乐山，我初次入蜀，火车到乐山邻县夹江再转汽车。在夹江，我上饭店用餐，要了一菜一汤一饭。自以为能吃辣，结果竟被辣得一佛生世二佛生天。汤是冬瓜白肉汤，淡而无味，我问服务员，对方笑道："我们这地儿汤不搁盐，里头的冬瓜啊，肉啊，你可以夹出来拌作料吃。"千里不同俗，无话可说。不过倒使我想起了《乐记》上所说的"大羹不和"，"大羹"是肉汁，古代祭祀宗庙所用，"不和"是不放盐之类的调味品。想不到蜀地的汤还颇存古意。到妻家已是后晌，坐在狭溜的天井里和未来的岳父聊天，未来的岳母围着廊下的煤炉准备晚饭，轮到做汤了，突然回头问我："你吃不吃'盐'？"莫非又要"大羹不和"了？我忙答道："吃，我吃'盐'。"岳母对小妹吩咐了几句，小妹一阵风出去了，转眼又一阵风回来了，同时将一包牡丹烟放我面前。我说："我不抽烟。"小妹哧哧笑了："客气啥子？刚才妈问你，你不是说吃？""我没有说吃烟啊！"我脸红了。小妹望着岳母笑，岳母望着岳父笑，岳父望着我笑："吃一根不碍事的，只要不上瘾。啥子尼古丁啊，对身体有害。我早先也吃，现在戒了。"这时候我才悟过来，岳母刚才问我吃不吃烟，而我把"烟"缠到了"盐"上去了。

　　我年轻时还时兴这么个说法：结婚前，别抽烟，不然找不到对象。现在不同了。二〇〇六年我回大陆，一伙昔日的学生来访，叙谈甚欢，开始也许还有些顾忌，但慢慢终于都亮了烟卷。让人颇感意外的是两位先前烟视媚行的女生也纤指拈烟了，只是出烟不像男士之粗，而是细细嘘出，如弄玉吹箫。一位男生笑她们是在塑造改革开放的女性形象。不料女生反唇相讥，说这位男生乃是遵命学抽烟。原来他结识了一位姑娘，交往一段时日后，女方说，你也该学学抽烟，要不，没有男子气。也许大家想到我这位老师可是从不抽烟的，于是七嘴八舌说："不抽烟的是圣人，我们都是凡人！"他们没有想到"圣人"正暗自思忖：幸亏早生了几十年，要不然岂不有当光棍之虞？

雀舌

晨起，泡一杯茶，当窗倚案而坐。十天前，草坪上的树才羞答答露出绿芽，如今已绿满枝头，只是今天阴天，绿得忧郁。二十年前，才搬来的时候，那些树也就我们五楼这么高，现在超过六楼俯视天台了。每天晨起我看树，树应该也看我。辛弃疾说："我见青山多妩媚，料青山见我应如是。情与貌，略相似。"青山换绿树，我见绿树多妩媚，料绿树见我应——恐怕得说"憔悴"了。

品茶，金坛雀舌，我对龙井、碧螺春已没有信心，买不到好的，安吉白茶也不如以前。二〇一五年回国，学生送我两罐金坛雀舌还不错。我喜欢这名儿，雀舌，有闹洋洋的春的感觉。小时候春天到了，拂晓，天井里的麻雀起得早，雀舌碎乱，把我唤醒，这清脆如簧、滴溜明快的雀噪，让人兴奋愉悦。金坛雀舌，金坛，这不是著《说文解字注》的朴学大师段玉裁的家乡吗？茶色是淡淡的绿，这是春色。

古代诗文中有不少写春的传世篇章，但现代诗文中少之又少。只有张爱玲的散文《爱》，一个春天晚上的故事，让我感动，读上一遍就再也忘不了。全文如下：

这是真的。

有个村庄的小康之家的女孩子，生得美，有许多人来做媒，但都没有说成。那年她不过十五六岁吧，是春天的晚上，她立在后门口，手扶着桃树。她记得她穿的是一件月白的衫子。对门住的年轻人同她见过面，可是从来没有打过招呼的，他走了过来，离得不远，站定了，轻轻地说了一声："噢，你也在这里吗？"她没有说什么，他也没有再说什么，站了一会儿，各自走开了。

就这样就完了。

后来这女子被亲戚拐了卖到他乡外县去做妾，又几次三番地被转卖，经过无数的惊险的风波，老了的时候她还记得从前那一回事，常常说起，在那春天的晚上，在后门口的桃树下，那年轻人。

在千万人之中遇见你所要遇见的人，于千万年之中，时间的无涯的荒野里，没有早一步，也没有晚一步，刚巧赶上了，那也没有别的话可说，唯有轻轻地问一声："噢，你也在这里吗？"

一声春的叹息。平淡而自然，写得很美，你走进去，也就走进了永恒。前年回国，中学同学会的老同学告诉我南京农大毕业的女同学华筠癌症去世了。我十三岁在三中念初二的时候，暑假，学校组织看电影。中学六年都是男女分班，到高中时候，男女生之间有暗通款曲的，但在初中时候男女生是陌路人。电影是在大光明电影院看的《华沙一条街》，讲华沙被纳粹占领时候的故事。可能是集体票，不对号，我发现我边上坐的是同年级的华筠。我当时身高不足一米四，华筠比我高出小半个头。她把我当成小弟弟，不停地给我讲解，怕我看不懂。我们的座位偏后，我常要昂起下巴目光穿过前方后脑勺的堡垒才能看清银幕。突然，华筠拉起我的手，说前面有两个空位子，就拉着我一路弯腰到前面的空位坐下。就这么简单，这是六十四年前暑假的事，我一直忘不掉，甚至还记得她那绵绵的手。很偶然，有些偶然是忘不掉的。我曾经想过，哪年到南京见到华筠问问她还记得不记得这回事呢。晚了。

　　我品着雀舌，清冽，微苦。

苦 旅

二〇〇〇年秋回国，我带了本巫宁坤先生的《一滴泪》(*A Single Tear*)准备送给陈驾军先生。陈先生是四十年前我中学的外语老师。陈先生和巫先生一样曾被打成"右派"，陈先生还是巫先生西南联大英语系的先后同学，陈先生的挚友广西师大的贺祥麟教授又是巫先生的同窗好友。所以我想，这书一定能带给陈先生一份亲切。

回到国内，东奔西颠忙乱了一阵，最后落脚苏州老家可以稍静下心来了，想起该去看望陈先生了。于是向人打听陈先生是不是还住在娄门外新村。电话里回道："谁？陈驾军？死了。"死了？听起来这么刺耳！但我并不十分惊讶，仿佛这早在意料之中似的。于是我惊讶于自己的不惊讶。

当年我上苏州市三中时，起先一直学的是英语，到一九五五年高二下学期突然改学老大哥的俄语了。原先教英语的早年留学伦敦的老先生，被打发到初中教生理卫生去了。那时候俄语师资奇缺，不少是英语老师改行教俄语。陈先生原先也是教英语的，在江苏师院突击了一年半载俄语，就分到三中来教俄语了。

陈先生来上第一节课时，早早就守在教室门口，铃声一响，从门口大步流星而入，带进一股风，不出三步就到了讲桌后面。三十来岁，白皙的脸，乌光油亮的西式头，架一副金丝边眼镜，镜片后面目光灼灼，脸上带着笑。陈先生的笑是很有特色的，从左嘴角破土而出，发芽抽条，顺着左边脸颊攀缘而上，缠到左眼角上，开出一朵腼腆的花。于是右半边脸也就"云破月来花弄影"了。陈先生灼灼的目光也与众不同，总是在寻找对手似的，一旦跟谁的目光对上了，就紧盯不放，简直是一场肉搏，最后你只能将目光退入眼帘，挂出"免战牌"。陈先生好站到同学座位跟前让你练习字母发音、读词汇、念课文，有什么发音不准，特别是那个要命的颤音 [p]，他就不厌其烦地让你跟着鹦鹉学舌。他会侧着头盯着你的嘴，看你的口型，再往里张望，考察你舌头的位置，神情专注，你只觉得他那两颗亮晶晶的眼珠从眼眶里跳了出来，跳进了你的嘴，滚过舌面，跌入咽喉。有个同学为此求过饶："陈先生，你能不能别这样看着我，我嗓子会痒的，念不出来了。"哄堂大笑，陈先生退了三步。陈先生也"专注"过我的嘴，我张口一念，唾沫星子竟溅到他脸上，他也不在乎，用手轻轻一抹："没关系，没关系。"

一堂俄语课半堂是读：范读、领读、齐读、分组读、叫起来一个个读……陈先生领读时发声嘹亮，但并非声若洪钟的浑厚，而是音同唢呐的尖厉，有时候中气爆裂，劈山破竹。这时候我们可来劲了，一个个轻拍胸脯表示吃了惊吓，一边鬼兮兮地互抛眼色，同时撕破嗓门读它个鬼哭狼嚎、地动山摇。师生互动，兴会淋漓，真有乘风破浪的痛快。读完，陈先生每每舒一口气笑了，我们也笑了。说也怪，这样读下来，记得特牢。没多久，大家都很喜欢陈先生。每次下课，总有人围到讲桌边问东问西，闲聊几句，如果看了苏联影片，那就更不用说了。就这样陈先生教了我们一年半。我们毕业前夕，陈先生特意写诗赠别，到班上来朗读。长短句自由诗，半是惜别，半是期盼，我还记得诗里的一组排比句："同学们，跨上理想的骏马，披上意志的盔甲，举起知识的利剑……"

毕业后，我"跨上理想的骏马"，到北方念大学去了，时在一九五六年。第二年冬天吧，就听说陈先生成了"右派"，书不让教了，但还留在学校里：刻钢版。想来这"雕虫"生涯大概维持到"文革"开始。我再听到陈先生的消息是"文革"中了。当时趁武斗混乱，我逃回苏州老家。见到昔日的同学，他告诉我：陈先生挨了不少斗，现在又遭停发工资，在北塔饭店端盘子做跑堂。我一度很想去看他，但终于犹豫了。想起《史记》上说的"高渐离为人庸保，匿作于宋子"，也许隐忍处世，不希望人去打扰。再说，见了面又能谈什么呢？不如不见，免了尴尬。但后来有一次路过北塔饭店我还是忍不住站门口朝里张望了一阵，没有见到，竟因此还松了口气。

再见到陈先生是在"文革"后了。我调回苏州，遇见原来三中教导处的蔡先生，当年丰姿绰约，说话细声细气如春蚕吐丝，如今已经退休，背都有些驼了。蔡先生告诉我："陈驾军先生苦头吃足,总算平反了,现在回学校了,不晓得为什么不给他排课,只要他上半天班,名义上是给几个青年英语教师析疑解惑,其实没有事做,好在马上就退休了。"蔡先生连连叹气:"陈驾军一直没有成家,退休了,孤零零一个人怎么过日子?"我说:"我想去看看他,是不是还住在学校里?""早被赶到城外去了。"蔡先生告诉我。"文革"期间,周恩来陪着西哈努克亲王"访问江南",到苏州,当局下令"牛鬼蛇神"统统要撵出城去,驻跸所在,方圆肃清。陈先生在被撵之列。还算学校帮忙,紧挨着齐门外城河给他找了间栖身小屋。城里城外,一水之隔。蔡先生又告诉我:"很好找,出齐门,过桥,左边第一个门,进去一问就是。"

  我去了,那是个春光明媚的下午。果然好找,进门,几间破旧瓦房,一方狭长天井,一个小女孩坐在天井里拣菜。我问:"中学的陈老师住这儿吗?"小女孩点点头,带我到天井尽头,左侧一扇门半开着。小女孩朝里喊一声:"有人寻。"我跨进去眼前一暗,陈先生从藤椅里转过身来,藤椅吱扭吱扭响。依然是一张白皙的脸,在昏暗中格外分明。他一下认出我来,还叫出了我的名字。眼睛稍适应后,我开始打量这屋子:仅西墙上方有一扇小窗,手是够不着的,我估计这间屋原先大概是作柴房用的。陈设简陋,竹榻充卧床,我就坐上面,身子一动就咿呀叫唤,百孔千疮的写字桌,病骨支离的竹书架,靠墙排两张双人课桌,放着脸盆、暖瓶、碗筷,还有小煤油灯,两口饱经风霜的帆布箱堆在墙角。什么都是灰蒙蒙的,连白粉墙都是灰的，没有天花板，抬头是瓦，罅处天光漏泄。我问："下雨不漏吗？""还好，阵雨才漏，漏也不怕，我用桶接着，没关系的，这儿很好。"

我向陈先生讲了自己打"跨上理想的骏马"后二十来年的遭遇，如何被颠下马来，鼻青脸肿，总算没有马革裹尸。我这也是抛砖引玉，想听听陈先生谈谈这二十来年的屈辱和不忿。不料陈先生绝口不谈过去，只说眼前，他告诉我，每天早上骑自行车到学校上班，下午虽说可以不去，但他还是愿意留在学校里看看书。星期天有两个小学生上门来学英语，他一文不收。他又从桌上拿过一本英文版的《战争风云》，说是快读完了，这是一位朋友送给他的。谈着谈着，墙外河道里一艘机帆船驶过，嘭嘭哪哪，由远而近，终于震耳欲聋，门窗咯咯颤动，墙灰簌簌筛落，只能中断谈话，等声音远去。我问："经常有这样的船？""惯了就好了。""夜里也有？""也会有。""那还能睡觉吗？""不要紧的。"接着陈先生告诉我，学校正在盖教工宿舍，他可以分上一套。每当我的话题稍涉及当前政治，陈先生就顾左右而言他了。后来我谈起暑假里颇想到桂林一游，陈先生立即兴奋地告诉我，广西师大外语系主任贺祥麟教授是他的好朋友，《战争风云》就是贺先生寄给他的，如果我到桂林，可以住在贺先生家里。说着陈先生就拿出纸笔准备修书引荐。我挡住他：不忙，暑假还早着。陈先生似乎有些失望，事后我也有些后悔，不该拂了陈先生的盛意。这年暑假，我上了黄山，没有去桂林。然而谁想得到呢，八十年代中，因为学术上的交往，加之又有合作研究项目，我和贺先生竟成了可以无话不谈的朋友，在桂林，在昆明，在苏州，每次谈及陈先生，贺先生总是感慨和惋惜。

到又一次嘭嘭哪哪袭来的时候，我起身告辞。陈先生说他正好去食堂吃饭，一起走，陈先生在齐门内一家煤球厂食堂搭伙。于是他将饭盆筷子装进一个袋子，拎着，我跟他一起出门。走到外面，夕阳灿烂，我这时才看清陈先生的额头眼角皱纹细密，两鬓已是苍苍的了。我问起他的身体，他说很好，还攥起拳头让我看臂上的肌肉。他嘴角又坼出一丝笑，攀缘到眼角，依旧是腼腆的。

此后，我又去看过他两次。一次是带几本英文的《读者文摘》给他，另一次都忘了为什么，只记得他问我孩子上几年级了，我告诉他女儿才升中学，也在三中。陈先生高兴极了，说道："她英语有什么不懂可以随时找我。"而且要我将女儿的名字写给他。过一阵又叮嘱我："你有什么亲戚朋友的孩子要补习英语，可以上我这儿来，我不收费用。"他那份殷切那份诚意显然并非仅仅缘于寂寞，也许是想给自己的生命找回些什么。但我偏偏没有亲戚朋友的孩子要补习英语。直到有一回一位在灵岩山中国佛学院兼课的教育学院的朋友跟我说，佛学院正托他物色一位英语教师，他问我有没有合适的人。我立刻想起了陈先生，但上灵岩山他愿意吗？次日我写了张字条叫我女儿上学时带给陈先生。女儿放学回来交差道："他在三楼一个小房间里，四处堆着教学器材，就他一个人坐在里头，吓人兮兮的。"陈先生欣然答应了上课的事。到我再问起朋友时，他告诉我陈先生已经在灵岩山上课了。逢上课的日子，佛学院一大早派一辆微型车来接，一路颠簸到山脚下，再自己往上爬。虽然山高不足两百公尺，但爬到山顶难免"吴牛喘月"。后来我问过陈先生："上山下山吃得消吗？"他道："不要紧，我心脏血压都没有问题。"

我又遇见了蔡先生，她说话的声音更轻了："你晓得不晓得陈驾军结婚了？"我有些吃惊。蔡先生说，女方是工厂会计，四十来岁，男的不在了，有两个孩子，都大了，说是女的人很好，看上陈驾军是个老老实实的教师。蔡先生笑眯眯地舒一口气："这样就好了，陈驾军这一世人生到老总算可以过几天像样的日子了。""学校给陈先生分了新房子吧？"我问。"哪里啊！住到女方家里去了，娄门外。"

就在蔡先生告诉我陈先生结婚的消息后不久，陈先生找到我家里，那是傍晚了。他请我去吃晚饭，一定要去，贺祥麟先生正好从桂林来，大家叙叙。我们骑上车，陈先生的车哐啷哐啷作前导。出娄门，进一片高楼新村。一路上陈先生指点我要记住这沟，记住这消防队，下次来就好找了。师母很文静，见过面后就去厨下默默张罗。两个孩子都不在家。我们坐在小客厅里喝茶闲扯，陈先生很兴奋，眉宇发亮。后来话题转到当前敏感的政治问题，陈先生坐不定了，起身进了厨房。贺先生指着厨房跟我说："现在好了，总算有个家了，太太很贤惠，看得出。"贺先生是性情中人，眼睛都红了。厨房里传来师母的声音："老师，你不要动手了，我一个人就可以了，你出去陪客人。"我还是生平第一次听一个妻子私下里叫丈夫"老师"。酒菜很丰盛，贺先生一再叫师母坐下一起吃，但她都推托掉了。贺先生指看陈先生问师母："我这个老同学怎么样？"师母道："好人，太老实。"贺先生道："这样的人不多了，真不多了。"师母笑了。陈先生脸红到了脖子。

这以后我记得和陈先生还见过两次面，再后来，我出国，终于断了音讯。说起来，我和陈先生仅是极普通的师生情谊，但这份情谊却始终缠在心头。我不知道该如何看待陈先生屈辱之余的那份宁静知足，也许在他拒绝回忆、不谈政治的背后正藏着一滴泪？如今，陈先生终于走完了他既漫长又短促，既迟迟又匆匆的人生之旅，唉，人生苦旅！

春阴淡淡

那年我才调入苏大,第一次参加全系教师会议。一上来,系主任芮和师老师宣布:来了一位"新同志",给大家介绍一下……我忙欠身而起,腼腆四顾,莞尔点头,以供示众。自然,我也将"老同志"们浏览了一遍。这一浏览,就览见了靠墙坐的一位"女同志",小个子,白净圆脸,架一副暗红塑料边眼镜,这张脸似曾相识。落座以后,我问身边的老何,老何说,那是古典文学教研室的李泉,"她也是你们北大的,是一九六一年毕业的吧。"难怪有些面熟,还是我学姐呢。散会后,和周围的人三句闲话一说,回头想跟学姐打招呼,但已不见踪影。有人告诉我,李泉上课、开会才来学校,平时难得一见,也不爱交际,真所谓"缥缈孤鸿影"。突然这先生发现什么似的,说:"哎,你和她一个学校出来的,还不清楚?听说李泉大学一毕业就匆匆和同班同学结婚,生了个女儿,又匆匆离婚,是不是这么回事?"我只得自认孤陋寡闻,再说当年自己都"匆匆"不过来,哪还去过问别人的"匆匆"?

此后,虽然每个月也总会和李泉见上一两次面,但都是点头笑笑,嘴里咕噜一声"你好",难得说上几句话。就这样过了两三年。有一回,一个夜大班毕业,学生们盛情设宴,酬谢教过课的老师。

我和李泉同桌。李泉身边坐一位姑娘，二十开外，比李泉高半个头，白嫩瓜子脸，"单衫杏子红，双鬓鸦雏色"。两人亲亲密密，叽叽咕咕谈，嘿嘿哧哧笑。李泉一定是私下向她介绍席上的人，那姑娘一双明眸把在座的人扫荡殆尽。在座的男士，除我没出息外，大多是堪与李白、刘伶为伍的酒圣。于是一杯一杯复一杯，还好与人碰杯。李泉已被碰了两杯，眼圈生晕，到第三回碰上来时，身旁的姑娘举杯招架道："我代我妈干了。"原来她是李泉的女儿。

散席以后，我和她们母女同行。李泉告诉我，她女儿李迁今年刚从华师大图书馆学系毕业，已分配来苏大图书馆，在外文图书编目组。我跟李迁说，你妈在中文系，中文系是你外婆家，以后来了什么外文新书，特别是文学理论、比较文学方面的，别忘了通个气。她粲然一笑："我晓得了啦。"果然以后她帮了不少忙。

有一次，李迁打电话到系里，约了个时间要我上她们家去一次。"什么事？""求你帮个忙。"我去了。李泉不在。李迁取出一张四寸黑白照片给我看。背景是北大校园，照片上站着两排学生，男的多，寥寥几个女生中有李泉，还是个扎辫子姑娘。我指着这个扎辫子的："这是你妈。""我想知道哪个是我爸。"照片上的男生也就几张脸似曾相识。我摇摇头："说不上。""真不知道？"她双目灼灼盯着我。"真不知道，我们当时和高年级的同学很少往来。"她很失望："那么我妈和我爸当初是怎么回事，你总听说过一些吧？"我无奈地摇摇头。于是沉默。过一阵子，她把照片收了起来。我问道:"你妈从没有跟你说起过?""没有。""你从没有问过?""没有。""为什么?""我怎么问呢?我不能伤我妈的心,这二十年来她不容易。"告辞的时候,李迁要我别让她妈知道她拿照片向我打听的事。"其实,我妈知道我翻她的东西,我找人打听,但她只做不知道。""你们很累。""惯了。我和妈什么都谈,就是从来不谈我爸,这是禁区。"

自然,我真要打听的话还是可以打听出来的,但我不愿造次,这是她们母女间的事。有天,李泉找我谈开设选修课的事,正题谈毕,她悄悄问我:"你见过系里高老师的儿子没有?"我说没有。她告诉我,她曾托某位老师给女儿物色对象,最近人家介绍了高老师的儿子,"你说合适不合适?"我能说什么呢?只能笑道:"门前一株枣,岁岁不知老,阿婆不嫁女,那得孙儿抱。"她一边笑一边摇着双手:"啊,饶了我吧,我就怕抱孩子。"但即刻垂手敛容:"我女儿过年二十五了,傻乎乎地让人着急。我呢,总算把她带大了,瞧风鬟雾鬓,快成老太婆了。她成了家,我也可以从这阴影里走出来了。"我连连点头,心里却在琢磨这"阴影"何所指?

也就是一个来月以后,听到了两则关于李泉的新闻。一则是说她和高老师已结为儿女亲家:李迁和高老师的儿子已结婚登记了。这我并不觉得突兀,只是感到未免匆匆。可第二则却让我目瞪口呆,说是李泉也结婚了,而且可能早就结了,只是谁都不知道。男的是上海的中学教师,李泉有时跑上海,那男的也来过,有人在大街上见了，两个人在一起。我实在不敢相信。

我打电话到图书馆编目室，祝贺李迁："听说你要坐花轿了？""这是妈的意思，她说那男孩老实，以后不会骗我，登记就登记吧，我怕她不高兴。""你觉得那男孩子怎么样？""怎么说呢？在一起不讨厌，不在一起不想念。"我的老天爷！我拿着话筒不知怎么说好。"找个本地人也有好处，可以常在我妈身边，我不能撇下她一个人过日子。"放下电话，我想，那个中学教师大概是虚构的，要么李迁也不知道，或者她只作不知道？

但是高李两家终于没有结为秦晋。有天在校门口，李泉把我叫住，又一把将我拉到路旁树荫下，瞧她一副六神无主的样子。"怎么了？"我问。她说，她为女儿的婚事后悔得不行，"当初觉得那小伙子老实，满不错的。高老师又笑脸团团……老好人似的。谁知家里另一个样，完全是家长制。儿子什么都得听父亲的，每月工资全数上交，要花钱再问父亲要。和我女儿上街，常是我女儿掏腰包，他花了钱回家要报账：车票多少，门票多少，连吃雪糕的钱都要报。还从来没有见过这样的，我不能让女儿嫁过去，那不受罪？你说呢？""真的？"我也有些吃惊，"君家妇难为，你女儿的意思呢？""她本来就有点勉强。可是，偏偏已经登了记。""那倒没什么，可以再登记离嘛，而且又没有住到一起。不过，那小伙子的意思呢？""他全听他父亲的。我今天找你，想求你帮个忙，跟高老师说说。"我一口答应了。

又过了一年，李迁真的结婚了，男方是北京人，正读研究生呢。李迁跟我说，她寒暑假上北京，但不想调去，"不能撇下妈。"我始终没有好意思问中学教师的事，后来知道，乃是子虚乌有。

于是人们照旧可以看到这一对母女并肩挽臂偶尔走在校园里，彼此温馨体贴，言笑熙熙，你给我理衫，我给你拢发。可谁想到在这母女情深的后面那漫长岁月中的沉默与牺牲？只是当这母女俩凝眸相觑的时候，细心的人会从她们的眼睛里看到一片若有若无的迷离忧伤，如春阴淡淡。

红梅追思

参加夏志清先生追思会回来当夜，想起了邓红梅。邓红梅是我二十多年前苏州大学的学生。二〇〇六年她做访问学者来美，打电话问我有什么办法联系到夏志清先生，一个研究现当代文学的朋友想要一份夏先生的"著作和论文年表"。我和夏先生、夏太太打了电话，夏先生、夏太太一口答应。我就把邓红梅介绍给他们，让邓红梅直接和他们联系。邓红梅就给夏先生写信，说明事由："夏先生：您好！我是宣树铮先生的学生，我叫邓红梅，来自中国南京，是南京师范大学的教授，因得到 Steven Owen 教授的荣誉资助，现在在哈佛大学东亚系做访问学者……"夏太太为了这份"著作和论文年表"花了不少功夫，我至今铭记在心。

邓红梅，一九八一年进苏大时还不足十六岁，小巧白皙，冰雪聪明，平时话不多，很少和旁人谈自己，把自己裹得很紧，伶伶俜俜，使人想起《红楼梦》里的黛玉、妙玉。但一旦辩论话题，思路清晰，机灵慧黠，难以招架，却又笑嘻嘻好自嘲，真叫人有些摸不透。在班上她是大家心目中的小妹妹。邓红梅家在镇江句容，听同学说，她是从小被领养的。一九八五年本科毕业，读杨海明教授唐宋词硕士研究生，硕士出来，找不到合适的工作，就留中文系读钱仲联先生的博士生。有一回，我独坐办公室，她推门进来，情绪有些压抑，絮絮地谈她的家，她的童年，谈一些伤心往事，她流泪了。我只是静静地听，安慰几句。不久雨过天晴，又自嘲起来。我出国前，在校门口遇上她，她告诉我她结婚了，就住在校门附近的研究生楼里，她邀我上去看看，煮了元宵招待。

八十年代末我到美国，九十年代多次回国，没有见到她，只知道她在山东师范大学教书，四十不到就成了教授，学科带头人，中国李清照、辛弃疾学会常务理事，书出了好几本。二〇〇五年我回国，和同学餐叙，她从南京来了。她已是南京师范大学文学院特聘教授，博导，从济南调到了南京。模样变化不大，就是时髦了点儿。依旧自嘲，依旧慧黠，只是多了一份洒脱。她告诉我明年可能到哈佛做访问学者。我回美国后，她来过一封电邮："从二十岁到四十岁应该是人的一生中动静最大的一段，我有改变也很正常，你看见他们谁没有改变吗？性格上，也就是比以前多了点'纵浪大化中，不喜也不惧'的俊快耳！其他基质，一如往昔。老师，我上次在你回去之前，在同学录上写了首诗，送给您和苏州的同学。也许你并不知道，移到这里，博一笑乐吧：'秋风送我入吴门，数载逢春未惜春。莲花粲出新世界，醍醐浇醒痴儿魂。别后频思君远近，重来休叹梦中身。故园花树垂垂发，红白如为劝举尊。'此诗为'腰斩体'，失黏了。可知太随性的人，道行难高。一切好！邓红梅。"

二〇〇六年邓红梅得到 Steven Owen 教授的荣誉资助，来哈佛大学东亚系做访问学者。这就回到了本文开头。

二〇〇九年我回国再次见到邓红梅，听同学说她出了本《女性词史》。我问她什么地方有买？她笑道：该死该死，怎么能让老师掏钱买！回南京后，过一天就托人捎了一本到苏州，精装厚厚一册。这是我第一次读她的著作，新意勃发，充满灵气。封底有王元化的评价："文笔清新，格调高雅，尤以艺术鉴赏力见长。娓娓道来，无理障，无文字障。其才其学多臻妙境。"

二〇一二年，回国返美前夕，那是十月中旬，一个晚上，S打来电话，S是邓红梅班原先的班长。S的声音都有些变："邓红梅走了……"走哪儿了？我还犯蒙。接着我听到了低低的哭泣声，这才知道"走"的含义。"什么病？""割腕自杀。"说是邓红梅这天关了大门，把自己锁在房间里……等发现抢救，已晚了。四十五岁，正是巅峰时段，就独自匆匆走了？为什么？为什么？有忧郁症？工作压力太大？大学里混的人多了去了，她却偏偏洁来洁去，执着好胜？也有人说是教育体制、科研体制的问题……追悼会上，苏大同学赶去了，山东师大邓红梅教过的学生也开着车到南京参加追悼。

活在这个世上要看得开，你不是说"纵浪大化中，不喜也不惧"？为什么要走这一步？为什么？邓红梅！

逆旅

六岁那年,父亲带我到上海探望生病住院的母亲,上海虽有亲戚,父亲不愿惊动,宁愿开栈房——那时候我们管住旅店叫开栈房。栈房在九江路上,这是我第一次住店。我跟了父亲进房间后的第一件事是低头看床下。连环画上大凡黑店床下多半扣一口大黑锅,下通地道密室。半夜三更,手执钢刀脸抹烟炱的强徒就是从床下钻出来的。打这第一次住店至今一甲子都过去了,以一年平均住店一次计,也过了半百之数。

我记得最清楚的一次住店是在八十年代中。不是春夏之交就是夏秋之际,我从苏州去洪泽看望一批实习的学生,路经淮安,想顺便拜访一下这座苏北历史文化名城。到淮安,已近黄昏。同车的一位本地人热心指点我:出车站不远就是一家国营旅社。

这家旅社,形同火柴盒的两层灰砖楼房。进门一侧就是柜台,里面两个女的,正在自家姐妹话家常。我填了登记单,验讫证件,付了店钱,一个女的开了发票交给我:"204,上楼找服务员开门。"另一个女的看了看我的双肩背包,说:"财物自己保管,丢了概不负责。"

我提了双肩背上二楼,二楼服务员也是位姑娘,一张鹅蛋白脸,接过发票,挥手一指道:"自己拿一壶水,跟我来。"墙角排着十来个暖瓶,我提了一壶水,跟着走。鹅蛋白手甩钥匙板,喊嚓喊嚓响。到204,鹅蛋白用钥匙打开门,让我进去,撂下一句话:"出去就把门拉上。""那我要进来怎么办?""找服务员来开。"鹅蛋白随手把门拉上,喊嚓喊嚓走了。我像是进了牢房。

房间不过十五平方米,顶上吊下一个光杆灯泡,至多六十瓦,贴墙两张板床,南北对峙,中间正好填进两把木靠椅一张小茶几。进门的写字台上放着十四英寸黑白电视机,旋钮开关,但旋钮已不知去向,无从开关。门上镶着手帕大一方玻璃,有帘子遮着,帘子是在门外的。门外的人可以掀起帘子看里面,屋里的人不能看外面。我觉得好笑:怎么挂在门外?就在这时候,门外小花布帘一动,被人掀起了,玻璃外正是那张鹅蛋白。我不自在起来,暗中监视?但门已开了一道缝,冷风似的吹进一句话来:"早八点打扫。"这我懂:八点以前务必起床,免得到时将你吆喝下床,颠倒衣裳。门从外面拉上了,是弹簧锁。我想把锁的保险别上,不料保险栓已卸掉,那就是说,鹅蛋白随时可以开门而入。

我倒了杯开水颓然坐在木靠椅里,心里有点儿烦。电视机是摆设,就看一阵书吧。门上的花布帘又掀动了一下,我懒得理会,你这鹅蛋白,我只当你是瓦上霜!十来分钟后,花布帘又掀动了一次,我依然懒得理会,你监视吧,我又不在屋里分尸销赃!国营旅店总不会是黑店吧。我忍不住看了看床下。床下有一只脸盆,拖出脸盆，用暖瓶里的水洗脸烫脚，睡觉算了。两张床，自然睡门一侧的，可以躲过窥伺，除非目光能转弯。熄灯，却找不到开关。进门处没有，床头也没有，四壁墙上也没有。莫非是灯头开关？翘首仰望，也不是。总不会要把灯泡拧下来吧？断无此理！恐怕统一熄灯，或者是长明灯？想到一夜亮着灯，门帘飘飘，还能睡安稳？我躺在床上，合上眼，灯光本来朦胧，只觉得眼帘上抹了一层淡淡的晚霞的晕色。我似乎听到门外有响动，待我从枕上昂起头，灯熄了。我松了口气：黑暗比光明还亲切。

次日早晨是被吵醒的：过道里鞋声啪嗒，洗脸间里水声哗哗，尤其是擤鼻子清嗓子，声如裂帛。一看表，七点半。不敢怠慢，翻身起床，取了盥洗用具出门，踌躇了一下，把门拉上。蓦然发现墙上吊着拉线开关，原来开关在门外！我从洗脸间回来，门正开着，在打扫，一位健壮大嫂，笑嘻嘻的。我说："你们电灯开关怎么装在门外？还有这玻璃上的帘子应该挂在里边才对……""那怎么行！"大嫂道，"治保工作最要紧，要不，旅客在房间里出什么状况，干什么违法的事，我们知道就晚了。"我本想再问问保险栓的事，觉得多余了，也就咽了回去。但还是忍不住说："你看我是个为非作歹的人吗？昨天夜里你们那个鹅蛋白脸的服务员，一次一次掀帘子……"大嫂道："那是看你睡了没有，好熄灯，有的旅客睡觉不熄灯，浪费电。我们是国营旅社，先进单位，要对国家人民负责。"

我背起包走出这国营旅社时，真有噩梦醒来的感觉。外面阳光普照,天地煌煌。我想起了李白的话:"夫天地者,万物之逆旅也。"人活在世上就是住店,但要看是什么店。